IMPRÉVISIBLE BOSS

EUGÉNIE DIELENS

IMPRÉVISIBLE BOSS

Luv

1

Lexy

Je cours dans les rues de New York, perchée sur mes foutus talons qui me pourrissent la vie. J'ai déjà une trentaine de minutes de retard, ce que je ne peux absolument pas me permettre, et aucun taxi ne daigne s'arrêter quand je lui fais signe !

Je déteste les Américains. Je déteste New York. Je déteste ma vie.

Je manque de me tordre la cheville à plusieurs reprises, jusqu'à me coincer le talon dans une plaque d'égout, puis je reprends ma course folle jusqu'à l'O'Leary Corporation. Heureusement pour moi, je finis par y arriver sans encombre et je prends le temps de récupérer une respiration normale. Un énorme bâtiment me fait face, bien plus impressionnant que tous ceux que j'ai pu voir auparavant à Easton. Regarder vers le ciel me donne le tournis ; je n'ose pas imaginer la vue depuis le *rooftop* de ce building.

Fascinée par ces étages à perte de vue, je ne vois pas la foule autour de moi et je manque de me ramasser quand plusieurs personnes me bousculent sans aucune gêne. Je grommelle, lâchant une flopée d'insultes bien senties, puis je passe les portes de l'entreprise pour sortir de l'effervescence de la rue qui commence à m'étouffer. Le hall d'entrée est désert, aucune trace des candidats pour le poste à pourvoir. Peut-être que je suis la seule à avoir postulé ?

Bien sûr que non. Les autres sont seulement à l'heure et probablement déjà à l'étage du rendez-vous.

J'essaie de contenir mon stress et progresse dans le hall en observant cet endroit à la hauteur sous plafond ahurissante avec une admiration non dissimulée. Voilà bien la seule chose qui a le don de m'impressionner à New York : la beauté de ses gratte-ciel. Tout est moderne, vitré, dans des couleurs grises, neutres, et j'aperçois quelques bureaux à travers les baies vitrées. L'ambiance de travail semble être celle que j'apprécie. Calme, sérieuse.

Je m'avance d'un pas assuré jusqu'au réceptionniste dans l'espoir que ce ne sera pas trop tard pour moi. J'arbore mon plus beau sourire, mais l'employé daigne à peine me jeter un coup d'œil, obnubilé par ce qui se passe sur son ordinateur. Super.

– Excusez-moi ? Bonjour. J'ai rendez-vous au vingt-huitième étage.

– Il n'est plus accessible à partir de neuf heures, m'informe-t-il sans relever le nez de son ordinateur.

– Quoi ? Mais pourquoi ?

Je jette un rapide coup d'œil à ma montre : neuf heures une.

Est-ce qu'il se fout de ma gueule?

Forcément. Il ne va quand même pas m'empêcher de rejoindre l'étage de mon entretien pour une misérable minute quand même? Je ne peux pas perdre ma chance d'avoir ce boulot pour soixante pauvres secondes. Ce serait délirant!

– Ordre du grand patron. Cette heure dépassée, plus personne ne rentre. Alors à moins que vous ne connaissiez le patron lui-même, revenez demain.

Sidérée par ses propos, je le fixe en empêchant à grand-peine mon mauvais caractère de refaire surface. Les rouages de mon cerveau s'activent, cherchant désespérément une solution. Je viens d'arriver dans cette grande ville, sans travail, avec ma fille à nourrir, je ne peux pas laisser les choses se passer comme ça. Ce boulot nous est vital. Sans ça, je ne pourrai jamais payer mon premier loyer, ni mes courses, ni mes factures, et je risque de perdre la garde d'Avery, alors que c'est la seule chose qui compte à mes yeux!

– Je suis la copine du patron, lâché-je sans réfléchir.

Je crois n'avoir jamais sorti un si gros mensonge. Et à la tête que tire le réceptionniste, il n'a jamais dû en entendre de si énorme. Je reste tout à fait sérieuse même si, intérieurement, je me foutrais des claques, mais c'est peut-être l'unique chance que j'ai de me présenter à cet entretien. C'est la seule chose qui m'a traversé l'esprit. J'ai cherché à quoi ressemblait le P.-D.G. de l'entreprise. Jeune, presque la trentaine, au moins, c'est déjà plus crédible que je sois sa copine que si c'était un homme d'une soixantaine d'années ; mais, entre nous, ce genre de mec ne doit sûrement pas s'emmerder à sortir avec des filles comme moi. Ce mensonge ne va probablement pas avoir d'autre effet que de me faire mettre dehors, en fin de compte...

– Est-ce que c'est vrai, monsieur ? demande le réceptionniste à quelqu'un derrière moi.

Faites que ce ne soit qu'une mauvaise blague.

Mais un rire rauque résonne dans mon dos et je me retourne lentement.

Merde. Qu'est-ce que j'ai fait pour mériter un karma pareil ?

Ah, je sais. J'ai menti.

Je dévisage cet homme brun aux cheveux tirés en arrière. Son costume noir lui donne une allure sérieuse qui contraste avec son air rieur : aucun doute, c'est bien Hayden O'Leary, le même que j'ai pu voir sur Internet. Un homme d'une beauté rare. Le plus troublant chez lui est le charisme qu'il dégage. Un je-ne-sais-quoi qui me laisse un instant toute chose. Son sourire éclatant me donne le vertige.

Mais le pire là-dedans, c'est qu'il se fout ouvertement de ma gueule. On finit toujours par être rattrapé par ses mensonges... mais c'est un chouïa trop tôt pour moi. Je pourrais me faire toute petite, devenir rouge tomate, sauf que ce n'est pas mon genre. Je ne laisserai pas passer ma chance de pénétrer dans cette entreprise. Au lieu de ça, je souris comme une idiote et me tourne vers le réceptionniste, le menton relevé, ce qui fait encore plus rire l'homme derrière moi.

– Vous voyez? Je vous avais dit que je le connaissais!

Je mise tout sur l'audace pour prouver ma motivation à celui qui est censé m'embaucher. Après mon mensonge, je n'ai de toute façon pas grand-chose d'autre à tenter. Et ça a l'air de marcher! En effet, O'Leary me passe devant, les mains dans les poches, avant de faire signe de me laisser passer à son employé qui obéit aussitôt pour reprendre ses activités. Il faut vraiment que je sois désespérée pour faire ça. Le P.-D.G. m'indique de le suivre jusqu'aux ascenseurs, il en appelle un puis me toise avec une curiosité non dissimulée.

– Je suppose qu'on a rencard dans ce cas? se moque-t-il.

– C'est la seule chose qui m'a traversé l'esprit. Merci d'avoir joué le jeu.

– Aucun souci. Vous n'êtes pas la première à faire ça, mais bien la première à avoir l'air si désespéré.

J'ouvre la bouche et la referme presque immédiatement alors que je voudrais pouvoir lui dire que mon désespoir l'emmerde. Le jour où il aura des enfants, il comprendra ce que c'est que de se démener pour la personne qu'on aime le plus au monde. Mais je ne dis rien. Je ne suis pas en compagnie d'un inconnu dans la rue, mais d'un potentiel employeur, et je veux garder mes maigres chances d'avoir ce poste.

– Je vous remercie. C'était gentil de votre part de ne pas appeler la sécurité.

Malheureusement, je n'ai pu retenir une pointe d'aigreur, même si je lui suis réellement reconnaissante. J'imagine déjà la scène pathétique où deux molosses me traînent à l'extérieur. Je croise les bras, mon sac à main calé sur mon épaule, et j'attends. Je sens son regard curieux peser sur moi.

– Qu'est-ce qui vous amène ici ?

– Le poste d'assistante. Mais je suis désolée, je suis en retard.

– On s'en fout, je le suis aussi.

J'ouvre grand les yeux, pas sûre de comprendre, avant d'éclater de rire. Merde, c'est qu'il est sérieux ! Il me sourit fièrement et sa tentative de détendre l'atmosphère fait mouche.

Le « ding » de l'ascenseur vient interrompre notre conversation et O'Leary m'invite à y pénétrer d'un signe de la main. J'entre en le remerciant poliment et je m'appuie contre la paroi du fond pour mettre le plus de distance entre lui et moi. J'ai beau faire bonne figure, je suis extrêmement gênée par cette situation.

Situation dans laquelle je me suis mise toute seule, soit dit en passant...

Cet ascenseur est bien trop petit, surtout avec un homme tel qu'O'Leary. Être aussi attirant devrait être puni par la loi, ou du moins réglementé, quelque chose du genre : « Vous devez au moins sentir les égouts si tout le reste de votre personne frôle le sensuel au moindre geste. » Sauf que mon potentiel futur employeur sent foutrement bon ! Un parfum viril qui s'accorde à la perfection avec le reste de son être.

Il appuie sur le numéro vingt-huit et j'observe les étages défiler sur le petit cadran, jusqu'à ce que ce dernier devienne noir. Je me redresse et tourne vivement la tête vers celui qui est à l'origine de cet arrêt, et je le découvre le doigt sur le bouton d'arrêt d'urgence. Je ne sais pas à quoi il joue, mais ça ne me fait pas rire. Déjà parce que personne n'aime être enfermé dans une cabine tenue simplement par quelques câbles dans un building aussi haut ! Mais aussi parce que plus vite je serai sortie d'ici, plus vite la brûlure inexplicable dans mon bas-ventre à chaque fois que je regarde O'Leary disparaîtra.

– Il se passe quoi ?

Au lieu de me répondre, il m'observe avec sérieux avant de commencer à s'approcher de moi. J'écarquille les yeux, lui laissant l'occasion de s'arrêter, mais il ne le fait pas. Il continue de s'avancer lentement, les yeux plissés, et il n'a pas le temps d'être à une dizaine de centimètres de moi que ma main rencontre sa joue. Je refuse qu'il m'approche ! C'est peut-être mon futur patron, et c'est déjà assez complexe de gérer mes propres désirs devant son corps d'apollon pour en plus devoir refréner ses pulsions.

Il recule de quelques pas en se massant la joue et un sourire en coin prend place sur ses lèvres alors que je fulmine. Putain, je jure que s'il cherche une assistante pour se la taper, je prends mes jambes à mon cou, travail ou non.

– Vous foutez quoi, là ? Vous m'avez prise pour qui ?!

– Je veux vous prendre, me répond-il seulement.

Je manque de m'étouffer alors que je me mords fortement la lèvre, choquée. Un long frisson traverse ma colonne vertébrale, puis une douce décharge électrique se fait ressentir dans mes reins. Je n'arrive pas à croire que ces propos immoraux m'excitent.

Non, non, non!

Je viens de le gifler et il me fait un sous-entendu sexuel? Est-ce que c'est une mauvaise blague? Une caméra cachée? Autrement, je ne suis pas sûre de le laisser ressortir de cet ascenseur toujours immobilisé en un morceau. Ce n'est même pas légal! Il a de la chance que je n'aie pas de temps à perdre avec une plainte.

– Je vous demande pardon?! m'exclamé-je plus fortement.

Il se redresse et éclate de rire face à mon air outré. Je pensais que mon entretien de la veille avait été désastreux après qu'on m'avait dit ne pas vouloir embaucher une maman célibataire, mais je me trompais. Les choses sont pires de jour en jour, et j'en viens à me dire que je n'aurais jamais dû partir d'Easton. O'Leary prend ses distances et s'appuie contre la paroi de l'ascenseur, la joue rougie, alors que je le fixe, la mâchoire serrée.

– Je voulais dire, je veux vous prendre comme assistante.

Je crois avoir perdu le fil de la conversation. Comment sommes-nous passés d'une gifle à une embauche? Et pire, comment peut-il vouloir m'embaucher alors que je viens de le repousser en le giflant? Je crois que mon cerveau a surchauffé.

– Est-ce que vous avez un trouble mental? demandé-je le plus sérieusement du monde.

– Pas que je sache. Même si mon penchant pour les yaourts pour enfants le laisserait croire.

Bien trop perturbée, je ne ris pas face à sa tentative

d'humour. O'Leary perd son sourire face à mon air pincé et soupire avant de passer une main sur sa barbe naissante.

– C'était un test. J'ai été classé parmi les célibataires les plus convoités de la ville la semaine dernière, et depuis, les assistantes défilent. J'attendais de voir si vous me repousseriez pour être sûr que vous étiez ici pour le travail et pas pour autre chose.

Je me fous de savoir qui il est, il pourrait être le président des États-Unis que j'aurais réagi de la même façon. Son test me reste en travers de la gorge. Je n'ai jamais lu les journaux people, je ne savais même pas qu'il était célibataire, et à vrai dire, je m'en fous. Je suis dans les ressources humaines, pas dans le journalisme.

– Et vous ne vous êtes pas dit que vous alliez me faire peur ? m'énervé-je. Ou que je suis peut-être mariée. Et vous auriez fait des avances à une femme déjà prise !

O'Leary m'observe en restant à bonne distance, il vaut mieux pour lui, avant de laisser son regard dériver jusqu'à ma main gauche. Évidemment. Mon manque d'alliance est flagrant, il est loin d'être bête.

– Et vous l'êtes, mariée ? demande-t-il en connaissant déjà la réponse.

– Non, grommelé-je.

– Bien. Donnez-moi votre CV, on va voir ce qu'on peut faire.

Il a retrouvé un air sérieux, sûrement son air de patron. Même si je bouillonne, je sors mon CV pour le lui tendre alors qu'O'Leary relance l'ascenseur. Il le lit avec intérêt et j'attends patiemment le verdict en me mordant l'intérieur des joues. Je suis compétente pour ce poste, je le sais. Je suis diplômée d'une école de commerce en ressources humaines qui me vaudrait sans doute un poste plus haut placé en temps normal. Mais ce milieu est si prisé que je suis désespérée.

– Je ne vois pas bien ce que vous faites ici, finit-il par dire.

– Moi non plus, réponds-je sans réfléchir.

Immédiatement, je place une main devant ma bouche alors que mon presque futur patron me dévisage. Bordel, si je n'ai pas déjà grillé mes chances, c'est foutu. Je vais ressortir d'ici bredouille pour aller chercher ma fille à l'école, et je vais encore passer ma soirée à éplucher les nouvelles propositions d'emploi sur Internet. Ma dernière chance est de m'excuser auprès de lui, mais je ne suis même pas sûre que ça fasse beaucoup d'effet.

– Je suis désolée. Je ne voulais pas dire ça, commencé-je.

– J'ai compris. Au moins, vous êtes honnête. Mais vous êtes surqualifiée pour ce poste, et sachez que le salaire reste le même pour une assistante lambda ou pour quelqu'un avec un diplôme comme le vôtre, me dit-il en me rendant mon CV.

– J'en ai parfaitement conscience.

Je me pince les lèvres, espérant ne pas être trop sèche avec lui. J'ai terriblement besoin de ce boulot, qu'importent mes qualifications. O'Leary ne paraît pas déstabilisé, seulement étonné et je me surprends à espérer avoir encore mes chances.

Les portes de l'ascenseur finissent par s'ouvrir sur un long couloir bondé et le P.-D.G. me dépasse pour progresser dans cette marée humaine. Je le suis de près en sentant les regards curieux peser sur moi, et je garde la tête haute quand O'Leary s'arrête devant une porte vitrée avec son nom dessus, avant de se retourner pour s'adresser à tous les candidats.

– Vous pouvez partir. Le poste d'assistant n'est plus à pourvoir, lâche-t-il sans plus de fioritures.

Mon cœur rate un battement alors que je comprends qu'il est sérieux. Ce boulot, même si je suis consciente qu'il ne s'agit pas du meilleur du monde, est mon dernier espoir. Si c'était mon genre, je lui sauterais dans les bras et… non, mauvaise idée ! Je me contente de cacher un franc sourire.

Qui sait, si je le gifle à nouveau, j'obtiendrai peut-être une promotion ?

Je me retiens de rire à cette pensée, d'autant que quelques murmures s'élèvent déjà dans le couloir et des regards mauvais convergent vers moi. O'Leary les ignore et pénètre dans son bureau en me tenant la porte. Je passe devant lui en le remerciant poliment et je m'assois sur un des sièges en face de son bureau. Je l'observe par-dessus mon épaule alors qu'il referme la porte transparente.

– Qu'est-ce que je serai censée faire, en tant qu'assistante ? demandé-je de but en blanc pour lui montrer que je suis prête à travailler dès maintenant.

Mon presque futur patron contourne son bureau en enlevant sa veste de costume puis s'installe sur un grand fauteuil blanc face à moi. Il me toise un instant, je fais de même. Je crois qu'il est le plus jeune patron que j'ai rencontré jusqu'ici. Mais quelle importance? L'âge n'a jamais fait les compétences. L'expérience, oui.

– Prendre mes rendez-vous, vous occuper de mon agenda, m'accompagner durant mes déplacements. Le travail de base que j'attends d'une assistante.

– Vos déplacements? répété-je.

Je blêmis presque immédiatement. Je n'avais pas pensé une seule seconde que je pourrais avoir à quitter la ville pour mon travail. Pourtant c'est chose logique, je ne vais pas rester ici à me tourner les pouces tandis qu'il sera en déplacement professionnel.

– Oui. Cela pose un problème? me questionne O'Leary en haussant les sourcils.

J'avale difficilement ma salive. J'ai été recalée à cause de ma fille à plusieurs reprises, pourtant je ne peux pas mentir. J'ai besoin de ce travail, mais je ne peux pas non plus laisser mon enfant comme ça. J'ai obtenu sa garde le mois dernier après que son père a été inculpé pour maltraitance, mais ça n'empêche en rien le fait que je pourrais la perdre aussi. Je me suis battue pour Avery, pour la mettre en sécurité, pour lui offrir une belle vie, même si je suis sur la corde raide financièrement parlant. Alors je ne cacherai pas ce « détail », même si ça veut dire laisser passer ma chance d'obtenir ce travail.

– J'ai une petite fille de 6 ans et je suis seule à l'élever, précisé-je.

S'il est surpris, il n'en montre rien. Il appuie son menton sur sa paume et sort un papier de son tiroir en le faisant glisser jusqu'à moi. Je l'attrape, les yeux plissés, et commence à lire le document. Le soulagement m'envahit un peu plus à chaque mot.

– Un système de garderie a été mis en place par l'entreprise pour ce genre de choses. Mes déplacements ne durent jamais plus de deux jours, tous les frais de garde seront pris en charge pour votre fille, me rassure-t-il.

Je me mords la lèvre en hochant doucement la tête. C'est absolument inespéré et j'ai un peu honte d'hésiter. Je n'ai encore jamais laissé ma fille seule. Peut-être que je suis un peu surprotectrice, mais j'ai de bonnes raisons de l'être. Ça ne me rassure pas de savoir que, si j'accepte ce poste, elle passera de temps à autre une ou deux nuits sans moi à cause de mon travail. O'Leary semble se rendre compte de mon débat intérieur, car il se penche sur son bureau pour me fixer avec plus d'intensité. Un sourire bienveillant prend place sur ses lèvres.

– C'est pour votre fille que vous avez besoin de ce travail, n'est-ce pas?

Je serre la mâchoire en laissant mon regard dériver derrière lui, là où s'étend New York à perte de vue. À quoi bon le nier? Elle est la seule raison pour laquelle je me bats chaque jour.

– Oui.

– Alors vous ne devriez pas vous poser de question. Vous pouvez toujours demander à des parents de l'entreprise leurs expériences personnelles, si vous vous inquiétez pour votre enfant. Je vous donnerai quelques noms. Concernant vos horaires, ils seront calés de façon que vous puissiez gérer votre fille, tout en étant adaptés aux miens.

– Et si vous êtes en retard, que dois-je faire? le questionné-je.

Il semble amusé par ma remarque. J'avais l'habitude d'être ma propre chef, je ne me tournais jamais les pouces aux RH, et j'ai peur que ce soit quelque chose qui me manque. J'ai besoin d'action dans ma journée. Alors si O'Leary arrive aussi en retard que moi ce matin, j'ai peur de ne pas avoir grand-chose à faire en l'attendant.

– Vous faites comme si j'étais là et vous dites à tout le monde que je suis à un rendez-vous important pendant que vous organisez mes prochaines réunions, plaisante-t-il.

Je souris bien malgré moi en secouant la tête. C'est la première fois que je rencontre quelqu'un d'aussi haut placé avec de l'humour. Pour autant, O'Leary respire l'autorité. Je ne savais même pas que ce mélange de sérieux et de légèreté était quelque chose de possible.

– Et je n'ai pas besoin de vous préciser que vous n'aurez plus besoin de mentir pour rejoindre cet étage, rajoute-t-il, sans que je sache vraiment s'il plaisante.

– En effet, réponds-je en souriant.

Je ne me sens pas vraiment coupable: j'étais déterminée à avoir ce travail, alors si un tout petit mensonge pouvait m'aider, je n'allais pas y réfléchir à deux fois. C'était assez nul de ma part, je le reconnais, et je n'aurais certainement pas aimé que l'on me fasse un coup pareil, mais ce qui est fait est fait. Et grâce à ça, j'ai la chance d'avoir décroché ce poste malgré mon caractère de merde.

Et puis, franchement, ça fera une bonne anecdote à raconter à ma fille quand elle aura l'âge!

– Laissez-moi vos coordonnées, reprend O'Leary. Je vous

ferai parvenir votre contrat de travail ainsi que des papiers à remplir. Vous êtes à l'essai pour la semaine à venir.

Il fait glisser un bloc-notes et un stylo dans ma direction, et je note toutes mes informations personnelles alors qu'il est déjà parti travailler sur son ordinateur. Je l'ai peut-être sous-estimé à cause de son test complètement déplacé. Il semble gérer son entreprise au détail près avec maturité et sérieux tout en restant humain, et je ne peux que respecter ces qualités.

Toutefois, bien que je sois plus qu'enthousiaste à l'idée de commencer, cette brûlure dans le bas de mon ventre quand je fixe un peu trop longtemps mon boss ne me rassure pas.

Fantasmer sur son patron, c'est tellement cliché ! Hors de question que je perde mon job pour ne serait-ce qu'un regard déplacé. O'Leary a été très clair : il n'est pas là pour s'encombrer d'une célibataire en chaleur de plus.

2

Hayden

– Elle est maman, Hayden!

Et alors?

Voilà une trentaine de minutes que mon père et moi nous disputons à propos de ma nouvelle assistante. Je ne vois même pas en quoi cela le concerne, c'est moi qui suis devenu le patron et qui ai le pouvoir de prendre des décisions. Le choix de mon assistante ne regarde que moi, encore plus s'il la juge sur des critères aussi sexistes et ridicules que le fait d'être une mère célibataire. C'est d'ailleurs pour ça que ce n'est pas un sujet censé être abordé en entretien. Combien de patrons ont recalé des femmes sous prétexte qu'elles avaient des enfants? Beaucoup trop. Et je ne ferai pas partie de ces crétins.

– Tu vas te retrouver avec une assistante absente tous les quatre matins, argue mon père.

– Et alors? Je préfère qu'elle soit absente parce qu'elle s'occupe de sa fille que parce qu'elle s'est cassé un ongle.

Une absence justifiée ne devrait pas être pénalisée.

On a tous une vie, des obligations, si le travail reste bien fait et que les résultats sont là, je n'interdirai jamais une absence à mes employés. Combien ont déjà posé un jour parce que leurs enfants avaient une gastro ou une bêtise du genre ? Je ne compte même plus. Mais au moins, ils ont une vraie raison de ne pas être là, contrairement à certains subalternes qui n'ont aucun état d'âme à inventer une grippe pour rester chez eux. Les arguments de mon père ne sont pas recevables à mes yeux.

– Ce n'est pas un bon plan, continue-t-il.

– Alors quoi ? Sous prétexte qu'elle est maman, elle ne devrait pas pouvoir bosser ? Mais tu vis dans quel monde, papa ? On est au vingt et unième siècle. Les femmes ont le droit de bosser, y compris en ayant des enfants. Et puis, elle est compétente et elle semble sérieuse. Tu ne me feras pas changer d'avis.

Elle a surtout refusé mes avances. C'est un détail essentiel à mes yeux. Je n'attendais que ça, de savoir si elle allait m'envoyer chier. Évidemment, je ne suis pas aveugle. Elle est tout à fait le genre de femme qui me plaît, et en d'autres circonstances, j'aurais pu flirter avec elle. Mais c'est une employée. Les relations au travail sont proscrites, et ce n'est pas pour rien.

Lexy possède ce petit truc en plus, quelque chose qui marque. Je ne saurais dire quoi, mais c'est dangereux. Une femme qui marque, c'est une femme qu'on désire. Elle est compétente, beaucoup trop même. Je ne pouvais pas la refuser, encore plus lorsqu'elle m'a giflé. Mais je sais également que travailler avec une femme comme elle ne va pas être de tout repos. Comme dans l'ascenseur tout à l'heure, je vais devoir me faire violence pour gérer les réactions de mon corps face au sien.

Mais ça vaut le coup. J'en ai marre de tomber sur des personnes prêtes à tout pour me plaire, uniquement parce que je suis à la tête d'une grande entreprise. En quoi ça fait de moi quelqu'un de différent ? Je reste moi et j'apprécierais un peu d'honnêteté. Oui, c'est cool d'avoir de l'argent, mais non, ce n'est pas génial de voir les gens dire amen à la moindre de vos paroles sous prétexte que vous avez du pouvoir. J'ai besoin de quelqu'un qui saura me dire les choses franchement, me contredire, et m'envoyer chier quand il le faut. C'est peut-être con pour certains, mais si mes employés sont incapables de s'affirmer face à moi, je n'irai pas bien loin.

– Dans quel monde je vis ? s'offusque mon père, interrompant mes pensées. Mais dans celui où on ne peut pas se permettre des retards à répétition.

– « On » ne peut pas se permettre ? « Je », tu veux dire ? À ce que je sache, c'est moi qui prends les décisions. La seule qui pourrait avoir son mot à dire, c'est maman, et je te rappelle qu'elle a commencé à bosser alors que je n'avais que 6 mois. Donc elle n'aurait pas dû, si je comprends bien, vu qu'elle avait un bébé ? Pourtant, regarde où elle en est presque trente ans plus tard. De toute façon, elle a déjà validé sa candidature.

Mon père grimace et se laisse tomber sur l'un des fauteuils en face de mon bureau. Quoi qu'il en soit, même sans ma mère, je n'aurais pas écouté son avis. Il a tendance à être un peu trop vieux jeu pour moi, et c'est très exactement ce que je ne suis pas. J'évolue avec mon temps. Ce n'est pas parce qu'on a un truc en plus entre les jambes qu'on devrait valoir plus qu'une femme. La preuve : une grande partie de mes directeurs de filiales sont des femmes, et je n'ai jamais été déçu de leur travail. Ce ne sont que des a priori qui persistent dans le temps. Je ne vais pas favoriser un homme à une femme, ni une femme sans enfant à une autre qui en a. Ça ferait de moi le P.-D.G. le plus con qui existe. Et très honnêtement, je ne veux pas bafouer des valeurs que ma mère a tenu à insuffler à son entreprise dès sa création.

– Tu ne viendras pas te plaindre quand tu l'auras virée, elle aussi.

– Je n'aurai pas à me plaindre. Je suis persuadé qu'elle restera bien plus longtemps que les autres.

– Ce n'est pas compliqué, ça.

Je soupire, il a raison sur ce point. Les derniers assistants que j'ai pu avoir depuis ma prise de fonction n'ont pas dépassé la semaine d'essai. Le premier que j'ai embauché a fait fuiter des informations confidentielles dès son premier jour. On a réussi à rattraper sa gaffe grâce à notre équipe informatique, mais il n'a pas remis les pieds au bureau le lendemain, je m'en suis assuré. La seconde a tenté de me draguer, je lui ai gentiment montré la porte. Et le dernier ne s'est même pas pointé à son premier jour de travail. Je ne pensais même pas ça possible. J'en ai eu d'autres évidemment, mais les contrats n'ont jamais duré bien longtemps. Je ne fais pas de ces cas une généralité, mais je me méfie tout de même. Je suis difficile quand il s'agit de travail, j'en ai conscience, mais j'ai bon espoir que cette fille me conviendra mieux que ceux que j'ai pu avoir à mon service auparavant.

– Peu importe ce que tu penses, j'ai déjà transmis son contrat de travail à Mlle Owlite. Si on a un système de garderie ici en cas de déplacement, ce n'est pas pour les chats.

– C'est juste pour l'image de la boîte, me contredit mon père.

– Va dire ça à maman, on verra si tu restes campé sur tes positions.

Mon père grogne une insulte et je ne peux pas m'empêcher de lâcher un rire moqueur. Il sait que j'ai raison. Personne ne contredit ma mère. Il devrait avoir l'habitude depuis le temps. C'est une forte tête, caractère qu'elle a transmis à ses deux enfants, au grand dam de mon père. De toute façon, même si j'ai récupéré les rênes de l'entreprise pour que ma mère profite un peu de sa vie, elle n'a jamais su lâcher prise. Ça ne me dérange pas, je sais à quel point cette boîte lui tient à cœur, alors si continuer à travailler dans l'ombre lui plaît, je ne l'en empêcherai pas. Elle a d'ailleurs été agréablement surprise par le CV de Lexy Owlite. Comment ne pas l'être ? Cette dernière n'a clairement rien à faire ici. Si on avait cherché quelqu'un au niveau des ressources humaines, elle aurait sûrement obtenu le poste. Vu ses références, elle aurait eu toutes ses chances. Au lieu de ça, elle semble désespérée au point de postuler à un emploi de simple assistante.

En relevant la tête, j'aperçois mon père qui me dévisage et je l'observe un instant sans rien dire. Je suis presque sûr qu'il n'est pas là uniquement pour me parler du choix de mon assistante. On se voit tous les week-ends pour manger en famille, il aurait pu attendre ce moment-là. Pourtant, il est ici, et il semble soucieux.

– Quelle est la vraie raison de ta visite, sinon? l'encouragé-je.

Il soupire.

– Ta sœur, répond-il simplement.

– Qu'est-ce qu'elle a encore fait?

Je me passe une main sur le visage en soufflant d'agacement. Mia a tendance à se foutre dans la merde pour un rien. C'est un peu le vilain petit canard de la famille. Je sors d'une grande école de commerce alors qu'elle a mis du temps avant de trouver sa voie et qu'elle préfère largement passer son temps aux fêtes étudiantes qu'en cours. Elle a déjà été plusieurs fois verbalisée pour ivresse sur la voie publique. Elle est gentille, là n'est pas le problème, elle a simplement tendance à aimer se faire remarquer, et ce depuis que nous sommes gamins.

– Elle a été exclue de son école pour avoir piraté les codes des sessions de tous ses profs et avoir revendu les corrigés des contrôles, souffle-t-il. Puis elle s'est vantée de s'être fait cinq mille dollars avec ça auprès de la directrice.

Je ne peux pas m'empêcher de sourire. Ce n'est pas bien. Mais ce petit démon est un génie de l'informatique avec un super sens des affaires. Dommage qu'elle ne l'utilise pas à bon escient. Quand elle se met à pirater tout ce qui passe devant ses yeux, les conséquences sont souvent désastreuses pour elle, mais elle n'avait jamais été virée jusqu'ici. Cette fois-ci, elle a dû aller trop loin. Je la pensais pourtant heureuse dans son école d'informatique. Et je comprends que mon père soit à bout. Il voudrait que sa fille se pose enfin, qu'elle ait un vrai but, au lieu de ça elle tourne en rond et continue ses conneries. Ma sœur ne sait pas tenir en place. Il lui faudrait un endroit où elle pourrait vraiment bosser, pas seulement apprendre. Peut-être que ça l'intéresserait davantage.

– Est-ce que tu aurais un job pour elle ? me demande mon père qui semble lui aussi être arrivé à la conclusion que Mia a besoin d'action concrète. Elle est prête à travailler sérieusement, mais seulement pour toi.

Elle aurait pu faire l'effort de venir m'en parler elle-même. À croire que je mords. Certes, je ne lui donnerai pas un poste important de peur qu'elle fasse une énième bourde, mais je ne l'aurais pas envoyée bouler pour autant. Elle reste ma petite sœur, et si l'embaucher l'aide à revenir sur le droit chemin, je ne vais pas m'y opposer.

– Très bien, lâché-je.

– Vraiment ? s'étonne mon père.

Je ne vois pas ce qu'il y a de si surprenant. Je vais l'embaucher pour un CDD, le temps de voir comment elle se débrouille et si ce travail lui convient vraiment. Si d'ici là, elle ne s'est pas fait virer, on envisagera la suite. Mia a besoin d'être cadrée. Peut-être qu'elle le sera mieux ici que dans l'une de ces écoles qui coûtent une blinde et qui sont incapables de la tenir.

– Oui. Je vais voir si elle peut bosser avec ma nouvelle assistante, le préviens-je.

– Hayden…

– Non. Tu voulais qu'elle ait un travail, elle en a un. Le reste est non négociable.

Mon père secoue la tête alors qu'il sait que je ne ferai pas plus. J'ai beau aimer ma petite sœur de tout mon cœur, je ne peux pas lui offrir un travail autre alors qu'elle n'a pas les compétences pour. Un bon patron doit faire la part des choses entre sa vie privée et sa vie professionnelle. Et le patron en moi est sûr que le bon poste pour elle est aux côtés de ma nouvelle assistante. Je ne reviendrai pas sur ma décision.

– Je te laisse la prévenir que je l'attends jeudi à neuf heures? demandé-je à mon père, le nez déjà dans mes mails.

– Ouais. Merci, Hayden.

– C'est normal, papa.

Mon père se lève en me saluant alors que je lui renvoie un sourire crispé, déjà ailleurs. Ma journée est loin d'être finie malgré la soirée déjà entamée. Si je veux rentrer chez moi avant que la nuit tombe complètement, je n'ai plus beaucoup de temps.

– Encore merci pour Mia, j'espère que ça ira, me dit-il.

– Moi aussi…

Je soupire alors que mon père quitte mon bureau. Je suis déjà épuisé par la perspective d'avoir à gérer ma sœur. Ça va être une merde sans nom si elle se met à dérailler comme chaque fois qu'elle en a marre de quelque chose. Je ne doute pas que ma nouvelle assistante sera compétente, mais de là à gérer une grande enfant de 24 ans alors qu'elle n'a pas signé pour ça?

Espérons qu'elle saura lui tenir tête aussi bien qu'elle l'a fait avec moi dans cet ascenseur…

3

Lexy

Occupée à coiffer la tignasse rousse de ma fille, je fixe la fenêtre de sa chambre, l'esprit un peu ailleurs. Je suis épuisée. Avery a fait des cauchemars toute la nuit et je n'ai pas eu d'autre choix que de la prendre dans mon lit pour tenter de la calmer. Je ne lui ai pas demandé sur quoi portaient ses terreurs, je le sais déjà. Elle ne veut jamais en parler, pas même à la psy, alors je me contente de la serrer dans mes bras durant plusieurs heures jusqu'à ce qu'elle s'endorme. Dans ces moments-là, je m'en veux tellement de n'avoir rien vu. Je me demande encore et encore comment on en est arrivés là, et je ne trouve jamais de réponse. Il n'y a aucune raison pour qu'un père digne de ce nom lève la main sur sa fille. Je n'ai eu aucune pitié à porter plainte contre Aaron et à le faire enfermer quelques mois derrière les barreaux pour permettre à ma fille d'être en sécurité. Il fallait que je protège Avery, et si ça voulait dire empêcher son père de la voir, alors je n'allais pas y réfléchir deux fois.

On a quitté la ville avec ma fille aussitôt le jugement rendu. J'ai pris un appartement avec ce que j'avais de côté, et j'ai inscrit Avery à l'école la plus proche de chez nous. Je vois déjà le changement sur elle. Elle avait tendance à être très renfermée, bloquée dans son mutisme chaque fois qu'elle revenait de chez son père… Aujourd'hui elle pleure toujours et fait des cauchemars, mais au moins elle parle. Aaron ne supportait pas qu'elle fasse du bruit, et elle a peur à présent d'énerver les gens en parlant. Le seul moment où elle s'exprime sans réserve, c'est ici, avec moi, et c'est déjà une avancée.

– Maman? Je crois que j'ai plus de nœuds.

Je baisse la tête pour découvrir les yeux bleus de ma fille me fixer avec curiosité. Je soupire en abandonnant les cheveux d'Avery et j'attrape sa trousse de chouchous pour la laisser choisir ceux qu'elle veut. Son joli regard océan m'observe avec attention, et je lui renvoie un sourire de façade pour qu'elle ne devine pas mes sombres pensées.

– T'as raison, tes cheveux sont assez démêlés. Natte ou queue-de-cheval?

– Couettes.

Je valide d'un hochement de tête avant de lui faire une raie au milieu du crâne. Entre les propositions A et B, elle choisit la C. Au moins, je ne peux pas lui retirer le fait qu'elle sait ce qu'elle veut, même si elle a peur de l'exprimer en dehors de chez nous. J'attrape l'élastique bleu que me tend Avery et je lui fais une première couette sur le côté de son crâne alors qu'elle grimace, comme chaque fois que je la coiffe. Je suis sur les nerfs aujourd'hui. C'est mon premier jour, j'angoisse de laisser Avery à l'école jusqu'à plus tard que d'habitude. Elle a horreur d'y aller, et en plus je vais prolonger sa journée…

– Tu vas rester à la garderie ce soir, d'accord?

– C'est toi qui viendras me chercher? s'inquiète Avery.

– Je te le promets.

Je serre sa deuxième couette avec un chouchou rose et Avery se met debout sur son lit pour être à ma hauteur. Elle semble apeurée et vient encercler ma nuque de ses bras pour cacher son visage dans mon cou, alors que je lui frotte le dos en essayant de ne pas me laisser submerger par l'émotion. Elle a peur que son père vienne la chercher, même si je lui ai déjà expliqué qu'il ne pouvait pas quitter la prison. Il est à Easton, derrière les barreaux, et nous à New York. Elle ne craint plus rien. Je ne le laisserai plus jamais lui faire du mal.

Avery finit par détacher son corps du mien et poser ses deux petites mains sur mes joues pour me regarder droit dans les yeux. Elle prend cet air sérieux qui détonne avec son visage de poupon et je me retiens de sourire.

– Est-ce que tu as un nouveau travail?

Elle est perspicace. Elle l'a toujours été. Avery aime observer ce qui l'entoure pour retenir tout ce qui se passe. C'est une petite futée, et je crains déjà le moment où elle rentrera dans l'adolescence et qu'elle utilisera cette intelligence pour me faire tourner en bourrique. Je la porte pour la poser au sol avant de répondre.

– Oui, je vais commencer aujourd'hui pendant que tu es à l'école.

– Alors on va aller à l'école toutes les deux, maintenant. Tu vas avoir des devoirs? me questionne-t-elle.

– Peut-être! Tu crois que tu pourras m'aider?

– J'ai quoi, en échange?

J'éclate de rire sans pouvoir me retenir. Cette gamine ne perd pas le nord. Un peu plus et elle me faisait signer un contrat! Je l'envoie rejoindre le salon pour aller mettre ses chaussures pendant que je noue rapidement mes cheveux, aussi roux que ceux d'Avery, en un chignon bouclé. Je récupère ensuite son sac à roulettes dans lequel je glisse le cahier de lecture que nous avons utilisé la veille, puis je rejoins notre petit séjour où Avery m'attend. Elle est en train de s'emmêler dans ses lacets, comme chaque fois qu'elle met ses baskets.

– Tu peux faire mes lacets?

– Et le mot magique, jeune fille?

– S'il te plaît, maman.

Je lui fais un sourire et Avery me le renvoie, puis je m'accroupis devant elle, sagement assise sur le banc qui nous sert aussi de coffre pour les chaussures. Je lui attache ses lacets avant de me promettre d'acheter des chaussures à scratch la prochaine fois, puis je remonte la fermeture Éclair de son manteau. J'attrape mon sac à main où se trouve mon contrat signé, ma veste, le goûter pour le sac d'Avery, et je mets ces escarpins que je déteste, en espérant que je ne me casserai pas la gueule pendant le trajet. Je sens le regard d'Avery qui m'observe, comme chaque matin quand je me prépare à l'emmener, et je la surprends à fixer mes talons avec envie.

Ah, ma chérie, si seulement tu savais l'outil de torture que c'est en réalité...

– Moi aussi je pourrai mettre des talons? ose-t-elle finalement demander.

– Quand tu auras 18 ans, comme le maquillage.

– Pourquoi?

– Parce que c'est des trucs de grands, ma chérie.

Avery se pince les lèvres comme elle le fait toujours quand elle n'est pas d'accord. Ce n'est pas facile tous les jours. Elle compense son manque de parole à l'extérieur par son caractère têtu avec moi. Elle aime me donner tort du haut de ses 6 ans, et même si je lui apprends à arrêter de faire sa mademoiselle Je-sais-tout, je suis contente qu'elle s'affirme. Avery se met debout sur le banc, les mains sur les hanches, et j'attends la suite en contenant mon sourire.

– Je suis plus grande que la majorité des gens de ma classe.

– Alors je rectifie: quand tu seras plus grande que moi.

– C'est de la triche de changer les règles! se plaint-elle.

– Oui, mais moi j'ai le droit de tricher parce que je suis ta mère. Allez, en route, Minimoy.

Ma fille se plaint dans sa barbe et je ris sous cape. Elle est mauvaise joueuse et elle ne s'en cache pas. C'est bien, c'est le comportement de n'importe quel enfant de son âge. Je ferme la porte de l'appartement, les bras chargés de nos affaires, et nous descendons les cinq étages. Avery accroche fermement sa main à la mienne une fois son sac sur le dos, comme chaque fois que nous sortons dans la rue, et nous marchons en silence. Ma fille n'est jamais pressée d'aller à l'école. Je la sens toujours ralentir la cadence quand nous arrivons à proximité des locaux.

– Est-ce que je pourrai avoir un Kinder au goûter demain, s'il te plaît? me demande-t-elle une fois devant le portail rouge.

– Tu n'aimes plus les Twix?

– Si, mais y a pas de surprise dans les Twix.

Je secoue la tête en souriant: si quelque chose d'aussi insignifiant qu'un goûter peut lui faire plaisir, je ne l'en priverai pas, encore plus demandé si poliment. Je l'emmène ensuite jusqu'aux portes de la garderie où Abby, la surveillante, veille sur les allées et venues. Avery se cache dans mes jambes alors qu'Abby tente un sourire en direction de ma fille. Dans les premiers temps, elle pleurait chaque matin avant d'aller à l'école. Maintenant elle y va sans broncher, mais je sais très bien que ça ne lui plaît pas. La psychologue dit qu'il faut persévérer, que la sociabiliser l'aidera à s'ouvrir.

– Tu vas t'asseoir à la table au fond, Avery? lui demande gentiment Abby.

Ma fille hoche doucement la tête avant de me regarder, dans l'attente de son bisou. Je m'accroupis et la laisse me faire un câlin avant que je lui embrasse le front. Avery vérifie qu'elle a bien son goûter, comme chaque matin, puis je l'observe avancer jusqu'au fond de la salle, les épaules voûtées. Elle me jette de petits regards tristes, et j'aimerais la prendre dans mes bras et lui dire qu'on va rentrer à la maison, mais ce ne serait pas lui rendre service… Abby se place à côté de moi et lâche un soupir.

– Elle refuse toujours de jouer avec les autres enfants, me confie-t-elle.

– Je sais, soufflé-je, le cœur serré.

Avery sort sa trousse *Reine des neiges* sans adresser la parole aux autres. Elle semble tellement différente de la petite fille que je peux avoir à la maison. Son père l'a détruite alors qu'elle n'était encore qu'un bébé. Je ne pourrai jamais lui pardonner une chose pareille. À présent, elle a peur de l'humain en lui-même... Si ce travail n'avait pas été vital pour nous, je ne l'aurais jamais pris. La laisser seule un ou deux jours, je crois que ça va être dur pour elle comme pour moi.

Je finis par sortir de ma léthargie et fais un signe de la main à Avery avant de quitter l'école pour rejoindre la rue, la tête encore dans les nuages. J'aimerais tellement faire plus pour ma fille. Si je pouvais lui retirer toutes ses peines et ses angoisses pour les rajouter aux miennes, je le ferais sans une once d'hésitation. Malheureusement, ça ne marche pas comme ça... La seule chose que je peux faire à l'instant présent, c'est aller travailler pour ramener de l'argent et lui offrir une belle vie comme elle le mérite, loin des démons qu'elle n'aurait jamais dû connaître à son âge.

J'ai pris mes dispositions : cette fois-ci, j'ai réservé un taxi pour venir me chercher directement à l'école après avoir déposé Avery. Celui-ci est garé de l'autre côté de la rue et je m'engouffre dans l'habitacle jaune en donnant l'adresse de l'entreprise. J'observe le bâtiment de l'école disparaître alors que mon cœur se serre comme chaque matin.

Le paysage défile à une vitesse folle sous mes yeux à mesure que nous nous rapprochons de l'entreprise et je ne peux pas m'empêcher de songer à la journée qui arrive. Je suis décidée à faire mes preuves et à garder ce travail. Ça ne peut pas être plus terrible que de bosser aux ressources humaines. Répondre au téléphone, gérer un agenda… Je devrais m'en sortir à peu près sans encombre. J'espère seulement que mes relations professionnelles avec mon nouveau patron seront cordiales après notre drôle de rencontre. Et aussi parce que Hayden O'Leary a ce charisme qui ne laisse personne indifférent, et certainement pas moi. Mais ces pensées doivent rester à l'écart, car il est hors de question que je laisse mes désirs aller sur ce terrain-là.

Le taxi me dépose en bas de l'O'Leary Corporation et j'inspire profondément avant de passer les grandes portes. Cette fois-ci, la personne à l'accueil est au courant de mon arrivée et me remet un badge à présenter à l'entrée chaque matin, avant de me laisser rejoindre l'ascenseur. Je passe les portes avec confiance puis attends patiemment que les étages défilent. J'ai déjà eu plus compliqué comme boulot. Il n'y a aucune raison pour que les choses foirent, tout simplement parce que je suis déterminée à ce qu'elles se déroulent bien. Je ne vais pas me laisser déconcentrer par mon boss. Plus que tout, je vais faire de mon mieux pour exceller dans mon travail.

Easton et New York, ce n'est pas pareil. Ce n'est pas la même dimension. Ici, tout semble plus grand, plus important, c'est un peu effrayant. Mon poste est moins haut placé, mais j'ai l'impression qu'une erreur pourrait avoir plus de conséquences.

L'ascenseur s'ouvre sur un couloir plus calme que la dernière fois, et j'avance jusqu'à atteindre la porte de mon patron. Juste à côté s'en trouve une autre, où je lis mon nom. Je pose une main sur la poignée, le cœur battant à l'idée de découvrir mon nouveau lieu de travail. Mais au moment où j'ouvre le battant, ce que je vois n'est pas vraiment ce à quoi je m'attendais : la pièce est spacieuse, plus qu'elle ne devrait l'être pour une assistante, et la présence d'une jeune femme sur un petit fauteuil dans un coin de la salle me paraît incongrue. Elle est assez grande, les cheveux bruns attachés en une queue-de-cheval, et elle semble tout à fait à l'aise dans ce bureau. Peut-être que je me suis trompée de pièce ?

– Salut ! Vous devez être Lexy, c'est ça ? J'ai trop hâte de commencer !

– Salut… Est-ce que je suis au bon endroit ? Nous sommes censées nous connaître ?

– Pas encore, non. Mais votre patron a dit que je devais bosser avec vous et que je pouvais vous attendre dans votre bureau.

Je hausse un sourcil en déposant mon sac sur mon nouveau bureau. Je suis donc au bon endroit, mais une inconnue m'attend pour travailler. Pourquoi n'ai-je pas été prévenue ? Et surtout, pourquoi est-elle là ? Cette jeune femme semble très à l'aise, comme si ça n'avait rien d'étrange de se retrouver dans le bureau d'une personne qui ne connaît même pas votre existence. Et qu'entend-elle par « votre patron » ?

– Vous m'accordez deux minutes ? Je reviens.

Je n'attends pas sa réponse, je sors de mon bureau pour rejoindre celui d'O'Leary. La porte est fermée, alors je toque doucement jusqu'à ce qu'il m'invite à entrer, et je le trouve en pleine conversation téléphonique. Je m'assois dans l'un des fauteuils en face de son bureau. Je me tiens droite, l'air le plus sérieux possible. O'Leary en impose, je ne peux pas le nier. Ses traits fins lui donnent une beauté hypnotique, et ses cheveux parfaitement coiffés lui confèrent cet air sérieux qui a sûrement dû en faire craquer plus d'une. Toutefois je ne suis pas ici pour l'observer, mais bel et bien pour attendre ses réponses à propos de l'inconnue de mon bureau.

O'Leary donne encore quelques directives à son interlocuteur, la mine fermée et le regard posé sur moi. Un long frisson parcourt ma colonne vertébrale alors que je tente d'ignorer cette chaleur au creux de mon ventre que je ressens lorsqu'il me fixe avec tant d'insistance. Je détourne les yeux pour tenter de l'ignorer, observant son bureau dans les moindres détails pour me concentrer sur tout, sauf sur lui. Il finit par raccrocher au bout de quelques longues minutes et je me redresse dans mon siège en reposant les yeux sur lui.

– Heureux de vous voir à l'heure, mademoiselle Owlite.

– Je vous retourne le compliment.

Il ne peut pas retenir un sourire face à ma pique et je me mords la lèvre face à mon impulsivité qui me coûtera cher un jour. Et je me plains que ma fille soit comme moi… Heureusement, mon patron semble plus amusé qu'autre chose par ma remarque et n'en tient pas compte. Je tente de faire abstraction du regard brûlant qu'O'Leary pose sur moi. Je n'arrive plus à détourner les yeux, et je suis persuadée qu'il en a conscience. Je me racle la gorge pour tenter de reprendre contenance, sans grand succès.

– Il y a une jeune femme dans mon bureau qui dit devoir travailler avec moi, parviens-je finalement à dire.

– En effet. C'est Mia.

Il semble imperturbable, assis bien au fond de son siège, un sourire en coin sur les lèvres qui me donne autant envie de le faire taire que de l'embrasser.

L'embrasser? Sérieusement, Lexy?

Je secoue la tête pour chasser ces idées qui n'ont pas leur place dans ce bureau, et je me redresse afin de me donner le plus d'assurance possible. Je me moque de travailler avec quelqu'un, mais j'aurais apprécié être prévenue. C'est mon premier jour de boulot, je voudrais simplement ne pas être confrontée à ce genre de surprise.

– D'accord... Et je suis censée faire quoi au juste? lui demandé-je.

– La former.

– Quels sont ses diplômes?

O'Leary ne semble pas apprécier ma curiosité, mais elle n'est que professionnelle. J'ai besoin de connaître les compétences de la personne avec qui je vais travailler pour savoir ce que je dois lui montrer. C'est peut-être une déformation professionnelle après avoir étudié et travaillé dans les ressources humaines, mais c'est un détail essentiel pour moi.

Mon boss s'enfonce un peu plus dans son siège en soupirant, l'air désabusé par cette conversation, et je croise les bras. Nous nous toisons mutuellement. De longues secondes s'écoulent et aucun de nous ne détourne le regard, l'électricité entre nous montant crescendo, et Hayden se racle la gorge. Tension ou non, il est hors de question que je me laisse intimider.

– Excusez-moi, mais j'arrive pour mon premier jour et je découvre que je dois prendre en charge quelqu'un. Je pense qu'il est légitime que je vous pose quelques questions. Est-ce qu'elle est compétente, au moins?

– Je n'en sais rien. Elle est intelligente, mais elle n'a jamais fini ses études.

– Alors qu'est-ce qu'elle fait ici?

Il plisse les yeux en m'observant, je ne me démonte pas. Il a du charisme, il en impose, mais il ne me fait pas peur. J'ai déjà eu des stagiaires à mon poste précédent, ce n'est pas nouveau, pourtant cette fois-ci je suis totalement prise au dépourvu. Je vais devoir former quelqu'un sur des compétences que je ne maîtrise moi-même pas encore. Je ne sais pas quel genre de logiciel il utilise pour son agenda ni la fréquence de ses rendez-vous… Je ne connais rien. O'Leary pose ses coudes sur la surface de son bureau et me fixe en tapant nerveusement du doigt sur le bois. Je prends une profonde inspiration, happée par son regard.

– Vous voulez la réponse professionnelle ou humaine? me demande-t-il soudain.

Je laisse le silence planer un instant. Je n'en ai pas la moindre idée. J'ai l'impression qu'il prend soin de différencier la personne qu'il est ici de celle qu'il est en dehors du bureau, et ces deux propositions correspondent aux deux facettes de mon patron. À moi de décider si je veux que l'homme d'affaires me réponde, ou si je préfère parler à celui que j'ai rencontré dans le hall de l'entreprise il y a quelques jours.

J'ai décidément envie d'apprendre à connaître l'homme plutôt que le patron...

– Je préfère la réponse humaine, finis-je par trancher.

– C'est ma petite sœur. Elle a son diplôme du secondaire, mais c'est tout. Elle a un bon relationnel client, le sens des affaires, mais elle a tendance à être trop impulsive quand les choses ne lui plaisent pas. Un peu comme vous dans l'ascenseur, en fait. Sauf qu'elle ne sait pas faire la part des choses entre là où s'arrête sa vie privée et là où commencent ses relations professionnelles.

Je reste un moment muette. Cette Mia s'est donc fait pistonner... Très honnêtement, je ne sais pas ce que je ferais si un membre de ma famille me demandait de travailler pour moi. J'apprécie au moins de savoir la vérité. Je ne sais pas comment prendre les choses, mais au moins, j'ai toutes les cartes en main. Je fixe O'Leary différemment cette fois-ci, touchée de le voir sous cet angle-ci.

– Je sais ce que vous pensez. Que ce n'est pas professionnel de ma part.

– Je n'ai rien dit. Je suis ici pour travailler. Pas pour juger.

– Vous allez devoir travailler avec elle, alors autant être honnête. Elle est ici parce qu'elle l'a voulu. Je l'ai assignée au poste qui a le moins d'impact sur l'entreprise. Et à la moindre de ses gaffes, vous devez me prévenir.

Il garde cet air sérieux, même en parlant de sa petite sœur. Seul son regard brûlant posé sur moi me laisse entrevoir celui qui se cache sous son air de patron impénétrable. Je ne veux pas imaginer ce que ça doit être de faire partie de la famille d'un homme tel que lui. Il a réussi là où beaucoup échouent, il est à la tête d'une entreprise qui lui rapporte, et sa sœur se retrouve à jouer les assistantes. Je ne peux pas m'empêcher de me demander comment il est en dehors des bureaux.

– Donc si elle photocopie trop de feuilles, je dois vous le dire ? lancé-je en tentant de détendre l'atmosphère.

– Très drôle. Je parle d'erreurs majeures.

– OK, c'est noté.

Je me relève en lissant les plis imaginaires de ma jupe crayon et je me tiens bien droite devant O'Leary. Nos regards se croisent l'espace d'un instant ; je détourne les yeux pour mettre fin à cet échange qui me déstabilise bien trop.

– Merci.

Je lui renvoie un sourire crispé alors qu'il est déjà à nouveau sur son ordinateur et je quitte la pièce sans plus de cérémonie. Je ne lui ai même pas demandé ce que je devais faire sur mon propre poste, incapable de rester plus longtemps si près de lui. Je ne me retourne pas, je ne le regarde pas, et c'est mieux ainsi. Je n'aime pas ce que je ressens lorsqu'il me regarde, je n'aime pas cette attirance incontrôlable. Elle me déstabilise, me perturbe et j'ai peur qu'à terme, elle ne nuise à mon travail. Je rejoins mon bureau en quelques pas seulement, et je retrouve la fameuse Mia assise au même endroit que lorsque je l'ai quittée, le regard rivé sur le mur, une expression triste sur le visage. Elle relève la tête en s'apercevant de ma présence, et un sourire amer étire ses lèvres.

– Alors ? Il vous a fait un discours sur mon immaturité ? Et il vous a demandé de me virer à la moindre erreur ? raille-t-elle.

Je reste un instant à l'observer sans savoir quoi répondre, puis je finis par sourire en me posant derrière mon bureau pour la première fois. Elle connaît très bien son frère, mais moi, elle ne me connaît pas.

– C'est vrai, avoué-je.

– Et vous comptez suivre ses indications à la lettre, je parie, conclut-elle.

– Non.

Elle me fixe de ses grands yeux verts alors que je souris un peu plus. J'ai été à sa place. J'ai été perdue, incertaine, je n'étais même pas bonne élève jusqu'à ce que je trouve ma voie. J'ai fait des tonnes d'erreurs qui auraient pu me coûter cher, mais j'ai eu la chance de travailler aux côtés d'un DRH qui m'a beaucoup appris. Il faut juste qu'elle comprenne que je ne suis pas là pour noter ses erreurs comme son frère me l'a demandé, mais pour observer sa progression. Regarder le négatif ne sert à rien, mieux vaut se concentrer sur le positif.

– Quand on se forme à un travail, on fait tous des gaffes. Mais on apprend de nos erreurs. Je parie même qu'avant d'être à la tête de cette entreprise, votre frère a dû en faire ici. Il faut juste savoir les rattraper et ne plus les refaire.

Mia me dévisage un instant, alors que je commence à allumer l'écran de mon ordinateur.

– Vous êtes sérieuse?

– Très sérieuse.

Un énorme sourire prend place sur son visage et Mia se redresse dans sa chaise avant de me regarder, les yeux pétillants. Il ne faut pas l'enfoncer, juste l'encourager pour le moment. Je verrai bien après de quoi elle est capable. Elle semble reboostée, tout comme je le suis. J'allume l'unité centrale mise à disposition et me connecte à tous les logiciels demandés avec les codes que l'on m'a laissés sur une fiche, puis Mia me rejoint de l'autre côté du bureau et commence à me poser une tonne de questions auxquelles je n'ai pas toujours les réponses. Mais même avec la plus grande concentration du monde, il m'est impossible de rester de marbre lorsque O'Leary vient s'assurer que tout se déroule bien pour notre premier jour. Impossible de le nier, il me trouble plus que de raison.

4

Hayden

Je me masse les tempes en sortant de mon bureau. Ma journée a été beaucoup trop chargée. Il n'est pas encore dix-huit heures et j'ai l'impression d'avoir enchaîné plusieurs jours de travail en un seul. Les fusions et acquisitions de sociétés sont un marché lucratif. Les capitaux sont souvent élevés et les entrées d'argent vont de pair avec les placements judicieux. Mais ce n'est pas l'argent qui intéressait ma mère, c'est ce qu'il pouvait apporter. Elle choisissait chaque année plusieurs organismes venant en aide aux plus nécessiteux afin de les soutenir financièrement, et maintenant que j'ai pris sa placc, j'ai à cœur d'assurer la relève.

Je lis une autre page du dossier que je dois ramener à Lexy tout en traversant le couloir jusqu'à son bureau, et je toque à la porte sans lever les yeux, indécis. La voix de mon assistante me dit d'entrer et j'ouvre le battant pour la découvrir concentrée sur son PC, un crayon de papier dans la bouche, les sourcils froncés. Je ne peux pas retenir un sourire face à son air excessivement sérieux. Elle est bien la première à me faire attendre, même une minute, car elle n'a pas fini ce qu'elle est en train de faire. Je ne m'en plains pas, j'en profite pour l'observer à ma guise. Ses cheveux roux sont méthodiquement attachés, pas une mèche ne dépasse, dévoilant une nuque qui ne demande qu'à être couverte de baisers.

Et tellement plus...

Elle est belle, naturelle, elle-même, et j'aime ça.

– Vous avez besoin de quelque chose? finit-elle par me demander en relevant la tête.

Son regard bleu glacial croise le mien et je ne peux pas m'empêcher d'esquisser un sourire. Il n'y a pas trop de doute, elle a eu l'habitude d'être plus qu'une simple assistante, ça se voit à son air de femme d'affaires implacable. Je dépose le dossier que je feuilletais devant elle pour qu'elle puisse le regarder à son tour. Lexy l'attrape et commence à découvrir les premières pages avec curiosité avant de me fixer, un peu perdue, ne comprenant visiblement pas ce que des œuvres caritatives viennent faire ici.

– Ce sont des associations? me demande-t-elle.

– Oui. Il nous faudrait un lieu de réception pour cinq cents personnes qui pourrait correspondre à n'importe lequel de ces organismes, étant donné que nous n'avons pas encore choisi lequel serait invité. À réserver pour la semaine prochaine.

– Aucun problème. Je vais regarder ça avec Mia, elle ne devrait pas tarder à revenir de sa pause.

Je n'avais même pas fait attention à l'absence de ma sœur. J'ai tellement l'habitude de ne pas la voir ici. Mais c'est vrai qu'elle travaille pour moi à présent, avec Lexy. Celle-ci semble confiante, alors que je ne le suis pas du tout à l'idée de remettre un événement pareil entre les mains de ma petite sœur. Ce sont les soirées qui comptent le plus pour notre mère, on ne peut pas tout faire capoter parce que j'ai fait confiance à la mauvaise personne.

– Vous êtes sûre de vouloir confier ça à Mia? tenté-je.

– Oui. Vous m'avez demandé de la former, ça passe par le fait de lui donner des responsabilités. Et pour être honnête avec vous, elle connaît mieux votre entreprise que moi, elle m'aide autant que je peux l'aider.

La confiance de mon assistante envers ma sœur est surprenante. Ça ne fait que deux jours qu'elles bossent ensemble, pourtant elle accorde plus de confiance professionnelle à Mia que je ne l'ai jamais fait. D'un côté, c'est sûrement normal. Mia est ma petite sœur, celle qu'on a toujours prise pour un bébé. C'est compliqué de se dire que ce n'est plus une ado maladroite mais une jeune femme de 24 ans qui a besoin qu'on lui donne des responsabilités.

– Tout se passe bien avec elle, alors? m'assuré-je.

– Oui. Elle a du mal à se canaliser, mais elle est sérieuse et intelligente. Il faut juste réussir à la captiver pour qu'elle se concentre assez. Elle est productive, elle ferait une très bonne assistante RH.

Lexy parle sérieusement et ses propos ont piqué ma curiosité. Mia n'a jamais pensé à être dans les ressources humaines, elle a toujours été butée dans ses choix, un peu comme notre père. Alors si une nouvelle orientation peut lui plaire, je suis tout ouïe.

– Qu'est-ce qui vous fait dire ça?

– J'étais chargée de recrutement, avant. Et j'en ai vu beaucoup, des gens comme elle. Ils ont besoin d'un contact humain. Mia ne sait pas rester derrière un ordinateur sans parler. Elle a passé ces deux derniers jours à discuter avec moi dès qu'elle le pouvait, à aller à la rencontre des autres. Je suis persuadée que ce serait un poste qui lui conviendrait.

Je fixe Lexy avec une certaine admiration pour ses qualités humaines. Ses paroles ne me font que comprendre davantage qu'elle n'a vraiment rien à faire ici. Son CV me l'a montré, et ses compétences d'autant plus. Elle a bien su cerner ma sœur. C'est vrai que Mia a toujours eu besoin de voir du monde. Laissez-la enfermée seule vingt-quatre heures et vous pouvez être sûr de la retrouver complètement folle. Cette nouvelle orientation serait une excellente idée, malheureusement, Mia n'a pas les diplômes pour et nos ressources humaines n'ont pas de poste à pourvoir.

– Peut-être qu'elle y songera elle-même un jour.

– Encouragez-la dans ses envies, je suis presque sûre qu'elle n'attend que ça.

Je hoche la tête, sachant pertinemment que je ne parle plus à mon assistante, mais à la maman d'une petite fille. Lexy a deux ans de moins que moi selon ses papiers d'identité, et à 26 ans, elle est bien plus mature sur ce point-là que moi. Mais ça ne change en rien au fait que je continue à me méfier de Mia, de son impulsivité et de sa maladresse sans faille.

– Si quelque chose se passe mal…

– Je sais, je dois vous prévenir. Mais faites-lui confiance et laissez-lui une vraie chance.

Je soupire profondément avant de me résigner à laisser mon assistante gérer ça. Elle a raison, je dois arrêter de voir Mia comme ma petite sœur pour la considérer comme une employée à part entière. Après tout, c'est ce qu'elle m'a demandé. Elle a voulu travailler pour moi, elle n'a jamais souhaité que je la materne comme un grand frère surprotecteur un peu chiant. Je suis ferme sans mettre la pression avec le reste de mes employés, je dois faire de même avec Mia.

– Très bien, je vous fais confiance, mademoiselle Owlite. Pour le budget, vous avez tout dans ce dossier. C'est pour un gala de charité. Vous pensez pouvoir me trouver un lieu avant lundi ?

– Aucun problème, je l'aurai ce soir. Je finis d'apprivoiser le logiciel et je m'en occupe.

Je hausse un sourcil face à sa remarque alors que je commence à comprendre qu'elle n'a pas encore pris ses marques avec nos outils de travail. Même Mia n'aurait pas pu l'aider, elle préfère coder plutôt qu'utiliser des logiciels tout faits sans comprendre le fonctionnement en arrière-plan. Je reconnais que nos logiciels ne sont pas des plus intuitifs. J'attrape une chaise dans le bureau et la place à côté de Lexy, avant de m'asseoir dessus sous son regard surpris. Son parfum fruité remonte jusqu'à mes narines, et je tente de garder une expression neutre pour ne pas laisser entrevoir mon trouble en étant si proche d'elle.

– Ce n'est pas parce que je suis le patron que je ne peux pas aider.

– Je n'ai pas dit ça.

– Vous me regardez comme si j'étais un alien.

– C'est un peu le cas, à vrai dire. Le big boss de mon ancienne entreprise n'en avait rien à carrer de ce qui se passait autour de lui tant que c'était bien fait. Vous êtes étonnamment accessible…

– Eh bien, votre ancien patron était un con.

Elle éclate de rire sans pouvoir se retenir et je lui jette un regard en coin, amusé. C'est rafraîchissant, quelqu'un de si naturel. Je ne peux pas m'empêcher de la dévorer du regard jusqu'à ce qu'elle me surprenne.

Reste concentré, Hayden.

Je tends le bras pour prendre la souris des mains de Lexy, et nos doigts se frôlent. Nos regards se croisent un court instant avant que Lexy recule en se raclant la gorge pour me laisser la place. Je ne peux pas retenir un sourire en la voyant frissonner. Elle n'est pas aussi indifférente qu'elle a pu me le faire croire… Je lance tous nos logiciels sur l'ordinateur et je les laisse charger.

Si j'avais le temps, j'aurais parfaitement les capacités de gérer ça seul. Je commence par lui montrer l'agenda électronique dont elle connaît déjà quasiment toutes les fonctions, puis je passe au serveur interne, en lui donnant le mot de passe pour accéder à certains dossiers confidentiels de l'entreprise dont elle aura besoin. Elle m'écoute avec attention et, quand elle a compris le fonctionnement de nos logiciels de bureau, je lui rends sa souris. Je suis assis tout près d'elle. Un geste me permettrait de la toucher. Je joue avec cette idée un instant. Mais je n'en ai pas le droit, encore moins après lui avoir avoué que sa candidature me plaisait parce qu'elle m'avait repoussé dans l'ascenseur.

Et dire que je me félicitais d'être un patron qui ne fantasmait pas sur son assistante...

C'est probablement parce qu'elle m'a repoussé et que c'est interdit qu'elle me fait cet effet. Mais le savoir ne m'empêche pas de ressentir ce désir. Me concentrer est une torture quand elle est si proche de moi et si inaccessible à la fois.

– Autre chose? lui demandé-je, autant pour l'aider que pour éviter à mes pensées de dériver davantage.

– Non, je crois que je maîtrise à peu près. Ce n'était pas si compliqué que ça, en fin de compte. Merci.

Je ne peux détacher mon regard de ses lèvres alors qu'elle s'est tournée vers moi. Mes yeux remontent sur son nez fin, englobent son visage entouré de ses cheveux flamboyants avant de se perdre dans ses iris bleus.

– Vous avez autre chose à me demander? s'étonne Lexy.

Je secoue la tête pour revenir sur terre alors qu'elle fronce un peu plus les sourcils.

– Non, rien du tout.

Je me relève avec une lenteur calculée, ne laissant rien paraître du trouble que je peux ressentir en étant si près d'elle. Je replace la chaise au coin de la salle avant de remonter les manches de ma chemise. Lexy me regarde faire, et je hausse un sourcil dans sa direction. On dirait que c'est à son tour de m'observer. Mais je me ressaisis bien vite et reprends mon air impénétrable, celui que j'arbore toujours au travail. Je lui tourne le dos pour rejoindre la porte sans un regard de plus, instaurant cette distance qui n'aurait pas dû disparaître, même l'espace d'un court instant. Derrière moi, la porte de son bureau claque alors que je reprends mon souffle, loin du désir insoutenable qu'elle me fait ressentir.

5

Lexy

Voilà une petite semaine que j'ai commencé à travailler à l'O'Leary Corporation, une semaine que je vois mon patron tous les jours, que nos regards se croisent et que je fais tout pour éviter de penser à ce que je ressens en sa présence. C'est plus fort que moi. Un échange de regard, un frôlement… et je ne peux plus me le sortir de la tête.

Et voilà que je recommence à y penser…

Stop ! Je n'ai que deux préoccupations : ma fille et mon travail. Le reste n'a pas d'importance.

Avery semble s'habituer à la garderie le matin et le soir, tandis que je prends mes marques au sein de l'entreprise. Mia m'aide beaucoup à y parvenir. Elle est loin d'être celle que son frère a décrite. Elle est sérieuse quand elle le veut, et même si elle a tendance à se lasser assez rapidement des tâches que je lui confie, elle les fait toujours bien. C'est même elle qui a trouvé le lieu de réception pour le gala de demain soir. Elle a des contacts insoupçonnés dans le monde des affaires, et elle a su s'en servir à bon escient.

Elle refuse que je fasse part à son frère du fait que c'est elle qui a trouvé la salle, mais je ne compte pas l'écouter. Elle a des compétences, elle devrait les mettre en valeur plutôt que de les cacher.

Le seul hic dans tout ceci, c'est que je dois accompagner O'Leary à la soirée. Les plats au menu semblent délicieux et hors de prix, du genre qu'on ne mange que rarement, c'est l'occasion de porter une jolie robe et des escarpins tout aussi canon même si inconfortables, il y a de quoi faire rêver n'importe qui. Mais pas moi. Avery s'est habituée à mes horaires, mais ça ne veut pas dire que je suis prête à la laisser seule une soirée entière avec une inconnue. Je ne saurais même pas à qui la confier. Je suis dans une impasse qui me prend la tête depuis ce matin, et je sens la migraine pointer le bout de son nez à force de trop cogiter.

– Lexy? Est-ce que vous allez bien?

Je relève la tête en soupirant vers Mia, assise en face de moi, et j'opine. En réalité, en plus de tout ça, je me sens exténuée. Les cauchemars d'Avery sont de pire en pire ces derniers jours, et j'ai l'impression de ne plus avoir passé de bonne nuit depuis une éternité. Ma fille dort avec moi depuis quelques jours. Même si ça m'enlève quelques heures de sommeil, ça a au moins le mérite de la calmer. Je pensais que le maquillage avait réussi à cacher mes cernes, mais je me trompais, visiblement.

– On avait dit qu'on se tutoyait, Mia.

– J'ai un peu de mal, désolée.

Elle me renvoie un sourire contrit alors que je balaie ses excuses d'un revers de la main, trop fatiguée pour m'étaler sur le sujet. On a presque le même âge, et pourtant elle s'évertue à vouloir me vouvoyer. J'ai l'impression de me prendre dix ans à chaque fois et ce n'est pas flatteur, surtout dans ces jours où je n'ai même pas le courage de me regarder dans un miroir.

– *Tu* as l'air fatigué. C'est la perspective du gala qui t'angoisse ? me demande Mia.

J'esquisse un sourire au tutoiement exagéré et secoue la tête en me massant les tempes. Je ferme les yeux quelques secondes.

– Pas du tout. Et toi ? Tu sais déjà quoi mettre ? la questionné-je pour changer de sujet.

– Je n'y vais pas. Hayden m'a dispensée de cette corvée, il n'a besoin que de toi.

– Tu plaisantes ?

Mia fronce les sourcils, ne comprenant pas ma surprise, et je laisse tomber mon front contre la surface fraîche de mon bureau. Elle a beaucoup de chance, et elle n'en a même pas conscience. Je tuerais pour échapper à cette soirée et rester chez moi avec ma fille. Malheureusement, je sais parfaitement que c'est impossible.

– Tu ne voulais pas y aller ? me questionne Mia.

– J'ai une petite fille. Elle n'a que 6 ans, je ne peux pas la laisser seule, soupiré-je.

– Moi, je peux te la garder, si tu veux. Les enfants m'adorent.

Je relève vivement la tête pour fixer ma collègue, peu convaincue. C'est une chose de lui faire confiance au travail, c'en est une autre de lui confier ma fille. J'ai du mal à accorder ma confiance quand il s'agit de cette dernière. Quoi de plus logique, la personne qui n'aurait jamais dû faire du mal à Avery a pourtant été violente. Alors qu'est-ce qui empêcherait un inconnu de reproduire le même schéma ?

Je soupire profondément. Je deviens aussi craintive que ma fille, j'ai tendance à voir le mal partout de peur de ne pas réussir à la protéger, alors que tout le monde n'est pas foncièrement mauvais.

– Tu sais, Avery est assez sauvage, elle a du mal avec les gens… commencé-je à expliquer.

– Alors, présente-la-moi. On part ensemble du boulot, et tu verras bien si ça marche. Je suis ta seule option pour demain de toute façon, non? argue Mia.

Je me pince la lèvre avant d'opiner en silence. Ouais, c'est clair, Mia est ma seule option. Soit c'est elle, soit c'est une inconnue…

***

Tout comme moi, Mia n'a pas le permis et m'a donc accompagnée en taxi jusqu'à l'école d'Avery après que nous avons fini notre journée de travail. J'angoisse à mesure que nous avançons dans le couloir jusqu'à la garderie. J'ai peur que ma fille prenne une fois de plus peur face à une inconnue.

Mia me suit de près dans le couloir. Une fois que nous sommes arrivées dans la grande pièce remplie d'une dizaine d'enfants attendant leurs parents, mon cœur se serre en découvrant Avery seule dans son coin. Elle est assise à une table, et son visage est tout triste, plus qu'à l'accoutumée. Je fais un signe rapide à Abby avant de m'approcher de ma fille et de me mettre à sa hauteur. Ses yeux bleus croisent les miens et sa peau rougie me laisse deviner qu'elle a pleuré.

– Qu'est-ce que tu as, chérie?

– Quelqu'un m'a volé mon Kinder.

J'ouvre la bouche avant de la refermer face au sérieux de sa réponse. Je ferme les yeux un instant, soulagée que ce ne soit que ça. Je lui ai acheté deux boîtes de Kinder Surprise ce week-end, elle en aura un en rentrant. En attendant, je vais devoir tirer ça au clair avec sa maîtresse. Il n'est pas normal que les enfants se volent leur goûter entre eux. Il est hors de question que je laisse passer ça. Les gosses peuvent être d'une cruauté sans limite, ça commence par un Kinder et ça se termine par un harcèlement constant. Je ne laisserai jamais personne s'en prendre à ma fille, même pour un satané Kinder. Je prendrai rendez-vous avec la maîtresse pour lui en parler à un moment loin des enfants. Je n'ai pas le temps de dire quoi que ce soit pour réconforter ma fille que Mia s'approche doucement d'Avery en souriant.

– Bouge pas, princesse, j'en ai un. Y a pas de surprise dedans, mais c'est tout aussi bon.

Je relève la tête vers ma collègue et avise le Kinder Country que Mia tend à Avery. Ma fille me jette un regard insistant, attendant mon autorisation, comme chaque fois qu'elle veut faire quelque chose.

– Je te présente Mia, ma chérie. C'est une collègue qui travaille avec moi, elle est très gentille. Elle va venir un peu à la maison avec nous ce soir. Tu peux prendre le Kinder qu'elle t'offre, vas-y.

Je hoche la tête pour l'encourager et elle attrape doucement la friandise, d'un geste hésitant, presque tremblant, avant de me demander de la déballer. Je lui tends le chocolat, mais ne le lâche pas au moment où elle tente de tirer dessus pour le récupérer.

– On dit quoi, mademoiselle ?

– Merci, madame, répond Avery.

Je lâche la petite plaque de chocolat et Avery croque dedans sans attendre. Je suis soulagée de voir qu'elle a au moins accepté de parler devant Mia et remercie cette dernière, qui nous observe. Je me lève pour regrouper toutes les affaires de ma fille et prendre son sac. Avery mange en fixant ma collègue de ses grands yeux bleus, clairement méfiante face à l'adulte qui se tient devant elle. Elle ne détournera pas le regard tant que je ne lui aurai pas pris la main, elle a fait la même chose avec sa maîtresse les premiers temps, avec Abby, avec la psy… Pour elle, avoir le dos tourné, c'est s'exposer au risque d'être frappée. Elle va malheureusement grandir avec de gros problèmes de confiance, et je me sens parfois si impuissante à la rassurer. Je ne peux qu'être là pour elle, dès qu'elle en aura besoin.

– On y va, Avery ?

Je lui tends la main, et la sienne pleine de chocolat vient s'y loger. Elle détourne enfin les yeux de Mia, qui semble déçue que ma fille ne lui adresse pas plus de quelques mots, et nous avançons ensemble jusqu'à la sortie de l'école. Avery reste collée à moi, encore plus que d'habitude, et je finis par la porter malgré son poids qui commence à me faire mal au dos. Ses mains autour de mon cou serrent mes vêtements alors que Mia tente à plusieurs reprises de lui parler.

Nous arrivons rapidement en bas de notre immeuble, et je repose Avery pour sortir mes clés. Ma fille s'accroche à ma jambe comme à une bouée. Je remercie Mia qui récupère le sac d'école pour me laisser les mains libres. Nous montons l'escalier en silence, Avery en tête, et je vois ma fille se détendre instantanément au moment où nous pénétrons dans l'appartement.

Je rejoins le canapé, Avery toujours scotchée à moi, et je désigne le portemanteau à Mia pour qu'elle puisse se mettre à l'aise. Je m'assois sur l'accoudoir du canapé et je souris tristement quand ma fille vient se réfugier entre mes jambes pour se cacher. Elle attrape mes mains pour les serrer, et je la prends contre moi, le menton sur son crâne, tandis que Mia nous rejoint pour s'asseoir dans un fauteuil face à nous.

– Qui es-tu? finit par demander Avery.

J'ai beau le lui avoir dit à la garderie, c'est comme si elle devait vérifier par elle-même.

– Je m'appelle Mia. Je suis une collègue de ta maman.

– Et tu es gentille? l'interroge Avery en serrant plus fort mes mains.

– Bien sûr, je n'ai jamais mangé personne. C'est préférable, si je veux que le père Noël m'apporte des cadeaux, rit Mia alors que je sens déjà les choses déraper.

– Le père Noël existe pas, la contredit ma fille.

– Quoi? Mais pourquoi tu dis ça? s'étonne Mia.

Elle me jette un regard surpris, je me mords la lèvre. Il y a des sujets que je n'aborde plus avec ma fille. Le père Noël, la petite souris… Ce sont des sujets sensibles qu'elle refuse d'évoquer. Encore une chose qui a coûté quelques bleus à mon bébé. Je jure que si je n'avais pas l'obligation de rester raisonnable pour la garde de ma fille, j'aurais sûrement tué son père depuis longtemps.

– Parce que papa a dit que je ne devais pas croire à ces conneries, lâche ma fille.

– Avery, je t'ai déjà dit que le mot connerie était interdit.

Ma fille se fait toute petite contre moi et n'ose même pas me regarder. Je refuse qu'elle répète les gros mots qu'elle a pu entendre dans la bouche de son abruti de père, et elle le sait parfaitement. Elle finit par se tourner vers moi, l'air coupable, et enfouit sa tête contre mon ventre. Je passe une main dans sa tignasse rousse et j'observe Mia qui semble attendrie par la scène qui se déroule devant elle.

– Je peux aller dans ma chambre, maman?

– Vas-y.

Avery ne jette même pas un regard à Mia, elle se détache de moi et part en courant.

– Je te sers quelque chose à boire? proposé-je à mon invitée en me relevant.

– Avec plaisir, merci.

Elle se lève à son tour et me suit jusqu'à notre petite

cuisine. Mia prend place à notre table pour deux et j'ouvre le frigo pour aviser nos boissons.

– Du jus de fruits, ça te va? Je n'ai pas d'alcool à t'offrir.

– Ne t'en fais pas, c'est parfait.

Je souris et lui sers un verre de jus d'orange avant de m'installer autour de notre petite table à manger. Le regard de Mia me sonde profondément, et je sens déjà les questions pointer.

– Quand tu m'as dit sauvage, je pensais à une enfant timide. Mais là… elle est terrorisée tant que tu n'es pas près d'elle. Je ne voudrais pas m'avancer, mais…

Elle marque un arrêt, fuyant mon regard, et je sais déjà où elle veut en venir. La réaction d'Avery face au père Noël n'a pu que lui mettre la puce à l'oreille.

– Mais quoi? l'encouragé-je.

– Je dirais qu'elle a peur de son père.

– C'est le cas.

Je soupire en me détachant les cheveux, mon chignon commence à tirer. Le regard peiné de Mia ne fait que rajouter à mon chagrin.

– Je peux te demander ce qui est arrivé? ose-t-elle.

J'inspire profondément, retenant mes larmes de couler. C'est dur pour moi d'expliquer que le père de ma fille a commencé à se transformer quand nous nous sommes séparés. Je n'aurais jamais pu prévoir la suite, mais ça ne change en rien ma peine.

– Il la battait.

– Et c'est pour ça que tu ne veux jamais la laisser seule…

Je hoche la tête alors que je fixe le couloir où s'est

réfugiée Avery. Je ne veux pas m'éloigner, autant pour elle que pour moi.

– C'est pour ça que tu bosses pour mon frère malgré tes diplômes ? T'avais besoin d'argent pour elle ? continue ma collègue.

J'hésite à lui répondre. Je la connais peu, et même si sa compagnie est appréciable, je n'oublie pas qui est son frère. Et accessoirement ce qu'il me fait ressentir en étant trop près de moi. Hayden O'Leary reste mon patron et j'apprécierais vraiment de ne pas mélanger ma fille à mon travail. Mais… Mia n'est pas stupide. Elle a sûrement déjà compris les choses, à quoi bon mentir ?

– Qu'on soit claires, je ne te considère pas comme la sœur de mon patron, ici. J'apprécierais vraiment qu'il ne sache rien de tout ça. Tu peux dire que tu l'as gardée, mais le reste, ça relève du domaine privé. D'accord ?

– Oui, je te le promets.

– Merci, soufflé-je, soulagée. Alors oui, pour répondre à ta question, c'est pour ça que j'ai postulé à ce job.

Mia me renvoie un sourire sincère et rassurant alors que je me sens exténuée. Je ne sais même pas comment je vais faire demain pour ne pas avoir l'air d'un zombie. L'époque où je pouvais passer toute une nuit à faire la fête et paraître fraîche le lendemain me paraît loin, maintenant que je suis maman. Mia finit d'une traite son verre et se lève alors que je fais de même en respirant à pleins poumons pour tenter de retrouver une certaine sérénité intérieure.

– On peut aller la voir ? me demande ma collègue.

J'opine et abandonne mon verre encore plein avant de

conduire Mia jusqu'à la chambre d'Avery, au fond du petit couloir. Cette dernière n'est nulle part, et je m'approche de la penderie tandis que Mia reste perplexe. Comme toujours, elle a préféré se cacher. Je toque doucement et attends que les portes s'ouvrent. Je m'accroupis et passe la tête dans ses vêtements suspendus, puis j'observe Avery en tailleur au fond de son placard, son poupon serré contre elle, comme s'il allait la protéger.

– Tu sors ? Je voudrais que tu fasses connaissance avec Mia, lui demandé-je doucement.

– Elle connaît papa ?

– Non, je te le promets. Est-ce que je t'ai déjà menti, chérie ?

Avery secoue la tête et me tend son bébé avant de sortir à quatre pattes de la penderie pour me rejoindre. Elle récupère son poupon pour le serrer contre elle de toutes ses forces et fixe à nouveau Mia. Ma collègue s'accroupit à son niveau et arbore un sourire qui se veut rassurant, alors que ma fille recule de quelques pas.

– Est-ce que ça te dit de jouer avec moi ? lui propose-t-elle en tendant une main vers sa poupée.

– Non, répond Avery d'une voix tremblante.

Je m'en doutais. Je ne sais pas ce que j'espérais en lui présentant Mia. Les choses n'iront pas mieux du jour au lendemain. En quelques semaines, Avery a déjà beaucoup progressé. Elle répond aux questions qu'on lui pose quand je suis avec elle, et elle ne pleure presque plus dans la journée.

Avery recule de plus en plus jusqu'à se retrouver devant

moi, le regard suppliant. Je la prends dans mes bras et elle noue ses petites mains autour de mon cou pour cacher son visage dans mes cheveux bouclés. Je lui frotte le dos pour la calmer alors que j'esquisse un sourire désolé à l'attention de Mia, qui semble touchée par ma petite fille.

– J'ai une idée. Si ta maman est d'accord, est-ce que tu accepterais que je regarde la télé avec vous, ce soir? propose Mia, tout en me jetant un petit coup d'œil pour voir si je suis d'accord.

– Oh, ce serait super, Avery, non? approuvé-je.

Un long silence me répond, jusqu'à ce que ma fille se recule pour me fixer. Elle sait que je ne laisserais jamais quelqu'un passer la soirée ici si j'avais des doutes sur sa sécurité.

– Elle a pas le droit de prendre ma place sur tes genoux.

Je lâche un petit rire incontrôlé alors qu'Avery me serre un peu plus fort. Il n'y a pas trop de risque qu'on lui pique sa place. Et vu comme Mia se retient de rire, ce n'est pas elle qui va me contredire. Je lui suis tellement reconnaissante de sa proposition. La sœur de Hayden a vraiment des qualités humaines indéniables. Et elle a touché juste en proposant de regarder la télévision. Avec Avery, on a notre rituel, chaque soir: on mange, puis une heure de télé durant laquelle ma fille reste scotchée à moi avant d'aller au dodo. Au début, je m'inquiétais un peu de la voir passer autant de temps devant un écran avant d'aller dormir, mais la psy a validé ce rituel rassurant, à condition qu'on ne regarde que des dessins animés adaptés à son âge et qu'on parle de ce que l'on voit.

Ce soir, Avery ne va sûrement pas me lâcher et elle va encore dormir avec moi cette nuit, mais elle a déjà accepté de laisser quelqu'un entrer dans sa bulle. C'est un grand pas. J'espère sincèrement que Mia pourra me dépanner pour demain soir sans encombre…

6

Lexy

Je me mords la lèvre face au reflet que me renvoie mon miroir. Ce n'est pas moi. J'ai ressorti la robe que j'avais mise pour mes 20 ans. Elle est toujours aussi belle, c'est d'ailleurs pour ça que je l'ai gardée, mais elle est peut-être… trop. Un nœud de satin marron clair cintre ma taille et le reste du tissu est d'un blanc cassé, presque crème, qui fait ressortir le roux de mes cheveux. Elle m'arrive juste au-dessus des genoux, mais ce qui me perturbe le plus, c'est le décolleté. Sans être vulgaire, il laisse quand même apparaître le haut de ma poitrine et c'est le point qui me met le plus mal à l'aise. Ça faisait une éternité que je n'avais pas mis ce genre de fringues. Je n'ai toujours eu besoin que de mes tenues pros la semaine, et de vêtements qui ne craignent pas le week-end pour m'occuper de ma fille et de ses feutres qui rencontrent trop souvent mes habits. Le reste est au fond de mon placard depuis bien longtemps… Je soupire une énième fois avant de passer une main sur le tissu, et je sors un rouge à lèvres cerise que j'applique sur ma bouche. Je crois que ce n'est pas trop mal, pour un premier gala. Au moins, je ne ressemble pas au zombie que j'avais prédit.

Mia toque à la porte de ma chambre et j'inspire profondément avant de l'inviter à entrer. Elle pénètre dans la pièce avant de sourire face à ma tenue, et je sens mes joues chauffer. J'espère ne pas en avoir fait trop.

– Tu es superbe, Lexy. Tu vas faire tourner des têtes !

– C'est gentil, mais ce n'est pas mon but, rétorqué-je, gênée.

– C'est en partie ce qui fait ton charme.

Je secoue la tête, amusée par cette remarque qui n'a pas de sens à mes yeux. Je me tourne vers mon horloge et avise l'heure, qui avance bien trop vite à mon goût. Je dois rejoindre O'Leary sur place à dix-neuf heures cinquante, et mon taxi doit arriver d'ici cinq minutes en bas de l'immeuble.

– Ça va aller, ce soir ?

Je jette un regard inquiet à Mia tout en attrapant ma pochette où je glisse mon portable. La sœur de mon patron est restée manger avec nous hier, et Avery a passé la soirée à la fixer. Le seul moment où elle détournait le regard, c'était pour le poser sur moi. J'avoue que je ne suis pas rassurée à l'idée de la laisser seule. Ce n'est pas tant pour Mia que je m'inquiète, c'est plus pour Avery, qui ne va probablement pas dormir avant mon retour…

– Oui, ne t'en fais pas. Elle va sûrement m'ignorer et rester cachée, mais, au moins, elle ne sera pas seule, me rassure Mia.

Je hoche la tête, le ventre noué.

– Je vais aller la voir avant de partir. Je te rejoins dans le salon.

Mia acquiesce et sort de ma chambre tandis que je rejoins celle d'Avery. La couette de son lit est déformée par une bosse et un nuage de cheveux roux dépasse sur son oreiller. Je ne peux pas retenir un sourire en m'approchant. Je m'allonge, juste à côté d'Avery, et je passe une main sur sa tête.

– Tu te montres? demandé-je.

– J'ai pas envie que tu partes.

Je soupire et relève les cheveux bouclés qui recouvrent son joli visage. Elle est triste, ses yeux sont rouges, signe qu'elle a dû pleurer, et mon cœur rate un battement. J'ai horreur de la voir dans cet état, pourtant je n'ai pas le choix. J'ai pris ce travail autant pour elle que pour moi; elle doit commencer à apprendre à s'en sortir sans moi pour une soirée, en prévision de mes futurs déplacements.

– Je te promets que dès que je rentre, je viens te faire un bisou. Tu peux même t'endormir dans mon lit.

– Et je peux manger dans le lit? tente Avery.

– Ne rêve pas trop. Mais c'est bien essayé.

Je lui dépose un bisou sur le front en souriant et Avery râle à cause du rouge à lèvres qui laisse une marque sur sa peau. Je ris avant de me lever, suivie du regard de ma fille qui ne semble pas vraiment rassurée. Je m'approche de la porte, puis je m'arrête dans l'encadrement pour me retourner vers le lit.

– Je t'aime, ma chérie.

– Moi aussi, maman.

Avery s'assoit dans son lit, la trace de rouge sur sa frimousse, et je la quitte à contrecœur pour rejoindre le salon où m'attend Mia. J'attrape mes escarpins posés près de la porte et les enfile alors que ma baby-sitter improvisée m'observe. Je me tourne vers elle.

– Elle n'a aucune allergie, elle peut manger ce qu'elle veut. Je t'ai laissé une boîte de raviolis sur le plan de travail. Tu peux te servir, fais comme chez toi. Et si vraiment elle a trop peur, laisse-la dans sa chambre ou dans la mienne et profite de la télé.

– Détends-toi, Lexy, ça va aller.

Je grimace sans m'en cacher et passe une main dans mes cheveux laissés détachés.

– Désolée, j'ai tendance à paniquer quand il s'agit de ma fille. Merci pour ce que tu fais pour moi.

– C'est avec plaisir, vraiment. Maintenant vas-y, avant de louper ton carrosse ! N'oublie pas de rentrer à minuit !

Je secoue la tête et souris, un peu détendue grâce à la référence à Cendrillon, puis je quitte mon appartement pour rejoindre l'air frais de ce début de soirée. Je prends une seconde pour observer le ciel gris, serrant ma pochette contre moi. Je n'étais pas invitée à ce genre de soirée avant, et je dois avouer que je ne suis pas fan des endroits bondés. Si j'avais pu ne pas y aller, j'aurais sauté sur l'occasion. Mon taxi m'attend de l'autre côté de la rue et je me décide enfin à le rejoindre après un long débat intérieur. Je grimpe dans l'habitacle en me frictionnant les mains pour me réchauffer après avoir donné l'adresse du lieu de réception au chauffeur.

– Vous voulez que j'augmente le chauffage? me propose celui-ci.

– Oh, je veux bien. Merci, c'est très gentil.

Le chauffeur me sourit dans le rétro et je tente de me détendre à mesure que nous avançons dans les bouchons de New York. Tout est en ordre pour ce soir, j'ai tout vérifié avant de quitter le bureau avec Mia. La salle a été réservée rapidement, une décoratrice a créé une ambiance très sympathique et le traiteur a tout livré il y a une heure. La seule chose que j'ignore, c'est l'organisme pour lequel ce gala est organisé. Mais globalement, tout a été géré au détail près pour ce soir, cette réception devrait être une réussite.

Le taxi me dépose devant un grand bâtiment et j'inspire à pleins poumons avant d'oser m'avancer. Je passe devant un vigile qui me demande mon nom puis je pénètre dans une énorme salle au décor épuré et classe. Je balaie la pièce du regard avec une certaine admiration, jusqu'à tomber sur une silhouette facilement reconnaissable. O'Leary est seul devant la grande baie vitrée et je m'approche timidement de lui.

Son costume lui donne une carrure imposante qui va sûrement attirer tous les regards, en plus du mien. Il s'est mis sur son trente et un, et je mentirais en disant qu'il me laisse de marbre. Ses mains sont croisées dans son dos, je profite du fait qu'il ne m'a pas encore remarquée pour l'observer à ma guise. J'ai l'impression que tout ceci est hors du temps, que cette soirée est irréelle.

– Bonsoir.

– Bonsoir, mademoiselle Owlite. Vous êtes très belle, me dit-il après s'être tourné vers moi.

– Merci.

Je secoue la tête en retenant un sourire face à son compliment et je détourne le regard pour contempler la salle et me soustraire à son observation. Tout est absolument parfait, mis à part la présence déstabilisante d'O'Leary.

– Tout vous convient? demandé-je pour changer de sujet.

– Oui, c'est parfait. L'endroit est exactement comme je l'imaginais.

– C'est Mia qui l'a trouvé.

Je jubile en voyant son visage passer de cet air impassible à une stupéfaction totale. Il est bien placé pour savoir qu'il faut beaucoup de détermination et des contacts pour réserver un tel lieu en si peu de temps. À trop sous-estimer Mia, il se surprend lui-même. Contrairement à ce qu'il a pu me dire, elle n'a pas fait une seule gaffe au cours de cette première semaine. Elle a juste besoin qu'on lui accorde sa confiance, ce qu'O'Leary ne semble pas faire…

– Vraiment?

– Oui. Il ne lui a fallu qu'une petite heure pour dénicher cet endroit, rajouté-je.

– Je suis surpris…

– Dans le bon sens, j'espère, le taquiné-je.

Il me renvoie un sourire franc, faisant naître un brasier au creux de mon ventre que je tente d'ignorer. Nous partons faire le tour de la pièce pour inspecter les moindres détails de la salle de réception. Je jette de temps en temps un rapide coup d'œil à mon portable toujours dans mon sac, soulagée de découvrir que je n'ai pas de message de Mia. C'est que tout va bien, je vais pouvoir me concentrer pleinement. Je relève la tête et surprends l'expression désabusée d'O'Leary qui observe l'estrade sur laquelle il devra faire son discours un peu plus tard. Je m'approche de lui avec curiosité.

– J'ai hâte d'en finir avec cette soirée. Je ne suis pas un grand fan des réceptions, se confie-t-il en se détournant pour rejoindre le buffet afin de goûter un petit four.

– Moi non plus. Mais je m'y connais suffisamment pour savoir qu'on n'est pas censé manger avant que les convives arrivent.

– Quelle importance? Personne ne nous voit.

Je ris sous cape et m'approche à nouveau de l'estrade pour m'y asseoir. O'Leary me rejoint pour se placer face à moi alors que nos regards se trouvent pour ne plus se lâcher.

– Ma sœur a au moins la chance d'échapper à tout ça.

– Sa soirée ne va pas être plus simple, ris-je avant de me rendre compte de ma gaffe.

Hayden penche subitement la tête, sourcils haussés et lèvres pincées face à ma remarque. J'en ai trop dit. Je ne comptais pas cacher la présence de Mia chez moi, simplement, j'aurais préféré différencier le travail de ma vie privée.

Difficile à faire en prenant la sœur de mon patron comme baby-sitter, d'un côté...

– Vous savez ce qu'elle a prévu de faire? m'interroge O'Leary.

– Euh…

– Une connerie, c'est ça ? Je savais qu'elle ne tiendrait pas une semaine, se met-il à pester.

Je me relève en levant les yeux au ciel et je me place face à lui, les mains sur les hanches. Hors de question qu'il accuse Mia alors que je lui dois une fière chandelle.

– Vous voulez savoir où elle est ? demandé-je, la mâchoire serrée.

– Je n'en suis plus si sûr… commence O'Leary.

– Elle est chez moi. Avec ma fille de 6 ans. Mia fait du baby-sitting.

Hayden manque d'exploser de rire avant de redevenir subitement sérieux.

Eh bien oui !

C'est fou comme il sait être patient envers ses employés mais pas envers sa sœur. Elle le mériterait, pourtant.

– Attendez… Vous êtes sérieuse ?

– Oui. C'est même elle qui s'est proposée.

– C'est… surprenant.

Je me retiens de me moquer face à son air perturbé et je m'avance près de la baie vitrée pour observer New York de nuit.

– Mia a beaucoup de qualités insoupçonnées, vous savez.

– Est-ce que vous essayez de me dire que j'ai de la merde dans les yeux quand il s'agit de ma sœur ?

Je lui jette un regard, pas sûre de la mesure à suivre, avant de répondre comme je le fais toujours. On ne change pas une équipe qui gagne, et puis, c'est lui qui a tendu la perche.

– C'est à peu près ça.

Hayden éclate de rire et ce son me fait frissonner. Je ne peux pas le nier, c'est plaisant de discuter, de rire, d'être simplement moi. Pour une fois, je ne pense pas à tous mes problèmes, c'est simplement facile de discuter de cette façon avec lui. Il a de l'humour et même si nos relations sont professionnelles, sa présence n'est pas désagréable, au contraire. O'Leary s'approche de moi jusqu'à être devant la vitre à son tour, et son regard croise le mien dans le reflet du double vitrage.

– C'est rafraîchissant, vous savez, lâche-t-il.

– Quoi donc? le questionné-je avec curiosité.

– Vous. Votre façon d'être.

– Ma façon d'être?

– En fait, je parle surtout de votre franchise. Je crois que personne en dehors de ma famille n'a déjà osé me parler comme vous le faites. C'est plaisant d'être juste humain, parfois.

Je le regarde d'un œil nouveau.

– C'est difficile d'être à la tête d'une entreprise comme la vôtre? l'interrogé-je.

– Parfois, oui. Ça a ses bons côtés, mais ses mauvais aussi. J'apprécierais d'être un peu plus anonyme. Qu'on parle à Hayden et non pas à M. O'Leary. Vous comprenez? demande-t-il en me jetant un regard appuyé.

– Je crois, oui. Vous aimeriez qu'on s'intéresse à l'homme plus qu'au patron.

– C'est ça.

Il reste songeur un instant alors que j'observe son profil

sans pouvoir m'en empêcher. Il semble profondément touché par cet aspect social que lui apporte son poste, et pourtant, le peu de fois où j'ai pu parler travail avec lui plus de quelques minutes, il m'a paru sincèrement passionné par son boulot. Aussi passionné que j'ai pu l'être à l'époque où je bossais dans les ressources humaines. Je laisse mon regard se balader sur ses traits tirés. Hayden est le genre d'homme à se donner à cent pour cent, que ce soit professionnellement ou personnellement, j'en suis sûre.

– Ça va être l'heure d'ouvrir, tout m'a l'air bon. Vous êtes prête ?

– Absolument pas, mais je vais vous faire confiance si vous l'êtes.

– Désolé d'avoir à vous le dire, mais je ne le suis pas plus que vous. On va devoir faire comme si on était à l'aise.

Il m'envoie un sourire rassurant qui ne fait qu'à moitié son effet. Il me fait signe de passer devant lui pour rejoindre l'autre côté de la salle où se trouve la porte d'entrée. Sa main se pose au creux de mes reins, et je m'en veux de ressentir cette chaleur qui se diffuse dans mon ventre alors que je refuse de laisser quiconque entrer dans ma vie.

7

Hayden

De là où je suis, je peux apercevoir tous les convives présents pour notre réception. Y compris mon assistante, qui semble plus à l'aise au milieu d'une foule qu'elle ne l'a laissé entendre. Elle rit, discute avec de nombreuses personnes, elle est solaire et attire naturellement les gens. Plusieurs regards convergent vers elle quand elle passe de groupe en groupe, mais Lexy ne voit absolument rien. Ou alors, elle ne veut rien voir. Je comprends tous ces gens, c'est dur de ne pas la regarder. Elle est belle, mais elle dégage aussi un truc qui m'attire plus que de raison. Elle m'intrigue profondément. L'espace d'une minute, elle est cette femme au caractère bien trempé, mais la seconde qui suit, elle laisse apparaître cette louve prête à tout pour protéger sa fille.

J'observe son corps mis en valeur dans cette robe. La couleur du vêtement fait ressortir ses yeux. Je laisse dériver les miens vers ses hanches dont le mouvement attire plus d'un regard à chacun de ses pas. Je ne devrais pas me laisser hypnotiser, je n'en ai pas le droit, mais plus je la découvre et plus cette femme me plaît.

– Monsieur O'Leary? Il va être l'heure de prendre la parole, si vous êtes prêt.

Je sursaute et détourne le regard de mon assistante pour faire face à mon interlocuteur.

– Bien sûr. J'arrive, juste une minute.

La directrice de l'association que nous aidons ce soir me remercie d'un sourire avant de tourner les talons. Elle a été agréablement surprise que nous choisissions son organisme, et sa gentillesse et son implication m'ont prouvé que j'avais fait le bon choix. Je jette un dernier regard à Lexy qui ne me remarque pas de là où je suis. La soirée est parfaite, grâce à elle et Mia.

Je quitte ma cachette pour slalomer entre les convives, rejoins l'estrade sur laquelle je vais devoir faire mon discours et m'arrête devant en soupirant. J'ai horreur de me retrouver face à autant de monde. J'y suis habitué, mais je ne le fais pas par plaisir. Je m'approche du micro en me tenant bien droit, et je sens tous les regards converger vers moi. La directrice de l'association se trouve non loin de moi, mes directeurs de filiales sont regroupés près du buffet, et j'évite de chercher Lexy dans la foule de peur d'être déconcentré.

– Bonsoir à tous, et merci d'être présents ce soir. Cette soirée est une collecte de fonds pour l'association de Mme Williams, dans le but de venir en aide aux enfants victimes de maltraitance. Vous savez à quel point ces soirées comptaient pour la directrice précédente, et, de ce fait, à quel point elles sont importantes à mes yeux. J'espère que vous leur viendrez en aide, tout comme nous l'avons fait avec O'Leary Corporation. Je ne vais pas m'éterniser, car Mme Williams saura mieux en parler que moi. Je vous laisse le micro, dis-je en regardant la femme près de moi.

Celle-ci prend ma place et je quitte ce trop-plein d'attention pour me mêler à une foule étouffante. La voix de Williams emplit la pièce alors que je m'extrais de cette marée humaine pour tenter de rejoindre la terrasse. J'ai besoin d'air. Mais au moment où je m'apprête à quitter la salle, je croise le regard d'une jolie rousse qui me dévisage sans s'en cacher. Je lui désigne l'extérieur pour lui faire comprendre que je l'invite à me suivre et Lexy hoche la tête avant de finir son verre.

Je passe les portes de la salle de réception pour rejoindre une immense terrasse qui sera très vite remplie, et me pose sur une des banquettes en respirant profondément l'air de New York. La nuit a toujours su me détendre. Un instant plus tard, Lexy me rejoint, une veste sur les épaules. Elle vient s'asseoir non loin de moi puis fixe le ciel nuageux. Elle semble tout aussi songeuse que je le suis. J'observe son profil, ses traits tendus. Je sens son corps tout près de moi, et je n'ose pas la détailler plus de peur de me laisser à nouveau hypnotiser par cette robe qui met chacune de ses formes en valeur.

– Pourquoi avez-vous choisi cette association ? finit-elle par demander.

Je hausse les épaules. Ça n'a pas été facile. Il y avait tellement de choix que j'ai cru ne jamais réussir. C'est horrible de se dire que ce gala ne peut aider qu'une association.

– Je voulais un organisme que nous n'avions jamais aidé, et une cause qu'O'Leary Corporation ne connaissait pas encore. Ça a été dur de choisir.

– Je n'avais jamais travaillé pour une entreprise aussi impliquée dans l'humanitaire. C'est un aspect que j'aime beaucoup. Je suis persuadée que tous ces enfants vous en seront éternellement reconnaissants.

Un sourire triste prend place sur ses lèvres et je les fixe avec l'envie de les embrasser. Je ne devrais pas, mais j'en ai terriblement envie. C'est l'effet qu'elle me fait, je n'y peux rien. Mes yeux se posent sur son décolleté avant de remonter sur sa nuque exposée. Je prends une profonde inspiration pour ne pas me laisser submerger par des envies qui n'ont pas plus lieu d'être ici qu'au travail.

– Je ne cherche pas la reconnaissance, soupiré-je.

– C'est… noble.

Elle tourne la tête et son regard rencontre le mien. Un mince sourire ourle ses lèvres et je n'arrive pas à détourner les yeux. C'est la première fois que nous discutons sérieusement en dehors du travail depuis qu'elle est arrivée, et je dois avouer que c'est agréable. Si son corps m'attire, tout en elle m'envoûte et me donne envie de rompre mes propres règles.

– Je peux vous poser une question personnelle ?

– Ça dépend laquelle, se méfie-t-elle.

– Votre fille… où est son père ?

Le visage de Lexy se ferme d'un coup et elle inspire profondément, comme si cette question lui coûtait. Peut-être que je n'aurais pas dû lui demander. Elle finit sa semaine d'essai demain, et moi, je ne trouve rien d'autre à faire que de lui poser une question personnelle, mais je n'ai pas pu m'en empêcher.

Je n'ai pas envie de la voir fuir. Lexy est un mystère à mes yeux. Bien que ses mots soufflent parfois le froid, la tension presque érotique de son corps en ma présence ne ment pas. Je lui plais. Et moi je ne suis pas certain que j'aurais l'envie de la repousser si elle venait à sortir de ce cadre.

– Son père est hors de nos vies. Il vaut mieux être seule que mal accompagnée, finit-elle par dire.

Je ne sais pas si je dois être soulagé de savoir qu'elle n'a personne, ou sincèrement triste pour elles.

– Je comprends, les relations amoureuses casse-gueule, je connais.

Lexy ne peut pas retenir un sourire amusé et je secoue la tête. Elle me fixe comme la semaine dernière, quand je l'ai aidée avec l'ordinateur. Ma respiration se coupe alors qu'elle se mord la lèvre sans me quitter des yeux.

– Ne me regardez pas comme ça ! J'ai une vie aussi, plaisanté-je.

– Je n'ai pas dit le contraire. J'ai bien vu la différence entre celui que vous étiez au moment où je vous ai rencontré et le patron dans la peau duquel vous vous êtes mis, c'est simplement étrange.

– La peau du patron?

Je ris face à cette remarque alors que Lexy semble tout à fait sérieuse. Des applaudissements se font entendre à l'intérieur, mais nous ne réagissons pas. À croire que cette conversation est hors du temps. Le corps de Lexy se tourne un peu plus dans ma direction, ses jambes tout près des miennes, et je ne peux pas m'empêcher de regarder la peau découverte de ses cuisses. Je détourne les yeux pour revenir à son visage avant qu'elle remarque ce qui se trame dans ma tête, et je déglutis péniblement.

– Oui. Vous savez, vous passez du type marrant à celui qui prend un air sérieux et une grosse voix de chef, ajoute-t-elle.

– Une grosse voix? ne puis-je m'empêcher de répéter.

– Arrêtez de vous foutre de moi! Je suis très sérieuse.

Malgré sa protestation, je ne peux pas m'empêcher d'éclater de rire. Lexy se renfrogne pour la forme, mais je vois qu'elle s'amuse de cette conversation, elle aussi. Elle a le mérite d'être honnête, même si je ne vois pas le problème avec ma voix. Rien qu'en y repensant, je repars dans un fou rire incontrôlé qui résonne parmi les bruits de New York. Lexy secoue la tête et m'envoie un coup de coude pour tenter de m'arrêter. Mon rire se calme, mais ce n'est dû qu'au corps de Lexy qui s'est encore une fois rapproché du mien. Un geste, et je pourrais la toucher…

– Je suis désolé, c'est plus fort que moi, on ne me l'avait jamais faite, celle-là, lui dis-je pour masquer mon trouble.

– Et moi, on n'a jamais tenté de m'embrasser pendant un entretien d'embauche. Je crois qu'on est quittes.

– Je n'ai pas tenté de…

Mais son regard m'arrête. J'en ai eu envie, et j'en meurs toujours d'envie. Merde. Si elle m'avait laissé l'embrasser dans cet ascenseur, je n'aurais pas eu d'assistante, mais j'aurais au moins eu l'esprit libéré de toute cette frustration...

– OK, c'est vrai, c'est ce que j'ai fait. Mais c'était un test.

Même si ça ne m'aurait pas déplu d'aller au bout.

Mais je ne dis rien. La façon dont me fixe Lexy m'en empêche. Je ne saurais pas dire si elle aussi s'imagine ce qui aurait pu se passer dans cet ascenseur ou si c'est autre chose...

– Le pire test de ma vie, me taquine-t-elle seulement.

– Dit celle qui a menti sur son identité, contre-attaqué-je.

– Je vous assure que quand vous aurez des enfants, vous serez prêt à n'importe quel mensonge pour eux.

– Je n'en doute pas...

Ce moment de calme est interrompu par une sonnerie de téléphone, et je fixe Lexy qui me renvoie un sourire désolé en sortant le petit appareil de sa pochette. Elle se lève pour s'éloigner de quelques pas et décroche. J'observe sa robe bouger à chacun de ses mouvements et se soulever à cause d'un vent léger, dévoilant un peu plus ses longues jambes.

– Oui, Mia? Bien sûr. Passe-la-moi.

Un silence s'ensuit, durant lequel j'observe ses traits changer pour laisser place à l'inquiétude. J'espère seulement qu'il n'y a pas eu de problème avec sa fille, pour que Mia l'appelle en pleine soirée de boulot. Même si cette soirée n'a pas grand-chose de professionnel... Et que je n'ai aucune envie que celle-ci se termine.

– Je sais, chérie. Mais je te promets que je vais rentrer

vite. Va dans mon lit, prends ta poupée, et demande à Mia de t'allumer la musique. Dès que je suis de retour, je viens te faire un bisou.

Un sourire tendre étire ses lèvres et je suis fasciné. Un sourire, et je suis complètement sous son charme. Je suis dans la merde, je le sais parfaitement, mais ce ne sont pas les difficultés qui ont déjà réussi à m'arrêter. Lexy hoche la tête puis la bascule en arrière pour fixer le ciel, et je laisse mon regard parcourir les courbes de son cou. Est-ce qu'elle frissonnerait si je posais mes lèvres sur sa peau?

– Moi aussi, je t'aime.

Lexy raccroche et se tourne vers moi, l'air gêné. Je trouve ça tellement incroyable, l'amour inconditionnel qu'un parent peut porter à son enfant. Ce sont des êtres encore innocents, la fille de Lexy a de la chance de l'avoir. J'espère intérieurement que le gala de ce soir apportera autant de sécurité et d'amour à ces enfants dans la galère. Personne ne mérite d'être si mal traité.

Lexy me rejoint et se pose à nouveau à mes côtés en rangeant son portable. Un soupir lui échappe et son regard croise le mien. Elle me fixe avec insistance, visiblement mal à l'aise d'avoir décroché.

– Désolée. Je sais que les appels perso ne sont pas autorisés.

– On n'est pas au bureau, ce n'est pas grave. Vous voulez rentrer plus tôt? lui proposé-je.

Elle ouvre la bouche, visiblement surprise, avant de me faire un sourire, un vrai, qui vient des tripes. Elle ne s'attendait pas à ça et c'est vrai que sa présence était utile en cas de pépin, mais tout se déroule bien, elle n'a plus de raison d'être ici, en réalité. Qui suis-je pour priver une enfant de sa maman si elle en a besoin? Si elle préfère rentrer pour ce soir, je ne l'en empêcherai pas. Même si, égoïstement, j'espère qu'elle restera ici pour ne pas mettre fin à ce moment.

– C'est vraiment gentil, merci. Mais elle doit s'y habituer pour nos prochains déplacements, malheureusement, refuse-t-elle.

Je hoche la tête, compréhensif. J'avais bien compris sa crainte de l'éloignement. Petit, je détestais que ma mère parte de la maison pour le travail. Malheureusement, même si je le voulais, je ne pourrais pas accorder à Lexy la possibilité de ne pas m'accompagner. J'ai besoin d'elle pour organiser mon agenda et mes rendez-vous à la minute près. Je suis soulagé de la voir rester, même si une part de moi sait que c'est une très mauvaise chose…

– On aura justement un déplacement d'ici une semaine et demie, normalement. Une nuit à San Francisco pour voir des clients, l'informé-je.

– Alors raison de plus pour laisser Avery, au moins ce soir.

Elle a sans doute raison, même si je n'y connais rien. J'ai appris hier que je devais rencontrer ces clients et clairement, les délais sont courts. Pourtant Lexy ne semble pas s'en inquiéter plus que ça. Elle a sûrement l'habitude de gérer les urgences autant que moi. Je trouve impressionnant qu'elle fasse preuve d'autant de calme, alors qu'elle a un caractère plutôt volcanique par ailleurs.

Comme si j'avais besoin de lui trouver d'autres qualités...

– Je vous admire, vous savez.

– Vous m'admirez? Moi? s'étonne Lexy.

J'acquiesce en souriant face à son air surpris. Lexy détaille mon visage à la recherche d'un signe de plaisanterie, mais elle ne le trouve pas. Je suis tout ce qu'il y a de plus sérieux. Elle peut dire que je sous-estime Mia, mais elle-même a tendance à se sous-estimer. Non pas sur ses capacités, mais face au regard des autres sur elle. Ce n'est pas parce que mon poste est haut placé que je ne peux pas admirer son sérieux professionnel. En réalité, j'admire beaucoup de choses chez elle.

– Vous conciliez votre vie professionnelle et votre vie de famille, je ne sais pas comment vous faites. C'est sincèrement admirable.

– Pourquoi? Vous seriez incapable de décrocher du travail, vous?

– Non, c'est le contraire. J'oublierais mon boulot au profit de ma famille, je crois.

Ma réponse lui fait écarquiller les yeux. À mon tour de la surprendre.

– Vous abandonneriez votre poste de P.-D.G., tous ces galas, pour votre famille? insiste-t-elle.

– Bien sûr. J'adore mon travail, même si j'ai du mal avec la foule. C'est un comble pour un patron, je sais. Mais si j'avais à choisir, je choisirais les gens qui comptent pour moi.

Lexy reste un instant à me fixer face au sérieux de ma confession, et je laisse mon regard se perdre dans la foule derrière la baie vitrée pour qu'elle ne comprenne pas à quel point elle me perturbe. Aucun doute, je n'aurais pas grand regret à abandonner le monde qui m'entoure, seul le fait d'aider les autres me manquerait.

Mais je ne suis pas près d'avoir à faire ce choix !

Je repose à nouveau le regard sur son visage, tentant en vain de ne pas dévier sur sa bouche, et Lexy me sourit. Ses yeux se posent sur mes lèvres, et je sens mon cœur s'accélérer. Je crois que j'ai marqué des points… Elle y pense aussi. Mais je n'ai pas le temps de dire quoi que ce soit qu'elle se détourne et que son corps se tend. Elle résiste autant que moi.

– Il vaudrait mieux rejoindre vos invités.

Elle se lève brusquement et je la vois déglutir. Elle s'avance jusqu'à la porte, je la suis à contrecœur. J'ai besoin de savoir si je n'ai pas rêvé la façon dont elle m'a regardé. Je veux voir si je lui fais autant d'effet qu'elle m'en fait. J'attrape doucement son poignet pour la ramener vers moi, et son regard bleu glacial lance des éclairs alors qu'elle reste à une distance raisonnable.

– Je peux savoir ce que vous faites ? s'impatiente-t-elle.

– Je me demande ce que vous feriez si je vous embrassais. Pour de vrai.

– Je vous dirais d'aller vous faire foutre.

Je souris un peu plus, amusé par sa franchise. Ça ne veut pas dire qu'elle ne le voudrait pas. Mais il est hors de question que je tente quoi que ce soit tant que je ne saurai pas ce qu'il en est de son côté. J'en meurs d'envie, mais un faux pas pourrait me coûter cher.

– Parce que ce n'est pas bien selon vous, ou parce que

vous n'en avez pas envie? demandé-je sérieusement.

– Ce n'est pas une question à poser à une employée, monsieur O'Leary. Et si c'est encore un de vos tests débiles, sachez que je vous emmerde.

J'ouvre la bouche avant d'éclater de rire sans pouvoir me contenir. Mon pouce caresse la peau de son poignet. Je la sens frissonner sous cette caresse innocente. Je le savais: elle n'est pas indifférente. Et je jubile de la voir dans cet état, le regard brûlant de colère et d'envie.

– Ce n'est pas un test, mais j'apprécie la franchise.

– Avec plaisir, raille-t-elle.

– J'ai juste une dernière chose à vous demander.

Je m'approche d'un pas, pas assez pour lui faire peur, mais suffisamment pour qu'elle comprenne qu'elle me plaît vraiment. Son regard s'accroche au mien et sa mâchoire se contracte à vue d'œil. Je voudrais qu'elle rompe cette distance entre nous, qu'elle m'embrasse pour me donner le feu vert… Je me moque de l'endroit où nous sommes pour le moment, j'ai simplement besoin de voir si cette attirance n'est pas à sens unique.

– Quoi donc?

– Est-ce que vous avez envie de m'embrasser?

Sa bouche s'entrouvre et un rire jaune lui échappe alors qu'elle retire son poignet de ma main. Je déglutis, insatisfait de la voir s'éloigner de moi. Elle secoue la tête en reculant de quelques pas et me jette un regard… déçu.

– Tout compte fait, je vais accepter votre offre de rentrer plus tôt. Bonne soirée, *monsieur O'Leary*.

Elle s'éloigne rapidement de moi et je n'ai pas le temps

de dire quoi que ce soit qu'elle a déjà disparu, laissant son parfum flotter dans l'air. Je reste pantois, ne réalisant toujours pas qu'elle vient de me repousser. Pourtant, elle en avait envie autant que moi, sauf que là où je me suis laissé guider par des désirs, elle a fait confiance à sa raison. Son « monsieur O'Leary » reste suspendu en l'air, elle m'a parfaitement remis à ma place.

Merde, je suis trop con.

Est-ce qu'elle pourrait démissionner à cause de ça ? Je ne pourrais pas lui en vouloir. Après lui avoir dit que je ne voulais pas d'une assistante qui ne pense qu'à me séduire, je lui demande si elle veut m'embrasser...

Bravo, Hayden, bien joué.

Je me passe une main sur le visage et inspire profondément avant de souffler tout l'air bloqué dans mes poumons pour tenter de reprendre contenance, puis je rejoins les invités. Mais impossible de me sortir Lexy de la tête. Son corps près du mien, ses courbes dans cette robe, et l'envie dévorante de goûter à ses lèvres...

8

Lexy

Je me sens complètement perdue. Je n'ai plus aucun repère. O'Leary a voulu m'embrasser… et cette pensée ne me quitte plus. Mon désir me dit que j'aurais dû le laisser faire tandis que ma raison me souffle que j'ai bien fait de le repousser. Mais qui écouter? J'en avais envie, mais ce n'est pas une bonne idée si je ne veux pas que ma vie se complique un peu plus. Je ne sais plus où j'en suis, j'ai besoin de m'occuper l'esprit, de ne plus y songer.

Ce matin, j'ai la tête dans le seau. J'ai bossé jusqu'à tard hier soir dans mon lit pour avancer au maximum dans la préparation de notre voyage à San Francisco. Résultat? Ma couche de maquillage peine à cacher mes cernes et ma concentration est minime. Si je n'avais pas Mia à mes côtés, je ne m'en sortirais pas.

– Café? me propose-t-elle justement en pénétrant dans le bureau qu'on partage.

– Avec plaisir, tu me sauves.

Elle lâche un rire en déposant une tasse fumante devant

l'ordinateur. Je la remercie encore une fois avant de souffler sur la boisson et d'en prendre une gorgée bienvenue. Ce n'est pas ce que je préfère, mais ça a le mérite de me booster. J'en ai bien besoin, après la nuit que j'ai passée.

Ma collègue se pose sur le rebord du bureau et j'abandonne ma souris pour tourner mon siège vers elle. Je crois que nous sommes sur la bonne voie pour devenir amies. C'est agréable de s'entendre si bien avec quelqu'un.

– Pour la semaine pro, j'aimerais te proposer quelque chose.

– Dis-moi.

– Je sais que tu t'inquiètes pour Avery, et je me suis dit que je pourrais la garder pendant ton voyage à San Francisco. Ça ne s'est pas trop mal passé avant-hier, et ce sera toujours mieux qu'une inconnue.

J'ouvre la bouche avant de la refermer, à court de mots. Je ne sais même pas quoi dire. Je n'aurais jamais osé lui demander une telle chose, car s'occuper d'une enfant durant deux jours, ce n'est pas pareil que le faire pendant une soirée, mais l'idée m'avait traversé l'esprit. Avery a tendance à la fuir, toutefois elle ne pleure pas quand elle la voit. C'est déjà plus qu'avec certaines personnes. Et j'avoue que moi-même, si je la savais avec une personne que je connais, je serais bien plus rassurée et concentrée sur mon travail.

– Tu ferais ça ?

– Bien sûr, répond Mia en me souriant.

– Ce serait vraiment génial. Tu me sauverais. Tu me diras combien je te dois et…

– Ah non ! Je le fais par plaisir. Je n'ai pas besoin de ton argent. Garde-le pour ta fille.

Je ne sais pas ce que j'ai fait pour mériter une collègue pareille, mais ce qui est sûr, c'est qu'elle a toute ma reconnaissance. Je souris en la remerciant une énième fois avant de me remettre à bosser, soulagée. La perspective de devoir laisser ma fille seule avec une femme que je ne connais ni d'Ève ni d'Adam ne m'enchantait pas, et m'empêchait aussi de me concentrer sur mon travail. Mia allume son ordinateur à son tour alors que nous buvons nos cafés respectifs. Après un moment de silence confortable, elle relève la tête vers moi.

– Au fait, j'ai oublié de te dire, Hayd' veut te voir.

Je recrache mon café dans ma tasse sans pouvoir m'en empêcher, ce qui semble beaucoup amuser Mia. Merde. Très discret. Je n'ai pas spécialement envie de me retrouver dans la même pièce que lui après la soirée du gala. Moins je le vois, mieux ma raison se porte, moins les risques de craquer sont élevés. C'est aussi simple que ça.

– Quoi ? Mon frère te fait peur ? se moque-t-elle.

– Hein ? Pas du tout ! Mon café est trop chaud, dis-je alors que celui-ci ne fume plus.

Elle ne semble pas me croire, mais a au moins la décence de ne rien dire. C'est sûrement la pire excuse que j'ai trouvée de ma vie. Même ma fille ment mieux que moi – mais je ne suis pas sûre que ce soit une qualité, dans son cas. Je soupire sans m'en cacher et recule mon siège afin de pouvoir me lever sous le regard inquisiteur de ma collègue. Je suis adulte, j'ai voulu ce boulot, je dois respecter mes engagements professionnels.

– Bon, eh bien je suppose que je vais y aller.

Elle lève un pouce en l'air, le sourire moqueur, et je quitte la pièce en maugréant. Je n'ai pas forcément envie de le revoir après ce qui a failli se passer entre nous, pire, après ce que j'aurais pu le laisser faire. Quelle idée, aussi, de mettre quelqu'un de canon – et intelligent, et marrant, pour ne rien gâcher – à la tête d'une entreprise? Ça m'aurait arrangée de me retrouver face à quelqu'un de moins déstabilisant. Enfin, même si la tentation est bien présente, je n'oublie pas les raisons qui font que je ne veux personne dans ma vie. Et encore moins mon boss qui pourrait me virer au moindre problème entre nous.

Je toque à la porte d'O'Leary puis entre dans la seconde. Mon patron m'adresse un sourire poli en déposant une pile de papiers sur son bureau. Il ne semble pas le moins du monde mal à l'aise. Il a mis son masque d'impassibilité, celui qui cache l'homme qu'il est en dehors des bureaux. Il faudrait que je lui demande comment il fait un jour.

– Parfait. Mia a bien transmis le message.

– J'ai un téléphone, vous savez.

Il ne réagit pas à ma remarque et m'invite à m'asseoir. Je prends place en face de lui sans trop savoir la raison de ma présence et serre les cuisses, les bras croisés, les lèvres pincées en attendant qu'il m'explique ce que je fais ici. Difficile de rester neutre après la soirée du gala. C'est même impossible. Je ne veux pas imaginer ce qui serait arrivé si je l'avais laissé m'embrasser…

– Pourquoi vouliez-vous me voir?

Contre toute attente, O'Leary reste de marbre. Il tape

quelque chose sur son clavier, concentré, avant de reporter son attention sur moi.

– Pour travailler, dit-il seulement.

Il remonte les manches de sa chemise et je suis ses mouvements du regard alors que ma respiration se bloque. Je déteste l'effet qu'il me fait. Même avec la plus grande volonté du monde, je n'arrive pas à détourner les yeux de mon boss…

– J'ai bien reçu votre mail pour l'hôtel. Je me suis moi-même occupé de réserver l'avion de l'entreprise pour le voyage. Nous partirons tôt lundi matin. C'est bon pour vous ? me demande-t-il comme si de rien n'était.

– Oui.

Je fixe son visage, absolument pas concentrée sur ce qu'il est en train de dire. Je parcours ses traits puis je laisse mon regard dériver vers sa cravate…

– Mademoiselle Owlite, vous m'écoutez ?

Je sursaute et tente de ne pas rougir.

– Oui, pardon, j'étais perdue dans mes pensées.

– Eh bien, restez concentrée.

Je me mords la lèvre, un sourcil levé face à son ton cassant. C'est lui qui me dit ça ?

– Je peux vous communiquer la liste des nurses disponibles pour ces dates dès maintenant.

Je secoue vivement la tête pour refuser.

– C'est gentil, mais Mia s'en occupe déjà, l'informé-je.

– Ma sœur ?

– Vous en connaissez d'autres ? rétorqué-je, cynique.

O'Leary se passe une main sur le visage. Voilà bien le

seul sujet qui arrive à le déstabiliser, j'ai l'impression. Il fuit mon regard pour fixer le mur derrière moi, et j'attends patiemment en continuant de l'observer.

– Je vais finir par regretter de vous avoir fait travailler ensemble.

– En disant ça, vous mêlez votre vie privée au travail. Je croyais que vous ne le faisiez pas? le provoqué-je.

Il se tourne vers moi, les yeux plissés, puis se lève pour s'approcher dangereusement de moi, alors que je ne bouge pas d'un pouce. Je ne le laisserai pas m'intimider, il l'a bien cherché. O'Leary s'appuie sur les accoudoirs de part et d'autre de mon corps et se penche vers moi alors que je me mords l'intérieur de la joue pour me retenir de le frapper.

Ou de l'embrasser…

Son parfum remonte jusqu'à mes narines et je tente de contrôler ma respiration. Le regard d'O'Leary va et vient de mes lèvres à mes yeux, que je suis incapable de détourner de lui. Une douce chaleur se répand au creux de mon ventre alors que ma poitrine se soulève au rythme de ma respiration anormalement rapide.

– Parce que vos petites piques sont censées être plus professionnelles, peut-être, Lexy?

Merde. Pourquoi mon prénom sonne comme ça dans sa bouche?

Je me reprends bien vite et relève le menton pour lui faire face.

– Et si quelqu'un ouvrait la porte et vous trouvait penché sur moi, est-ce que ce serait professionnel, selon vous? contre-attaqué-je.

– Ça dépend. Est-ce que dans votre hypothèse, je vous embrasse ? souffle-t-il.

– À vous de voir si vous tenez à vos bijoux de famille.

Contre toute attente, O'Leary éclate de rire avant de s'écarter de moi pour s'asseoir sur la surface de son bureau. Je regretterais presque notre proximité. Ma menace ne semble même pas le contrarier, au contraire, il s'en amuse. J'aurais dû l'ignorer plutôt que de rentrer dans son jeu, mais c'est plus fort que moi.

– Vous répondez comme ça à tout le monde ?

– Seulement quand on me cherche un peu trop, plaisanté-je à moitié.

– C'est noté.

Il me sourit, sincèrement, cette fois, d'un sourire que j'apprécie.

– Pour en revenir aux choses sérieuses, j'ai besoin que vous réserviez un restaurant pour lundi soir, pour six personnes. Quelque chose de classe, sans être trop guindé. Nos clients sont assez simples, et je dois conclure ce partenariat, reprend-il comme si je ne l'avais pas insulté quelques instants auparavant.

– Est-ce que j'ai accès à ce dossier ? J'aimerais le lire, histoire de savoir où je mets les pieds.

Il paraît agréablement surpris mais ne bronche pas. Il se détache du bureau et se dirige vers un grand placard qu'il ouvre, en sort une pochette kraft verte et la dépose devant moi. Son regard me sonde intensément et je ne peux pas retenir un frisson.

– Je ne l'ai qu'en papier. Tant que rien n'est conclu, ne

le numérisez surtout pas. C'est dans la continuité de la soirée d'avant-hier.

– On se déplace pour de l'humanitaire?

Il semble amusé par ma réaction de surprise. Je fronce les sourcils en avisant le papier, et je ne peux pas m'empêcher d'être admirative. Combien de patrons seraient si impliqués dans ce genre de causes? Pas assez.

– Oui et non. Nos investisseurs aident à financer le projet de l'association et les retombées médiatiques sont bénéfiques pour l'entreprise. On ne doit pas perdre de vue que sans fonds, on ne peut rien faire. Il n'est donc pas possible de négliger nos affaires. Nous voulons racheter la compagnie de M. Burke afin de la démanteler complètement pour mieux l'intégrer à la nôtre et accroître nos fonds.

– Et les gens qui bossent pour eux? Ils vont tous perdre leur travail?

Il ne me laisse pas le temps de m'inquiéter. Il ouvre le dossier à la bonne page. Je m'approche pour découvrir un organigramme d'une entreprise localisée à San Francisco. Chaque secteur est séparé et relié aux nôtres de façon à absorber les équipes. La filiale informatique est minuscule, mais la financière est plus que conséquente. Mon côté professionnel songe déjà aux entretiens qu'ils vont tous devoir passer pour évaluer leurs compétences, et j'envie sincèrement la chargée de recrutement qui s'en chargera. Cet aspect social me manque.

– Chacun se verra attribuer un poste provisoire ou non au sein de l'O'Leary Corporation. On doit évaluer chaque CV avant de faire quoi que ce soit.

– Vous avez pensé à tout…

Un sourire satisfait étire ses lèvres alors qu'une expression fière prend place sur son visage. Je ne suis que plus impressionnée par ce côté humain auquel je suis particulièrement sensible. Je soupire profondément avant de croiser à nouveau son regard. Je m'y noie un instant ; lui aussi, jusqu'à ce qu'il se racle la gorge pour reprendre.

– C'est mon travail, conclut-il finalement. Tout est bon de votre côté ?

– Oui. Je vais réserver un restaurant sur place.

– Parfait, je ne vais pas vous retenir plus longtemps alors…

Je me lève, soulagée de mettre de la distance entre nous. On est en train de dériver sur une pente dangereuse que je ne veux pas emprunter. Je déglutis péniblement alors que le regard de mon patron ne me quitte pas. Je frissonne et fixe son visage, puis détourne les yeux vers la porte. Je dois partir, avant de faire quelque chose que je pourrais regretter. Je tourne les talons après un signe de tête dans sa direction, et je sens son regard brûler mon épiderme à chacun de mes pas, jusqu'à ce que je sorte de son champ de vision et que je puisse enfin respirer normalement, loin de toute cette tension…

9

Hayden

Tout le voyage est réglé à la minute près. Il ne devrait pas s'éterniser, et je compte bien ne pas perdre de vue nos objectifs. Je vais garder le cap et conclure ce deal, si celui-ci en vaut la peine. Je ne sais pas comment les choses vont se dérouler, mais ce qui est sûr, c'est que je ne compte pas me laisser aller avec Lexy à nouveau. C'est un voyage d'affaires, ce ne sont pas des vacances en compagnie de mon assistante, aussi attirante soit-elle. Car c'est bien ce qu'elle est : mon assistante. Mon employée.

Je relève la tête au moment où du bruit se fait entendre à l'entrée du jet, et Lexy apparaît à côté de l'hôtesse. Je ne peux pas m'empêcher de la détailler en la découvrant dans un style bien plus décontracté qu'habituellement. Toutes mes bonnes résolutions semblent s'être envolées aussitôt la jeune femme apparue dans mon champ de vision. Un jean et un large sweat la couvrent. Son visage encore endormi me fait sourire. Même comme ça, elle arrive à être belle et à me faire perdre la tête.

– Soulagé de vous voir à l'heure.

– Je n'ai été qu'une fois en retard. Est-ce que vous l'oublierez un jour? soupire-t-elle exagérément en prenant place de l'autre côté de l'appareil.

– Étant donné que c'était pour votre entretien, c'est assez marquant. Alors… non.

Elle lève les yeux au ciel, mais son air amusé ne m'échappe pas bien qu'elle reprenne très vite son sérieux. Je me déplace pour venir m'asseoir sur le siège face à elle. Lexy ne me dit rien, contre toute attente. Elle me jette simplement une œillade rapide avant d'observer à nouveau la nuit par le hublot de l'engin. Nous restons un long moment dans un silence perturbé par le décollage et les instructions de sécurité. Lexy ne parle pas, elle a le regard perdu tandis que je l'observe sans m'en cacher. Sa simplicité a quelque chose d'envoûtant. Elle ne tente pas d'être quelqu'un d'autre pour plaire, elle reste elle-même, avec son caractère bien trempé, et cette honnêteté en toutes circonstances a quelque chose d'amusant et d'attirant. C'est rafraîchissant. Mais aujourd'hui elle ne sourit pas, elle semble triste…

– Ça n'a pas été trop dur?

– Quoi donc? dit-elle en se détournant du hublot.

– De laisser votre fille.

Mon assistante joue avec sa tresse rousse, le regard fuyant. Elle observe tout autour d'elle sans jamais poser le regard sur moi, et sa réaction est une réponse à elle seule. Je me doutais que les choses ne seraient pas faciles. L'amour qu'elle porte à sa fille semble inconditionnel.

– Si, souffle-t-elle.

– Je suis désolé.

Elle paraît surprise mais m'adresse un sourire poli. Je suis sincèrement désolé. Mais malheureusement, je ne peux pas me passer d'elle. Ça fait partie du travail.

– Il le faut bien. Elle va grandir, et un jour elle ne pourra plus se reposer sur moi.

– Et vous sur elle.

– Je…

Elle s'apprête à me contredire, mais finit par lâcher un petit rire. Je toussote, masquant un sourire. Lexy a ce rire léger mais communicatif, un son qui fait vibrer chaque parcelle de mon anatomie, et, malheureusement pour moi, la partie la plus intime de cette dernière également.

En l'observant, je me demande si quelque chose chez elle pourrait un jour me déplaire ou au moins atténuer l'attirance physique que je ressens à son égard. Alors que le pilote annonce le décollage, je plante mon regard dans celui de mon assistante et lui demande :

– Quel est votre plus gros défaut, Lexy ?

Je ne regrette pas ma question, bien qu'elle soit indiscrète. J'ai besoin qu'elle me donne de quoi ne plus fantasmer sur elle, un petit rien qui me dégoûterait de sa personne.

Elle replace sa tresse sur le côté de son visage. Je retiens un soupir, même ce geste anodin devient sexy lorsqu'il est accompagné de son sourire. Mais tout d'un coup, sa mine redevient sérieuse, presque trop.

– Je n'ai aucun défaut, je suis parfaite, monsieur O'Leary, vous ne le saviez pas ?

Elle parvient à garder son sérieux plusieurs secondes,

moi également. Elle coince sa lèvre inférieure entre ses dents. Si elle n'arrête pas tout de suite, mon pantalon risque de devenir bien trop étroit…

Enfin, elle rejette la tête en arrière avant de rire. Je me mords l'intérieur de la joue alors que ce son résonne dans l'appareil, faisant tressaillir mon sexe. Doucement, elle reprend son calme et son regard percute le mien tel un train lancé à grande vitesse. Sans s'en rendre compte, Lexy me rend complètement barge.

Je me demande si elle est consciente du pouvoir qu'elle exerce sur tous les hommes sexuellement attirés par les femmes. Je ne pense pas, et dans un sens, ça m'arrange. Cet aspect de sa personnalité, cette beauté pudique et ce naturel tranchant me font tourner la tête.

– Je m'en doutais, soufflé-je. Après tout, vous, les femmes, n'avez jamais de défaut, pas vrai ?

– C'est un fait prouvé scientifiquement, monsieur. Vous devriez lire davantage de revues scientifiques. Mon seul défaut est mon addiction à Netflix, mais là encore, je préfère considérer ça comme du bon sens que comme un défaut.

– Netflix ? répété-je.

– Oui. Dès que je suis seule, je dévore toutes les séries disponibles. Vous ne regardez jamais la télé ? Non, laissez-moi deviner. Vous regardez le marché boursier pendant votre temps libre ?

– J'ai une vie, vous savez, mademoiselle Owlite ? dis-je sur le même ton taquin qu'elle. Je préfère simplement les bons films aux séries, je suis bien trop impatient pour attendre les nouvelles saisons.

– Attention, monsieur O'Leary, vous venez d'avouer deux de vos défauts en une simple phrase, ça commence à faire beaucoup.

– Il me semble n'en avoir cité qu'un, je vous perturbe donc assez pour vous faire perdre le compte ?

Sa langue glisse sur ses lèvres alors qu'elle s'approche à son tour. Elle croise ses bras sur la table entre nous et y appuie sa poitrine. Je ne devrais pas, pourtant, je ne peux m'empêcher d'y jeter un coup d'œil. Bien que ses vêtements soient amples, j'y vois aisément la courbure à couper le souffle de ses seins bombés sous ses mains.

– Je considère que préférer les films aux séries est un défaut aussi gros que l'impatience, murmure-t-elle.

Je dois faire appel à tout mon self-control pour ne pas me jeter sur ses lèvres charnues. Je me demande à quoi elles ressembleraient après avoir été gonflées par un long et langoureux baiser ?

– Vous ne regardez simplement pas les bons films, contré-je en masquant mon trouble.

– Oh, vraiment ? Parce que vous si ?

– Il y a bon nombre de choses que vous ignorez à mon sujet, Lexy.

– Développez, je vous en prie.

Je ne sais pas comment c'est arrivé, mais ses lèvres ne sont plus qu'à quelques centimètres des miennes. Il me suffirait d'un rien pour les toucher, les goûter, les embrasser. Un simple trou d'air qui me pousserait légèrement en avant. Pas grand-chose et je pourrais enfin embrasser sa bouche.

Ce qu'elle ignore à mon sujet ? Que je rêve de briser

mes propres règles, que je fantasme sur son corps jour et nuit, que je n'ai qu'une envie: la retrouver nue dans mon lit, offerte à mes désirs inassouvis depuis son arrivée. Elle ignore que son corps, son être dans sa totalité, me rend complètement fou. Que je paierais cher pour une nuit avec elle. Que je regrette chaque jour qu'elle soit mon employée, que notre rencontre ne se soit pas faite dans d'autres circonstances, dans un autre monde où notre travail ne se serait pas mis en travers de nos envies.

Bien évidemment, il fallait que Lexy, en plus d'être une femme provoquant des désirs incontrôlables et totalement déplacés, soit également attirée par moi et pour couronner le tout, incapable de le cacher. Cette situation me rend encore plus fou et ne fait qu'accentuer mon envie d'elle.

Sa jambe frôle la mienne, je ne saurais dire s'il s'agit d'un geste volontaire ou pas, mais c'est d'un étrange érotisme. Je comprends qu'elle s'amuse de ma réaction lorsqu'elle recommence, cette fois de façon plus appuyée, en me bouffant littéralement du regard.

– Lexy, grogné-je.

– Monsieur O'Leary, rétorque-t-elle d'une voix suave, sensuelle.

N'y tenant plus, je m'apprête à combler le vide entre ses lèvres et les miennes lorsque j'entends la voix fluette de l'hôtesse.

C'est combien de temps de prison si je la jette de l'avion?

– Voulez-vous un rafraîchissement?

Lexy se recule et s'enfonce dans son siège, les mains croisées sous sa délicieuse poitrine. Je ferme les yeux et prends une longue inspiration afin de me calmer. J'y étais presque. Je l'aurais peut-être regretté, peut-être pas. Elle m'aurait peut-être giflé, ou elle m'aurait embrassé à en perdre haleine comme j'en ai tant envie. Je veux goûter ses lèvres, le reste de son corps aussi, soit dit en passant. Mais depuis notre rencontre dans cet ascenseur, je ne fais que penser à cette bouche qui semble être d'une douceur incomparable.

– Un café, s'il vous plaît.

Mon ton est sec, je dirais même frustré, parce que, merde, c'est le cas ! Je n'arrive pas à croire que j'ai perdu l'occasion d'embrasser celle qui me fait tourner la tête pour un café !

– Et vous, mademoiselle ?

– Pareil, merci.

Aussi froide que moi, Lexy ne prend même pas la peine de regarder l'hôtesse lorsqu'elle lui répond. Elle fixe le paysage par le hublot, semblant perdue dans ses pensées. Elle aussi regrette l'intervention de l'hôtesse ? Voulait-elle m'embrasser au moins autant que j'en avais envie ? Pense-t-elle à moi à longueur de journée ? À ce que ça donnerait si on disait merde au boulot le temps d'une soirée et qu'on s'abandonnait à nos désirs, qu'importent les répercussions ?

Je ne saurais dire. En revanche, je sais avec certitude que je n'ai jamais, au grand jamais, été aussi frustré pour un simple baiser. Ce baiser aurait tout changé, j'en suis persuadé. Il n'aurait rien eu de simple, mais il aurait dû exister, au moins pour calmer mes ardeurs quelques heures !

Je soupire une nouvelle fois avant de jeter un coup d'œil vers Lexy qui est repliée dans son siège. Une chose est certaine, ce séjour va être d'une complexité rare. Je ne pourrai jamais résister à mes pulsions.

10

Lexy

J'ai rêvé de Hayden en m'assoupissant dans l'avion. Est-ce que c'est normal ? Malheureusement, oui. Je n'ai pas réussi à me le sortir de l'esprit. C'est de pire en pire. Cette frustration ne me quitte plus depuis que nous avons quitté l'avion, et même si je suis heureuse de découvrir San Francisco pour la première fois, je ne peux pas ignorer l'effet que Hayden a sur moi.

Nous ne sommes malheureusement pas ici pour visiter la ville, et mis à part l'aéroport et ce que le taxi veut bien me laisser voir, je ne découvre rien que je n'aie déjà vu à la télé. Enfin, voir le pont du Golden Gate en vrai est tout de même assez extraordinaire. Mon patron est assis non loin de moi dans ce taxi ridiculement petit. J'ai tenté de me focaliser sur le paysage pour faire abstraction de notre proximité, mais il est impossible de rester de marbre lorsque Hayden m'observe sans se cacher, avec cette intensité qui me fait frissonner.

Ça fait combien de temps que je n'ai pas couché avec

un mec? Un an? Peut-être plus? La frustration n'aide pas à garder la tête claire. Hayden m'explique les derniers détails à propos de notre rendez-vous. Je suis concentrée au maximum, j'écoute pour retenir le plus d'informations, mais je ne suis pas au summum de mes capacités et je le sais pertinemment. Heureusement, une fois à destination, je me sens prête. Du moins, autant que je peux l'être.

Nous arrivons face à un restaurant à la devanture imposante et lumineuse, respirant un luxe auquel je ne suis pas habituée. Les baies vitrées dévoilent deux étages qui semblent remplis, mais je n'ai pas le temps de m'attarder, Hayden avance déjà pour annoncer notre nom.

– Nos clients ne devraient plus tarder, m'informe-t-il.

Je hoche la tête et le suis à l'intérieur. Une table pour six est dressée non loin des vitres, et je prends place aux côtés de Hayden. Je jette un coup d'œil à mon boss, à présent habillé d'un costume qu'il a enfilé quand nous sommes passés rapidement à l'hôtel, tandis que j'ai, moi aussi, enfilé une tenue plus sérieuse. Je ne peux pas m'empêcher de l'admirer. Il m'impressionne. Par son charisme, son calme à toute épreuve, et ce côté patron à l'air impénétrable. Il est l'archétype de l'homme d'affaires, et je crois que j'apprécie cette part de lui.

– Tout va bien? demande-t-il en surprenant mon regard.

– Oui, merci.

Je lui souris poliment alors qu'intérieurement, je suis tout sauf sereine.

– Ça n'a pas l'air. Vous êtes angoissée par rapport à ce meeting?

Je soupire et le fixe avec sérieux. Il veut s'assurer que je vais gérer ce rendez-vous, et il ne doit pas en douter. Sa présence a beau me troubler, je ne me laisserai pas déconcentrer plus longtemps.

– Tout va bien. Et puis, je ne suis là que pour prendre des notes, c'est vous l'homme d'affaires.

– Sans Compte rendu, ce rendez-vous sera un échec. Ne sous-estimez pas votre travail.

Peu convaincue, je ne le contredis pas et fixe l'extérieur où s'agite la population. Hayden tape quelque chose sur son portable alors que je joue nerveusement avec le bloc-notes qui va m'accompagner durant ce dîner. Mais je n'ai pas le temps de m'angoisser avec mille et une interrogations, les clients d'O'Leary sont déjà là. Nous nous levons pour les accueillir, et prenons place tous les six autour de cette table ronde.

L'homme à la tête de l'entreprise qu'O'Leary veut racheter est accompagné de deux de ses associés. Je les observe à tour de rôle pour tenter de ne pas me laisser déconcentrer par mon patron. M. Burke a l'air d'être un peu plus âgé que Hayden, il a probablement la quarantaine, et ses associés n'en sont pas loin non plus. Si j'ai bien compris le dossier que j'ai pu lire, ils développent de nouvelles technologies pour le domaine médical dans certains pays pauvres.

Hayden gère d'une main de maître ce repas, si bien que je n'ai pas une minute de répit pour reposer mon poignet. Les questions s'enchaînent et je ne vois pas le temps passer. Au moment de sortir du restaurant, je n'ai aucune idée de l'issue de ce meeting. O'Leary garde un visage fermé comme il ne l'a jamais eu avec moi, il est indéchiffrable.

Nous quittons nos clients au détour d'une rue passante où un taxi les attend. Le petit groupe s'engouffre à l'intérieur après nous avoir salués. Je suis soulagée de pouvoir à nouveau respirer et parler à ma guise sans avoir peur de commettre une gaffe monumentale.

– Je n'avais jamais fait ça avec mon ancien boulot. Expérience intéressante.

– Ou terriblement ennuyeuse, soupire O'Leary.

Je me tourne brusquement vers lui alors qu'il observe le taxi s'éloigner. La discussion était redondante et j'ai bien cru que cette soirée ne finirait jamais, mais je n'ai pas pensé un seul instant que mon boss s'ennuyait.

– Pourquoi? le questionné-je.

– Parce que c'était trop facile. Il ne négocie absolument rien. Il y a un problème quelque part. Quelque chose de simple est souvent louche en affaires. Je vais envoyer un message à mon directeur financier pour qu'il en apprenne un peu plus sur l'entreprise. Mais ça ne m'étonnerait pas qu'ils soient en train de couler malgré les apparences.

Je suis soufflée. Je n'ai pas pensé un instant qu'ils pouvaient connaître des difficultés financières.

– Et si c'est le cas, qu'est-ce que vous allez faire?

– Tout annuler. Il est hors de question que je prenne un risque aussi gros en sachant que ça pourrait coûter plus d'argent à mon entreprise que ça n'en rapporterait. Argent qu'on peut placer ailleurs.

– C'est logique.

Il hoche la tête, pensif. Il ne va pas conclure un deal qui ne serait pas fructueux, c'est compréhensible.

– Il commence à se faire tard, on va retourner à l'hôtel. Vous vous sentez de marcher ou on prend un taxi?

– Marcher, c'est très bien.

Même si j'ai troqué mon sweat pour un chemisier et mes baskets pour des escarpins quand nous sommes passés à l'hôtel, je préfère marcher en ayant mal aux pieds que me retrouver dans un espace confiné avec lui. L'air frais aura le mérite de remettre mes idées en place et de laisser mes pensées lubriques loin de l'hôtel.

Le vent s'engouffre dans mes cheveux, les faisant voler, ils s'abattent sur mes joues et devant mes yeux. Je sens le regard brûlant de Hayden sur moi tandis que nous marchons dans la rue calme. Je tente de faire abstraction du sentiment grandissant dans mon bas-ventre alors que je m'oblige à ne pas le dévisager à mon tour.

Je me racle la gorge, essayant, en vain, d'étouffer le désir que je ressens en sa présence. Je cherche un sujet de conversation, n'importe quoi du moment que mon cerveau cesse de penser à lui de façon si peu professionnelle. Rien ne vient, les mots que je voudrais dire restent bloqués dans ma gorge, je suis comme une adolescente éblouie sous l'effet de ses hormones en ébullition, je ne sais même plus comment fonctionne mon cerveau. C'est à peine si je suis encore apte à marcher.

Je ne saurais dire pourquoi je me retrouve dans cet état, il n'a pourtant rien fait, il est juste… lui. Mais le magnétisme qui émane de lui m'attire comme un aimant, depuis le premier jour, cette brûlure dans mes reins ne m'a pas quittée une nanoseconde.

Cette tension constante entre lui et moi me rend fébrile, elle me déstabilise. Je déteste ça. J'adore ça. Je ne sais plus. Je ne sais même pas si j'aimerais avoir les idées plus claires. Ce qui est sûr, en revanche, c'est que Hayden me rend toute chose et qu'il est temps que ça s'arrête. J'ai beau me répéter encore et encore qu'il s'agit de mon patron, que j'ai besoin de ce travail pour ma fille mais aussi pour moi, et pour avoir de nouveau une vie normale, je ne peux pas m'empêcher de le vouloir, rien qu'une nuit.

Une fois que nous sommes arrivés dans l'ascenseur qui nous mène à nos chambres, je tente de faire abstraction de son regard sur moi, mais impossible. Mes yeux percutent les siens et tout d'un coup, le monde s'arrête de tourner. Il n'y a plus que lui et moi, dans un espace clos, à l'abri des regards et des qu'en-dira-t-on. Lorsque je vois cette étincelle de désir brûler dans ses prunelles, je sais qu'en face de moi, ce n'est plus mon patron, seulement l'homme qui me fait tourner la tête depuis des semaines.

Il s'approche doucement, comme un félin, m'obligeant à reculer contre le métal froid de la cabine. Il n'y a plus d'espace entre nos deux corps, mon cœur est au bord de l'implosion alors que Hayden se penche, frôlant mes lèvres. Je ne tiens plus, j'ai besoin de plus. J'attrape sa cravate et plaque ma bouche sur la sienne, comme si ma vie en dépendait.

Ses lèvres sont d'une douceur frôlant la perfection, alors que notre baiser est passionné, fougueux et terriblement interdit. Il me repousse, je le repousse à mon tour, mais jamais nos lèvres ne se quittent. J'ai besoin de plus, tellement plus. Ma raison en sourdine, je laisse place à mes envies, à mon désir brûlant.

Lorsque les portes de l'ascenseur s'ouvrent, je me dégage précipitamment.

Bordel, mais qu'est-ce que je fous!

Je sors de la cabine et me précipite vers ma chambre mais avant que j'ouvre cette dernière, la main de Hayden s'enroule autour de mon poignet et il m'oblige à me retourner. Il plante ses prunelles dans les miennes et une fois de plus, je sens toute ma résistance s'envoler.

Je ne peux tout simplement pas lui résister...

Il s'approche de moi, et, cette fois, je ne recule pas. Ses lèvres s'écrasent sur les miennes et avant même que je comprenne ce qu'il se passe, je réponds à son baiser comme si c'était nécessaire à ma respiration.

J'ouvre la porte de ma chambre.

Une nuit, rien qu'une nuit.

11

Hayden

Tout me paraît irréel. Hors du temps. Lexy m'embrasse, et je crois rêver les battements de mon cœur qui s'accélèrent. C'est bien en train d'arriver. Ses mains sont sur ma nuque, je pose les miennes de part et d'autre de ses hanches pour les attirer contre moi. Mes baisers dérivent le long de sa mâchoire alors que Lexy penche la tête pour me donner un accès complet à sa gorge. J'embrasse chaque parcelle de sa peau, mes mains remontant le long de son dos pour caresser sa peau à travers son chemisier. Je suis dans un état second, poussé par un désir que je ne contrôle pas. J'ai envie d'elle, de son corps, de la tenir dans mes bras et de la posséder des heures durant pour lui montrer que je ne lui veux aucun mal, bien au contraire.

Lorsque mes doigts glissent sous son chemisier, je suis un instant surpris par la chaleur envoûtante de sa peau. Ses lèvres ont une saveur délicieuse, comme je me l'imaginais. Je ne saurais en définir le goût exact, toutefois, je peux affirmer que c'est sucré, délicieusement. Ma bouche dévie de nouveau sur sa gorge, j'embrasse les trois petits grains de beauté qui forment une ligne presque parfaite de son oreille jusqu'au centre de sa gorge. Son odeur me fait perdre la tête. Une odeur fruitée, sucrée, douce.

Ses mains passent à leur tour sous le tissu de ma chemise pour rencontrer ma peau, et ma veste finit au sol. Je frémis de la tête aux pieds, complètement sous son charme. Ses ongles frôlent mon ventre, me faisant perdre la tête. Doucement, je défais un à un les boutons de son chemisier jusqu'à apercevoir le tissu fin de son soutien-gorge en dentelle rouge.

Je quitte son cou un instant et recule d'un pas, observant son ventre tonique et sa poitrine délicieuse encore recouverte de dentelle. Cette vision est incroyable : Lexy a les joues rougies, ses lèvres sont gonflées par notre baiser passionné, sa poitrine se soulève à un rythme irrégulier, me démontrant l'ampleur de son désir.

Je fais doucement glisser son chemisier le long de ses bras, le souffle court. Lexy coince sa lèvre inférieure entre ses dents tandis que je la détaille sans vergogne, profitant de chaque parcelle de sa peau. Mon pouls s'accélère encore lorsque mes doigts légèrement tremblants passent dans son dos. Je dégrafe facilement son soutien-gorge qu'elle fait glisser elle-même le long de ses épaules.

Ses tétons pointent fièrement dans ma direction, comme un appel à les glisser entre mes lèvres. Ma main caresse la peau de son sein droit, glissant délicatement vers sa pointe. Lorsque je l'atteins, Lexy se cambre en lâchant un léger gémissement qui me fait sourire.

Elle se venge de la plus délicieuse des façons en me retirant ma chemise. Ses ongles griffent la totalité de mon torse. Un long frisson partant de mes reins et se terminant dans ma nuque rend mon érection douloureuse. Elle a le don de me faire perdre les pédales. J'adore ça !

Je l'embrasse brièvement, bien trop impatient de goûter le reste de son corps. Mes lèvres glissent le long de sa gorge qu'elle m'offre sans concession. Je laisse une longue traînée de baisers sur sa peau en ébullition, alors que Lexy se cambre davantage.

Ses doigts s'enfoncent dans mes cheveux, m'incitant à poursuivre, tandis que mon sang semble bouillir dans mes veines de désir, d'envie.

– Je vais te faire l'amour, Lexy, soufflé-je contre sa peau. Tu es d'accord avec ça ?

Elle en meurt d'envie, son corps me le hurle, mais je veux entendre son consentement.

Un mot. C'est tout ce que j'attends de sa part. Un simple « oui » qui pourrait changer nos relations du tout au tout. Si elle se laisse aller avec moi, ici, dans cette chambre d'hôtel, il n'y aura plus de retour en arrière possible.

– Oui, murmure-t-elle.

Ses seins s'écrasent contre mon thorax et je lâche un grognement satisfait lorsque ses lèvres rencontrent les miennes dans un long baiser langoureux. J'en perds le nord. J'adore sentir sa peau contre la mienne, deviner son désir dans ses mains qui caressent mon dos, entendre ses gémissements disparaître dans notre baiser empli de passion. Sans la moindre douceur, elle coince ma lèvre entre ses dents et tire légèrement dessus. Je bande furieusement quand elle enroule sa langue autour de la mienne pour offrir à notre baiser du sensuel, de l'exaltant, un tourbillon de sensations folles.

Je m'écarte une fraction de seconde de Lexy, le temps de sortir un préservatif de ma veste et de le balancer sur le lit, avant de revenir plaquer mon corps contre le sien, mon érection à l'étroit dans mon pantalon. Je suis comme aimanté, bien incapable de rester loin d'elle maintenant que j'ai goûté à son contact. Je suis surpris de cette intensité. Oui, bien sûr, j'ai désiré d'autres femmes, mais jamais de façon aussi impérieuse.

Nous nous détachons du mur jusqu'à être près du lit, sans jamais rompre cette connexion physique entre nous. Mes mains sont partout sur son corps. Lexy me pousse sur le matelas puis grimpe à califourchon sur moi alors que ses mains sont déjà en train de déboutonner mon pantalon. Elle prend les devants, j'en suis le premier surpris, et le premier satisfait. Elle ne s'est jamais laissé diriger, peu importe le domaine. Nos regards se croisent et ses gestes s'arrêtent durant une fraction de seconde alors que ma respiration se coupe. Merde. C'est qu'elle me rend dingue, j'en oublierais presque qu'elle peut à tout moment regretter ce qu'on est en train de faire. Mais Lexy me rassure en se penchant pour venir à ma rencontre. Je me redresse dans le lit avant de déposer ma bouche sur l'un de ses tétons durcis par le désir, et je joue avec ce point sensible, encouragé par les caresses de Lexy à travers mon pantalon.

Cette dernière abandonne mon érection pour passer

une main dans mes cheveux. Je goûte chaque parcelle de sa peau, de peur de ne plus pouvoir le faire demain. Je la retourne pour la déposer contre le matelas et laisser une traînée de baisers le long de son ventre alors qu'elle pousse un cri de surprise. Je descends là où se trouvent ses derniers vêtements. Je lui jette un regard fiévreux et elle soulève son bassin pour m'encourager à continuer. Je baisse son pantalon en même temps que son sous-vêtement avec une lenteur calculée, frôlant sa peau et la faisant frissonner. J'aime savoir que c'est moi qui lui fais cet effet, la voir se laisser aller dans mes bras, elle qui est si méfiante.

J'observe un instant son corps nu, admirant ses courbes, le cerveau en veille, avant que Lexy se redresse pour sceller nos lèvres à nouveau. Je lâche un grognement peu satisfait, déçu d'être stoppé dans ma contemplation. Mais elle m'arrache à ce spectacle visuel pour m'en offrir un sensoriel qui n'en est que plus délicieux. Nos langues se cherchent, ses dents viennent mordre ma lèvre inférieure, et avant même que je m'en rende compte, mon érection est libérée et mon pantalon a disparu. Nos corps nus l'un contre l'autre me consument de l'intérieur.

Lexy trouve le préservatif que j'ai balancé et l'ouvre sans me quitter des yeux. Pas de retour en arrière.

– T'es sûre de toi? demandé-je à Lexy d'une voix enrouée par le désir.

Celle-ci déroule le préservatif sur mon érection pour toute réponse et c'est le feu vert que j'attendais. J'écrase mes lèvres sur les siennes et fais glisser mes doigts jusqu'à son intimité. Je ne peux que constater que Lexy est plus que prête à me recevoir. Après quelques va-et-vient de mon index qui lui tirent des gémissements érotiques, je n'y tiens plus et la pénètre d'un coup de reins. Je reste un instant figé, savourant cette chaleur entre nous, avant de commencer à me mouvoir en elle. Lexy enserre mes hanches de ses jambes pour m'encourager à aller plus vite alors que ses ongles se plantent dans mon dos.

Je lâche un grognement satisfait en accélérant la cadence. Ses gémissements de plaisir résonnent dans la pièce tel un chant de sirène auquel aucun marin sain d'esprit ne pourrait résister. Moi, j'en perds la tête. Je mordille son épaule quand son corps se cambre contre le mien. Ses hanches entrent en collision avec les miennes et son vagin, déjà étroit, se resserre autour de moi. Son cri de jouissance me fait tressaillir et, dans un ultime coup de reins, je m'abandonne à mon tour dans un orgasme délicieux, délivrant. J'ai l'impression que jamais plus je ne pourrai me passer de cette sensation. C'est elle et moi, dans une explosion de sensations que je n'ai jamais ressenties auparavant. Peu importe si elle décide de me repousser demain, je ne la laisserai pas partir.

***

Lorsque j'ouvre les yeux, la scène qui se déroule devant moi n'est pas celle que j'attendais. Lexy est en train de s'habiller, les cheveux trempés et le visage fermé. Le jour est déjà levé et inonde la pièce d'une lumière que tamisent les rideaux. J'aurais préféré la trouver encore endormie que déjà éveillée et pleine de regrets. Son regard se fait fuyant alors que je me redresse dans le lit, me moquant éperdument de ma nudité. J'ai passé la moitié de la nuit en elle, et l'autre à embrasser chaque parcelle de sa peau découverte, nous n'en sommes plus au stade de la pudeur.

– Si tu me dis que ce n'était qu'un coup d'un soir, je le prendrai très mal.

– Pourtant ce n'était que ça. Je ne veux pas d'homme dans ma vie, Hayden !

– Il fallait y penser avant de me foutre la tête en vrac.

– Je n'avais pas prévu cette nuit, OK ? Oublie-la, c'est le mieux que tu puisses faire.

Elle est sérieuse ? Bordel ! Non, je ne peux pas oublier ! Comment peut-elle me demander un truc pareil ? Je lui ai laissé l'occasion de faire marche arrière cette nuit, et elle ne l'a pas saisie. Il faut être deux pour ce genre de choses.

– Dis-moi que je me trompe si tu veux, mais tu as pris ton pied autant que moi.

– Je ne le nie pas. J'assume ce qui est arrivé, mais ça ne se reproduira pas.

– Non, Lexy. Tu n'assumes pas. Sinon, tu ne me demanderais pas d'oublier.

Je me crispe de la tête aux pieds, mon visage se ferme. J'ai l'impression de me prendre un coup de massue en pleine tête. Je ne m'y attendais pas. Je n'imaginais pas que cette nuit ne représentait rien pour Lexy. Et je dois reconnaître que ça me fout une sacrée claque, parce que pour moi, cette nuit a compté. Vraiment.

– Très bien, Lexy, ça ne se reproduira pas. Toutefois, je vous demanderai de ne pas oublier votre place en tant que salariée.

– Pardon? Donc je ne veux plus coucher avec toi et...

– Vous. Je ne suis pas votre ami, Lexy. Je suis votre employeur, vous me devez le respect et ça commence par le vouvoiement, qu'importe si vous avez retiré votre culotte trop rapidement.

Mon ton est cassant, mes propos vexants, mais je ne fais que lui rendre la monnaie de sa pièce.

12

Lexy

Je n'arrive pas à me remettre des mots blessants d'O'Leary. Je pensais sincèrement que, comme moi, il regrettait cette nuit, aussi délicieuse fût-elle. Mais j'ai compris la leçon : c'est mon patron et nous savons tous les deux que désormais, nos rapports seront bien plus complexes.

Assise dans l'avion, je fixe les nuages par le hublot. Les mots de mon boss résonnent encore dans ma tête. Retirer ma culotte trop tôt ? Il était bien heureux de me la retirer, cette fichue culotte ! Je regrette tellement de ne pas avoir eu le cran de la lui faire bouffer !

Toutefois, bien que je sois parfaitement consciente que cette nuit était une erreur, je ne parviens pas à la regretter dans son intégralité. Lorsqu'il était juste Hayden et pas mon boss, il m'a fait vivre des choses qu'aucun homme n'a jamais su me faire ressentir. C'était… magique !

Je ne pense pas que je pourrai un jour oublier son corps parfait, la passion qu'il a mise dans chacun de ses mouvements, sa façon de m'embrasser là où je suis le plus sensible… Non ! Je ne dois pas y penser, je dois simplement oublier. Il s'est comporté comme le dernier des enfoirés. Il n'a pas pris la peine d'écouter mon point de vue.

Pourtant, O'Leary sait à quel point mon boulot compte pour moi, je ne veux pas le perdre ; pire encore, je ne peux pas le perdre. Non seulement j'apprécie mon travail, mais en plus il me permet de gagner ma vie et donc de nourrir ma fille.

– En rentrant, on passe rapidement au bureau, puis vous serez libre.

Je sursaute légèrement en entendant sa voix. Depuis notre échange peu glorieux, il ne m'a plus adressé la parole et en soi, ça ne m'a posé aucun problème. Son ton cassant et méprisant me blesse. Bien que ce ne fût qu'une nuit, je me suis abandonnée à lui. Totalement. Sans concession.

– Bien, monsieur.

Ma voix n'est qu'un murmure, je n'ose même pas le regarder par peur de tomber sur son regard glacial. Je comprends aussi que je l'ai blessé. Il semblait tellement énervé lorsque je lui ai dit que ce n'était qu'un coup d'un soir. En aucun cas mon but n'était de le blesser. Je me suis laissée aveugler par mon désir charnel et, dans un élan de folie, j'ai abandonné ma raison pour n'écouter que le désir que Hayden me fait ressentir depuis le premier jour.

Toutefois, je n'oublie pas qu'il reste mon patron et que tout acte aura des répercussions sur ma carrière chez O'Leary Corporation. Il me l'a fait savoir. Il ne l'a pas caché et sa réaction me démontre que j'avais raison : je ne veux pas d'homme dans ma vie.

J'ai bien trop souffert avec le père d'Avery pour remettre le couvert avec un autre homme, aussi désirable soit-il. Je ne veux plus jamais revivre l'emprise d'un homme sur moi et je ne veux surtout pas imposer la présence d'un homme dans la vie de ma fille, elle en a déjà bien trop souffert.

Alors non, je ne regrette absolument pas mes propos. Dire que je m'en veux d'avoir couché avec O'Leary serait un mensonge également. Je déplore simplement que les choses se soient passées ainsi.

Il m'a fait passer pour une femme facile et même si mon comportement laisse à désirer, ce n'est absolument pas ce que je suis. Je ne suis pas le genre de femme qui s'offre à n'importe quel homme, encore moins pour une nuit.

– Je reconnais que je n'aurais pas dû essayer de quitter votre lit sans explication, soufflé-je.

Je n'ose le regarder. Je n'admettrai aucun autre tort, donc j'espère sincèrement que ça suffira à apaiser les tensions.

– Ce sont des excuses, Lexy?

Je marmonne un semblant de « oui » dans ma barbe, en fuyant toujours ses yeux.

– Je n'ai pas entendu, Lexy.

Je prends une longue inspiration et me tourne vers lui. Un long frisson traverse ma colonne vertébrale lorsque je distingue un fin sourire arrogant sur ses lèvres divines. Alors qu'il semble amusé par ma réaction, je repense à notre nuit, ses mains sur mon corps et sa bouche partout sur moi... Je tente de faire abstraction de la douce chaleur qui se répand dans mon bas-ventre.

– Je ne m'excuse pas de ne pas chercher davantage

qu'une relation d'un soir, monsieur, ça me désole simplement que nous n'ayons pas le même point de vue.

Il s'approche de moi, se penchant au-dessus de la table qui nous sépare. Son visage s'arrête à quelques centimètres du mien, son souffle frappe mes lèvres alors qu'il s'avance de nouveau.

– En effet, c'est désolant.

Il recule et plonge à nouveau le regard dans son ordinateur, me laissant bouche bée et en colère.

***

Le retour a été glacial. Nous sommes chacun restés fermement campés sur nos positions. Il était hors de question que je demande pardon alors qu'il est aussi buté que moi. Je ne vais pas m'excuser de ne rien chercher de sérieux, et lui n'a pas à m'insulter. Oui, il est mon patron, mais je refuse de me laisser écraser de la sorte. Il m'a proposé de me déposer chez moi, l'air toujours aussi froid, mais j'ai préféré refuser. Il me reste quelques heures avant de devoir aller chercher ma fille à l'école, et j'avais besoin de m'occuper l'esprit.

J'ai tenté de ne rien laisser paraître en retrouvant Mia, mais à chaque moment de creux, mes pensées me mènent irrémédiablement à la nuit que j'ai passée avec Hayden, puis au désastre qui en a suivi…

– Quand est-ce que tu vas me le dire? m'interrompt Mia, un sourire taquin sur les lèvres.

– De quoi? demandé-je en détournant les yeux.

– Pour toi et mon frère.

Je tourne lentement la tête, jusqu'à ce que mon regard croise le sien, couleur whisky, comme celui de Hayden… Mon cœur bat vite et je me mords la lèvre, l'air sûrement coupable. À quoi ça sert de nier? Elle a déjà deviné. Et cette constatation me met vraiment mal.

– Ne fais pas cette tête-là, Lexy, on s'en fout. Tu fais ce que tu veux tant que tu ne lui fais pas de mal.

Pourtant c'est peut-être déjà le cas…

Mais je garde cette pensée pour moi.

– Je n'avais simplement pas prévu les choses. Comment tu l'as su? soufflé-je.

– Il était bizarre, et toi aussi, au retour du voyage. Et puis de toute façon, ça crevait les yeux que tu lui plaisais, ce n'était qu'une question de temps avant qu'il se passe un truc entre vous.

– Il ne se passe rien entre nous, la contredis-je. Il me plaît, mais ce n'est rien de plus.

– Quoi?

Mia perd son sourire et me dévisage comme si je venais de sortir la plus grosse ânerie de ma vie. Elle jette un regard en direction du salon pour vérifier que ma fille n'écoute pas, avant de se reconcentrer sur moi. Je sais déjà que l'interrogatoire va commencer. C'est ça aussi de faire ami-ami avec la sœur de mon patron, avec lequel j'ai couché.

Dit comme ça, je me sens encore plus mal…

– T'as pas l'intention de lui laisser une chance?

– Écoute, Mia… commencé-je.

– Non.

Elle se lève et pose les mains à plat sur la table pour me fixer sérieusement. Je n'apprécie pas spécialement qu'elle se mêle de ce genre de choses, mais je ne peux pas lui en vouloir. Si j'étais à sa place, je protégerais sûrement mon frère aussi.

– Je pensais qu'après plusieurs semaines à bosser avec lui, t'avais cerné mon frère. Mais je me trompais. Ce n'est pas un de ces fils à papa qui sautent tout ce qui bouge et qui ne pensent qu'à s'amuser. Il t'apprécie sincèrement, et toi, tu joues au yoyo comme s'il ne ressentait rien. Tu ne peux pas souffler le chaud et le froid et t'attendre à ce que tout se passe bien.

Ses mots sont durs, mais vrais. Sauf que je n'ai pas peur uniquement pour moi. J'ai peur des conséquences, j'ai peur pour Avery, j'ai peur qu'elle soit à nouveau malheureuse. C'est le pire sentiment qu'on puisse ressentir en étant maman : celui de voir son enfant triste, blessé. Ma fille a déjà subi bien trop de choses pour son âge, je refuse de prendre le moindre risque.

– Avery passera toujours avant les autres, Mia.

– Qui est-ce que tu protèges ? Avery ou toi ? Si ce que tu voulais vraiment, c'est ne laisser personne entrer chez toi, tu ne m'aurais pas fait venir ici. Ta vraie crainte, c'est de tomber amoureuse et de faire des erreurs. Tout le monde n'est pas comme le père d'Avery. Et je trouve ça nul que tu ne laisses pas une chance aux autres.

– Tu ne peux pas comprendre, Mia, murmuré-je en fixant mes mains.

– Parce que je n'ai pas d'enfant? C'est ça que tu vas me dire? s'emporte-t-elle.

– Mais pas du tout...

Je n'ai pas le temps de me justifier, Mia attrape son sac à main posé sur mon bureau et se lève, furibonde. Elle rejoint la porte, ses talons claquant au sol, puis me jette un regard noir par-dessus son épaule avant de quitter la pièce, me laissant abasourdie.

***

Je n'ai revu ni Mia ni son frère depuis hier. Ma collègue est aux abonnés absents, et mon patron est arrivé il y a quelques minutes, en retard. Il m'a fait parvenir un mail en me demandant certains papiers pour un dossier qu'il doit boucler dans la journée, et je viens tout juste de tout regrouper, même si je n'ai pas la tête à travailler. Le départ de Mia m'a tracassée une bonne partie de la soirée, hier. Ne pas la voir dans notre bureau n'a fait qu'augmenter mon stress. Elle est devenue une amie pour moi, et ses états d'âme me touchent plus que je ne veux bien l'admettre. Je me dirige d'un pas traînant vers le bureau de Hayden, l'esprit ailleurs, et je toque en soupirant. Je ne suis pas certaine d'être prête à le revoir. Il y a toujours cette brûlure dans mon bas-ventre lorsque je repense à lui et à ce qu'il m'a fait cette nuit-là. Lorsque je pénètre dans la pièce, je découvre un Hayden radicalement différent de ce que j'ai été habituée à voir, et j'en oublie l'espace de quelques secondes mes problèmes. Négligé, des cernes sous les yeux… ce n'est pas normal, lui qui est toujours tiré à quatre épingles au travail.

– Est-ce que ça va? demandé-je en déposant les papiers sur son bureau.

– Oui, une longue nuit, simplement. Est-ce que vous pourrez vous occuper de faire parvenir quelques papiers aux juristes?

– Bien sûr.

Une longue nuit… Est-ce qu'il a…? Non. Je n'ai pas le droit de penser à ça, c'est moi qui lui ai demandé d'oublier sous prétexte que je ne voulais rien. Et il m'a bien fait comprendre qu'il était mon patron et rien d'autre. Il a le droit de faire ce qu'il veut, même si ça ne fait que quelques heures que nous sommes rentrés de San Francisco. Pourtant, ce pincement au cœur est bel et bien là… Et il me tord les tripes.

Hayden ne remarque rien, ni mon air blême ni ma respiration un peu trop rapide. Il me tend une liasse de papiers, l'air fermé et sérieux.

– Tenez. À faire réviser par mon équipe de juristes.

– Aucun souci. Est-ce qu'il y a autre chose que vous souhaitez que je fasse?

– Oui, arrêter de faire du mal à ma petite sœur.

J'ouvre la bouche avant de la refermer, puis je déglutis péniblement sous le regard noir de Hayden.

– Je… tenté-je.

– Ne vous fatiguez pas, je ne veux rien savoir. Je vous demanderai simplement de travailler plutôt que de vous en prendre à Mia.

Je me passe une main sur les yeux, sentant le sang me monter au visage. M'en prendre à Mia? Je ne sais même pas ce qu'elle me reproche! Mais à quoi bon en discuter avec Hayden? La seule personne qui peut m'expliquer ce qui se passe réellement, c'est la principale concernée. Je me lève, les papiers en main, sous le regard froid de mon patron.

– Autre chose concernant le *travail*? demandé-je en appuyant sur ce dernier mot.

– Non, ce sera tout, mademoiselle Owlite.

J'ai envie de lui faire bouffer son « mademoiselle Owlite », mais au lieu de ça, je lui souris poliment et quitte son bureau sans un regard de plus. Je le déteste. Pas pour son comportement – c'est moi qui lui ai demandé de tout oublier —, mais pour l'effet qu'il continue à me faire. Une nuit n'a pas suffi à me guérir du brasier que Hayden fait naître en moi, et même lorsqu'il se la joue si froid et inaccessible, il reste irrésistible…

Je soupire en prenant la direction du bâtiment des juristes, consciente que je ne dois pas nourrir ce genre de pensée. C'est inviter le diable à s'immiscer dans ma tête, et je ne le peux pas.

Au lieu de ça, il faut que je trouve un moyen de joindre Mia qui ne répond pas au téléphone. Je déteste savoir qu'elle se sent mal par ma faute, même si j'ignore exactement pourquoi le fait que je refuse d'avoir une relation avec son frère la touche autant. Il faut à tout prix que nous nous expliquions.

***

J'ai réussi à me libérer plus tôt que prévu. J'ai longuement cherché dans les dossiers de l'entreprise l'adresse de Mia. Ça n'a pas été chose facile, mais j'ai fini par apprendre où elle habite, et me voilà à bord d'un taxi pour rejoindre son appartement. Je dois aller chercher Avery à la garderie d'ici une heure, ce qui me laisse largement le temps de m'expliquer avec Mia.

Je tape nerveusement sur ma cuisse, le stress montant à chaque mètre parcouru. Et si Mia refuse de me parler? C'est une option envisageable. Après tout, elle est partie en colère hier. Mais j'ai l'avantage d'être résistante aux têtes de mules grâce à Avery qui ne lâche jamais l'affaire avec son sale caractère. Alors, s'il le faut, je camperai dans l'entrée de chez Mia durant la longue heure que j'ai devant moi.

Je profite de ce qu'une femme sorte de l'immeuble pour m'y engouffrer, et j'observe le hall d'entrée avec de grands yeux. Tout est démesuré. C'est… trop. Si les appartements de cet immeuble sont au moins aussi luxueux que ce hall, je ne pourrais pas vivre ici, je crois. J'ai besoin d'avoir un chez-moi personnel, cosy, où je n'aurais pas peur qu'Avery pose ses mains pleines de chocolat sur des choses plus chères que je possède. Le luxe ne m'a jamais intéressée, et cet endroit me le confirme.

J'observe les boîtes aux lettres à la recherche du nom de Mia, puis j'enregistre son numéro d'appartement et je m'approche d'un pas hésitant de l'ascenseur doré, le cœur battant. Je ne suis pas à ma place ici, mais j'ai besoin de voir Mia. Elle a été là pour m'aider avec Avery, je lui dois bien ça. J'ai envie de savoir ce qui la taraude précisément.

Je longe le couloir jusqu'à l'appartement de la sœur de Hayden, puis je toque quelques coups avant que celle-ci ouvre.

– Qu'est-ce que tu fais là? retentit la voix de mon amie.

Je découvre Mia, en pyjama, les yeux rougis et l'air en colère. La couleur est annoncée.

– Je peux entrer? demandé-je doucement.

– Non, dit-elle, catégorique.

– Écoute, je m'inquiète pour toi. Je suis désolée pour hier. Mais on pourrait en parler?

Elle grommelle quelque chose d'inintelligible avant de s'écarter pour me laisser entrer chez elle. Je prends le temps de tout détailler, curieuse de voir où vit ma seule et unique amie, que j'ai peut-être perdue. Tout est assez simple et l'ambiance qui règne ici est plutôt agréable, loin du style du reste de l'immeuble. Mia n'est pas quelqu'un de compliqué, et c'est ce qui ressort de chez elle. Je souris en fixant un portrait de famille posé sur un meuble à chaussures et je m'en approche. Hayden est boutonneux et sourit de toutes ses dents alors que Mia boude dans un coin, les bras croisés contre elle. Tous deux sont accompagnés de leurs parents qui s'embrassent tendrement. Cette photo est adorable, et je mentirais si je disais que voir Hayden plus jeune ne me fait rien. Il était déjà incroyablement beau, les années n'ont fait que le rendre un peu plus attirant...

Mia me tire de mes pensées en passant à côté de moi. Elle sort une bouteille de lait et remplit son verre à ras bord, puis le sirote comme si je n'existais pas. Je la suis, déterminée à ne pas l'abandonner dans cet état. J'ai compris qu'elle ne voulait pas me parler, mais je ne saisis pas pourquoi. S'il le faut, je lui tirerai les vers du nez, mais je finirai bien par savoir ce qui la tracasse tant. Je veux simplement l'aider.

– Mia, j'essaie juste de comprendre. J'ai dit quelque chose de mal hier?

– Non.

– Alors quoi?

– Tu vois ce que ça fait?

Je la fixe sans comprendre. Mais qu'est-ce qu'elle me raconte? Mia me renvoie un sourire faux, accompagné d'un rire sans joie qui me serre le cœur.

– Quand tu parles à mon frère sans vraiment le faire. C'est pas marrant, hein? Tu veux comprendre, mais l'autre personne ne t'explique pas.

Je soupire en me passant une main sur le visage puis j'affronte son regard sans ciller. Est-ce qu'elle m'en veut uniquement pour mes histoires avec son frère? Je savais que tout ça était une mauvaise idée, pourtant, je ne regrette rien.

– J'ai compris, tu m'en veux parce que, selon toi, je joue au yoyo avec ton frère. Mais qu'est-ce que tu me reproches, à part ça?

Elle pose son verre violemment sur le plan de travail et me fusille du regard. On dirait que peu importe ce que je dis, je l'énerve. Et je déteste ça.

– Les choses sont trop compliquées, tenté-je d'expliquer pour apaiser les choses. C'est mon patron, et il n'a pas sa place dans ma vie dans un autre contexte. Je ne veux me concentrer que sur mon travail et ma fille. Tu comprends? Ça n'a rien à voir avec Hayden.

Elle soupire mais hoche la tête pour me signifier qu'elle a compris ce que je voulais dire. Oui, j'ai passé une nuit inoubliable dans les bras de Hayden, oui, je suis constamment tentée en étant près de lui au travail, mais non, je ne céderai pas à nouveau à la tentation, même si celle-ci est si attirante.

Mia boit une longue gorgée de son verre de lait avant de me regarder, l'air triste, et j'attends, consciente qu'elle s'apprête à me dire quelque chose de douloureux.

– Je suis stérile. C'est pour ça que, quand tu m'as dit que je ne pouvais pas comprendre ce que tu vivais en tant que mère, je l'ai mal pris. Je n'aurai jamais d'enfant.

J'ouvre la bouche avant de la refermer, et mon ventre se noue. Je ne m'attendais absolument pas à cette annonce. Je comprends mieux sa réaction. Elle me voit avec Avery tout en sachant qu'elle ne pourra jamais porter son propre enfant, elle n'aura jamais ce genre de relation. Elle a caché son mal-être derrière sa colère.

– Je ne savais pas. Je suis désolée.

– Peu importe, je suis partie en vrille pour rien. C'est toujours comme ça, c'est un sujet sensible. Encore plus quand je te vois avec ta fille, ça donne envie, souffle-t-elle en détournant les yeux.

– Je comprends. Tu aurais pu m'en parler avant, tu sais. Je t'aurais écoutée.

Elle me sourit tristement. Je n'ose pas imaginer sa douleur d'être face à quelque chose qu'elle désire tout en sachant qu'elle ne l'aura pas. Je n'ai jamais eu ce problème, je suis tombée enceinte alors que je ne le désirais même pas. Mia, elle, sait qu'elle aura beau essayer, ce miracle de la vie ne lui arrivera jamais. Mais mon amie ne semble pas déterminée à en parler plus que ça, elle se lève et dépose son verre dans le lave-vaisselle avant de revenir vers moi, un sourire crispé plaqué sur le visage pour donner le change. Le sujet est clos pour elle…

– Je peux te demander quelque chose ?

– Ça a un rapport avec ton frère ? soufflé-je en fixant le mur.

Pas besoin d'être devin pour le savoir. Elle cherche à changer de sujet, pour revenir à celui qui me hante.

– Oui. Mais avant, dis-moi une chose. Est-ce que tu l'apprécies ?

– Mia…

– Arrête de prendre ton ton de maman avec moi ! Réponds juste à la question. Pas par rapport à Avery, je veux simplement savoir.

Je soupire doucement. Je ne suis pas à l'aise à l'idée de parler de ça avec elle. Elle est la sœur de l'homme avec qui j'ai couché, et à moins d'en discuter avec sa mère, je ne vois pas plus gênant comme situation. Mais elle a été honnête avec moi, elle mérite que je fasse de même.

– Oui, je l'apprécie. Ce n'est pas lui, le problème. Il est gentil, intelligent, drôle, et si ma situation avait été différente, peut-être que les choses auraient été possibles entre lui et moi.

Elle me fixe un long moment et je me dandine sur ma chaise, mal à l'aise. Voilà très exactement pourquoi je ne voulais pas lui en parler. Elle est bien trop curieuse. Qui me dit qu'elle n'ira pas répéter ça à son frère? Si elle le fait, je suis foutue. Hayden ne me facilitera pas la tâche et je...

– Mon frère est chez moi, il a tout entendu, affirme-t-elle, interrompant mes pensées.

– Quoi?! m'écrié-je.

Mon cœur s'accélère considérablement et je me retourne vivement pour rencontrer... le vide. Ce n'est rien que le vide, il n'y a que Mia et moi. Et je vais la tuer. Ma traîtresse d'amie se marre alors que je lui jette un regard noir, les yeux plissés. Je suis trop vieille pour ce genre de connerie.

Bon sang, je dis déjà ça à 26 ans. Qu'est-ce que ça va être à 40?

– Si tu voyais ta tête! se moque Mia.

– Je te déteste. Ce n'était pas drôle.

– Oh, mais si, et même hilarant. Mais plus sérieusement... se reprend-elle doucement.

Mia se replace sur sa chaise, l'air toujours triste mais les yeux pétillants. Elle a quelque chose en tête, et cette perspective ne me rassure pas.

– J'ai un truc à te proposer. Tu vas détester, mais ça te permettra d'être fixée.

– Vas y...

– Présente-lui Avery. Tu l'as bien fait avec moi. Tu l'invites à manger, un truc tout bête, et tu verras si Avery le tolère comme elle me tolère moi. Ça ne te coûte rien, tu seras là pour tout surveiller, et tu seras fixée sur tes sentiments envers mon frère. Si après ça, tu es sûre de ne pas vouloir vous donner une chance, promis, je ne t'en reparlerai plus...

13

Hayden

Lorsque je suis rentré chez moi hier soir, tard, après quelques longues heures de travail, un message de Mia m'attendait sur mon répondeur pour m'annoncer que tout s'était arrangé entre elle et Lexy. J'en serais soulagé si je n'avais pas la mauvaise impression que mon assistante m'évite depuis ce matin, envoyant Mia chaque fois qu'il est nécessaire de nous voir, et un sentiment désagréable enserre ma poitrine et m'empêche de réfléchir de façon cohérente. Je ne supporte pas de savoir que Lexy me fuit à ce point.

Je m'apprête à quitter mon bureau pour me confronter à mon assistante étrangement silencieuse et lui demander d'être sincère avec moi, mais la porte s'ouvre sur ma sœur, encore. Je soupire de déception sans même m'en cacher et j'attends que Mia s'approche de moi, un tas de feuilles sous le bras et une mine joyeuse qui contraste avec la mienne.

– Lexy dit qu'il faut ta signature sur ces papiers.

– Alors, dis à Lexy que si elle veut ma signature, elle n'a

qu'à venir la chercher plutôt que de m'ignorer, lâché-je sèchement.

Ma sœur s'arrête juste devant moi pour me fixer de ses grands yeux similaires aux miens. Waouh. Très mature, Hayd'.

– Lexy s'est tordu la cheville en venant au bureau, alors lève-toi et va lui dire toi-même de faire les allers-retours. Moi, je prends une pause, j'en ai marre de vos conneries. C'est qui, le patron, là-dedans, sérieusement? râle-t-elle.

Ma sœur jette les papiers sur mon bureau en soufflant un « Abruti » peu discret et je l'observe quitter la pièce. Je me masse les tempes pour tenter de faire passer le mal de crâne qui pointe le bout de son nez. Je déteste cette situation. Depuis quand je mélange mon travail et ma vie privée? Ça ne me ressemble pas, et pourtant je ne peux pas m'en empêcher. Je m'autorise à faire tout ce que je désire en dehors d'ici, mais une fois dans mon bureau, je reste toujours impassible et sérieux. Je rentre dans mon rôle de patron et je n'en sors plus. Du moins, ça, c'était avant que Lexy débarque ici. Elle m'a foutu la tête en vrac et m'a confisqué le mode d'emploi qui m'aurait permis de réparer ce carnage. Je déteste ce qu'elle me fait ressentir. Je ne veux pas dévier de mon rôle de boss, mais je ne veux pas non plus éloigner Lexy de moi…

Je me lève après avoir signé en vitesse les papiers dont Lexy a besoin pour l'organisation des évaluations annuelles, et je rejoins le bureau de mon assistante en inspirant profondément. J'espère que Mia n'a pas menti et que Lexy a vraiment une bonne raison de m'ignorer… Je tape quelques coups contre la porte avant que mon assistante m'invite à entrer. Je la trouve assise sur sa chaise, en train de se masser la cheville. Donc elle est vraiment immobilisée derrière son bureau. Quel con je suis.

– Je vous ai rapporté les papiers dont vous aviez besoin.

Lexy hoche la tête, le regard fuyant, et je dépose les documents devant elle en jetant un coup d'œil à sa cheville. J'aimerais l'aider, mais tout est devenu étrange entre nous depuis San Francisco. J'ai envie de prendre soin d'elle, mais je pense aussi à moi. Je ne veux pas la voir me repousser à nouveau. Je me racle la gorge, bien droit, ne laissant rien paraître alors qu'elle ne me regarde toujours pas.

– Mia est en pause, si vous avez besoin d'autre chose, envoyez-moi un mail.

Lexy pose enfin les yeux sur moi, l'air complètement perdu. Peu importe, ça ne me regarde pas. Je m'apprête à tourner les talons, déterminé à mettre de la distance entre nous, mais elle me retient au dernier moment.

– Hayden, tu…

C'est à mon tour d'être surpris.

On repasse au tutoiement?

Je me tourne vers elle, un sourcil haussé, et elle semble soudain mal à l'aise.

– Qu'est-ce que tu fais ce soir?

J'ouvre la bouche avant de la refermer, et je sonde Lexy. Est-ce qu'elle est en train de me demander ce que je crois? Bien sûr que non. Elle aurait eu l'occasion de m'inviter à plusieurs reprises, elle ne l'a jamais fait. Alors pourquoi maintenant? Elle a l'air de comprendre mes interrogations, car elle reprend aussitôt :

– Est-ce que tu voudrais venir manger chez moi ? demande-t-elle avec une hésitation que je ne lui connaissais pas.

Je dois avoir l'air d'un con. Un con surpris, la bouche à moitié ouverte et incapable de dire quoi que ce soit. Comment en sommes-nous arrivés là ? Il n'y a même pas une heure, j'avais la ferme intention de laisser tomber, persuadé que Lexy ne changerait jamais d'avis, et voilà qu'elle m'invite chez elle ? Je ne sais pas si je dois être rassuré ou complètement flippé.

– Il y aura… ta fille ? demandé-je, incertain.

– Oui, Avery sera là.

– Lexy… Si jamais c'est une mauvaise blague…

– Ce n'en est pas une. Je suis sérieuse. Chez moi, à dix-huit heures trente.

Merde. Elle vient de m'inviter chez elle. Je vais rencontrer sa fille. Je crois bien qu'elle est en train de me laisser une chance… Comment suis-je passé de « on a couché ensemble mais elle ne veut rien d'autre » à « elle va me présenter sa fille » ?

Je ne sais pas, mais j'ai la mauvaise impression que c'est la seule et unique chance que j'aurai avec elle. Et il est hors de question que je la rate.

14

Lexy

Je tourne dans tous les sens depuis que nous sommes rentrées à la maison. Je n'arrive même pas à lire une recette correctement, mélangeant les quantités et les ingrédients. Si le résultat est mangeable, ce sera déjà un exploit. J'aurais dû faire une quiche plutôt que de la bavette à l'échalote et des pommes au four, ça aurait été bien plus simple. Je ne suis pas un as de la cuisine, c'est suicidaire de ma part de me lancer dans un chantier pareil… La seule chose que je maîtrise, ce sont les petits pots que je faisais moi-même pour Avery à l'époque. Le reste… mis à part le minimum, je ne sais pas faire grand-chose. Je commence à faire revenir l'échalote dans la poêle avec un peu de sucre comme me l'indique la recette, le feu à fond, tandis qu'Avery ne cesse de me répéter qu'elle a faim, quand la sonnette de mon appartement retentit. Je tourne la tête vers le salon, la spatule suspendue au-dessus de la poêle, et je mets un instant avant de comprendre.

Déjà ? Je suis beaucoup trop en retard !

En panique, j'éteins complètement le feu avant de faire brûler quelque chose et je fonce jusqu'à la porte, mais Avery a déjà ouvert. Merde, merde, je pense qu'elle n'a pas bien compris ce que je lui ai expliqué sur notre invité ! Croit-elle que c'est Mia pour se montrer aussi confiante ? Ma fille se tient droite comme un piquet, les yeux écarquillés, tandis que Hayden tente de lui sourire après m'avoir lancé un regard appuyé. Je mets un instant à sortir de ma torpeur, m'attendant à tout moment à une crise de larmes, mais rien ne vient. J'essuie mes mains sur mon jean avant de m'approcher doucement d'Avery et je m'accroupis à sa hauteur en posant mes mains sur ses épaules. Son regard bleu similaire au mien est grand ouvert, et je la force à me regarder droit dans les yeux comme on m'a dit de le faire lorsqu'elle réagit de cette façon.

– C'est un ami, d'accord ? Il ne va pas te faire de mal.

– Où est Mia ? demande-t-elle sans laisser ses larmes apparaître, alors que son menton se met à trembler.

– Je te l'ai dit, elle ne vient pas ce soir. Mais le monsieur s'appelle Hayden, c'est le grand frère de Mia. Si Mia lui fait confiance, tu peux bien le tolérer, non ? tenté-je en jetant une œillade à ce dernier.

– Non.

Avant que j'aie pu comprendre sa réponse ou dire quoi que ce soit, ma fille m'échappe et court en direction du couloir pour aller se cacher. Et merde. Je n'aurais même pas dû espérer une autre réaction que celle-ci. À quoi je m'attendais ? À ce qu'elle fasse un grand sourire à Hayden, qu'elle l'apprécie et que ça confirme cet infime sentiment de confiance que je ressens envers lui ? À ne pas avoir à expliquer à mon boss que ma fille est traumatisée ? Bien sûr que non, ça n'allait pas se passer comme ça. Avery a vu plusieurs psys, et il a fallu que Mia entre dans sa vie pour qu'elle commence enfin à parler presque normalement. Alors de là à tolérer un homme ? Ce n'était qu'une triste utopie.

Je me retourne lentement vers Hayden et il m'adresse un regard sincèrement désolé, appuyé sur le chambranle de la porte. Si je n'étais pas si inquiète pour Avery, peut-être que j'aurais au moins pris le temps de l'accueillir correctement.

– Je ne m'attendais pas à cette réaction, me devance-t-il.

– Moi, si. Je suis désolée, j'aurais dû te prévenir, c'est toujours comme ça. Mais vas-y, entre. Pardon, je suis terriblement en retard. Fais comme chez toi, je vais voir Avery, je reviens.

Il hoche la tête, observant tout autour de lui avec une curiosité non dissimulée, et je l'abandonne après un dernier coup d'œil dans sa direction, déstabilisée à l'idée de l'avoir ici, chez nous. Il doit trouver mon appartement bien modeste, mais c'est notre maison, à Avery et moi. J'ai tenté de créer au mieux un environnement stable, c'est tout ce qui m'importait. Je me dirige d'un pas décidé vers la chambre d'Avery, mais je m'arrête devant la mienne en entendant du bruit de l'autre côté de la porte. Je pousse le battant et je suis surprise de trouver Avery assise à même le sol. Ma fille est en train de jouer avec mes chaussures à talons, ses petits pieds posés dedans, et contre toute attente, elle ne semble pas plus perturbée que ça. Mais les apparences sont bien souvent trompeuses. Ce n'est pas parce qu'elle a l'air d'aller bien que c'est le cas.

– Tu ne pleures pas? la questionné-je.

– Non. À l'école, ils arrêtent pas de dire que pleurer, c'est pour les bébés, alors j'essaie de plus pleurer.

Je soupire doucement, consciente de la difficulté qu'est l'école pour elle, avant de m'approcher pour récupérer mes chaussures et les ranger. Je ne veux pas que des idiots lui rentrent ce genre de bêtises dans la tête.

– Ce ne sont pas les bébés qui pleurent, ce sont les gens assez courageux pour montrer leurs sentiments, ma chérie.

Avery hausse les épaules comme si ça lui importait peu, alors que je sais pertinemment que ce n'est pas le cas. Elle est courageuse et têtue, elle aime montrer aux autres qu'elle est capable de faire les choses, mais intérieurement, elle est complètement terrifiée.

Je me pose sur mon lit puis je fais signe à Avery de me rejoindre. Elle ne se fait pas prier. Elle me rejoint rapidement et s'assoit sur mes genoux en fixant la porte, la tête nichée au creux de mon cou.

– Est-ce que c'est ton amoureux?

Un rire incontrôlé s'échappe de mes lèvres alors que je baisse les yeux sur ses cheveux roux similaires aux miens. J'éprouve de la nostalgie pour l'époque où j'étais gamine et où il suffisait de demander à quelqu'un d'être son amoureux. Tout était plus simple.

– Pourquoi tu dis ça? Je n'ai pas d'amoureux.

– Parce qu'il avait l'air content de te voir, répond ma fille en quittant mes genoux pour planter son regard dans le mien.

Que répondre à une enfant de 6 ans ? Je ne vais pas lui dire que je lui ai fait visiter ma chambre d'hôtel pour après l'envoyer bouler avant de lui laisser une chance.

Présenté comme ça, j'ai vraiment l'air d'une emmerdeuse…

Dans tous les cas, je ne peux pas lui expliquer pourquoi la situation est si compliquée.

– Mia aussi est contente de te voir.

– Oui, mais Mia elle a déjà un amoureux.

– Et comment tu peux savoir ça ? m'étonné-je.

– Je lui ai demandé.

Ma fille m'annonce ça tout naturellement, alors que je l'ignorais. Ça fait plusieurs semaines que Mia passe ses journées avec moi et certaines de ses soirées avec nous, pourtant je n'avais aucune idée du fait qu'elle pouvait avoir quelqu'un. Et je suis presque sûre que Hayden n'en sait rien non plus.

– Tu ne parles pas de l'amoureux de Mia devant Hayden, on est d'accord ? C'est un secret et Mia voudrait le lui dire elle-même.

– D'accord.

– Est-ce que tu te sens prête à venir dans la cuisine avec nous ?

– Tu resteras avec moi ?

– Je te le promets.

– Alors je veux cinq Kinder en plus, tente Avery.

Pourquoi est-ce qu'on leur apprend à compter, déjà ? Ça

éviterait beaucoup de négociations, de ne pas leur donner de cours de mathématiques.

– Dans tes rêves, crapule. Mais peut-être qu'il y aura quand même une surprise au goûter demain, lui révélé-je pour lui montrer que je suis heureuse qu'elle fasse tous ces efforts. Maintenant, debout, on va aller dire bonjour à Hayden.

Elle hoche la tête, le corps rigide, et je la prends dans mes bras malgré son poids qui commence à se faire sentir. J'avance avec Avery dans les bras jusqu'à mon salon pour rejoindre la cuisine à côté, et je suis surprise d'apercevoir Hayden derrière la cuisinière. Je m'approche de lui, Avery serrant plus fort ma nuque de ses mains, et je pose ma fille sur la chaise alors que Hayden lui sourit gentiment en mettant les échalotes dans le bol que j'avais sorti.

– Quand j'ai dit « Fais comme chez toi », je ne voulais pas dire « Fais à manger », plaisanté-je en m'appuyant contre le plan de travail.

– Je ne vais pas me mettre dans ton canapé et regarder la télé, répond-il.

Puis il se tourne vers Avery:

– Ça va mieux?

Ma fille le fixe de ses grands yeux bleus sans dire un mot avant de se lever et de s'approcher de lui. Je l'observe, le cœur battant à cent à l'heure en voyant mon bébé faire des efforts, et je retiens ma respiration.

– Maman a dit que Mia est ta sœur. C'est vrai ou tu mens?

Hayden me jette un regard amusé et je me pince la lèvre. Avery est toujours perspicace, peut-être même trop, et son honnêteté n'a pas de limite pour le moment, du moins avec moi.

– C'est vrai, c'est ma petite sœur. Et elle m'a beaucoup parlé de toi.

– Alors pourquoi elle est pas là ? Maman dit que tu es gentil, mais je préfère Mia.

Je reste volontairement en retrait alors que Hayden s'accroupit et qu'Avery a un mouvement de recul. Mon patron lève les mains en signe de paix. Avery reste sur ses gardes alors que je surveille la scène de là où je suis. Il y a des limites à la confiance d'Avery. Elle ne détourne plus le regard de Hayden. Elle le surveille plus qu'elle ne l'observe.

– Elle est restée chez elle ce soir. Mais si ta maman est d'accord et qu'elle me réinvite, je viendrai avec Mia la prochaine fois. Maintenant, il faudrait que tu me montres comment faire à manger pour aider ta maman. Ça te va ?

– Non. Je sais pas faire à manger, je préfère aller dans le canapé, le rembarre-t-elle avant de partir à reculons, sans quitter Hayden du regard, pour nous laisser entièrement seuls.

Je n'en reviens pas ! Non seulement ma fille l'a approché, lui a parlé mais elle lui a aussi dit « non ». Elle qui avait si peur d'être punie au moindre refus, a osé prononcer le mot « non » devant un homme. J'en ai les larmes aux yeux, mais me dépêche de cacher mon émotion. Mon invité va me prendre pour une folle s'il me voit pleurer sans savoir ce que tout ça représente pour moi.

– C'est de famille de recaler les beaux mecs à ce que je vois, plaisante Hayden.

Je ne peux m'empêcher de rire, libérant tout mon stress dans cet éclat. Hayden se marre avec moi et cet instant hors du temps me fait un bien fou. Reprenant mon sérieux, je remarque les échalotes déjà prêtes, et bien moins cramées que si c'était moi qui avais fini de les cuire. Il sait cuisiner. Encore une qualité…

– Merci, lui dis-je simplement, incapable encore d'avouer tout ce qui se cache derrière ce simple mot.

– Avec plaisir. Qu'est-ce que je fais, maintenant?

J'avise la table où j'ai sorti tout ce qu'il me fallait pour cuisiner avant de croiser à nouveau le regard de Hayden. Il a réussi à me faire sortir de ma zone de confort. Je ne saurais dire si c'est pour le meilleur ou pour le pire.

– Tu peux emballer les pommes de terre dans le papier aluminium, si tu veux. Moi, je vais essayer de ne pas me couper un doigt en découpant la viande, plaisanté-je à moitié.

Hayden ne cache pas son sourire moqueur et je lui envoie un coup de coude dans les côtes avant de m'asseoir à table pour cacher mon trouble. J'ai l'impression d'être encore plus proche de lui en le trouvant dans ma cuisine que dans un lit. Ironique, quand on sait ce qu'il s'est passé à San Francisco… Hayden se place face à moi, et je le sens m'observer avec insistance alors que je dispose la viande sur la planche à découper.

Je coupe la viande, mais, bien trop attirée par l'homme en face de moi, je relève les yeux inlassablement. Mon regard est indéniablement aimanté par son être tout entier.

Je coince ma lèvre inférieure entre mes dents et baisse

la tête afin d'accomplir ma tâche. Je me force à ne pas le regarder, mais mon cerveau l'imagine. Je l'ai tellement observé, désiré, parfois même rêvé que je parviens avec une facilité déconcertante à reproduire les traits de son visage dans mon esprit. Divaguant davantage, je me souviens de son torse musclé, ses lèvres m'embrassant, me goûtant, me dévorant. Je me rappelle ses mains qui caressent ma peau, mon intimité, me rendent folle… Et je me coupe.

Je jure en fixant mon doigt en sang. Hayden relève vivement la tête et se précipite dans ma direction. Il fait tourner la chaise pour que je sois en face de lui et attrape délicatement ma main dans la sienne.

– Hayden… commencé-je avant qu'il m'interrompe.

– Tu as de quoi désinfecter?

– Dans la salle de bains, mais je suis…

… assez grande pour le faire toute seule…

Je n'ai pas le temps de finir ma phrase que Hayden quitte ma cuisine et s'élance dans l'appartement. Il revient rapidement, ma trousse de secours dans les mains. Je tente de le convaincre que je suis parfaitement capable de prendre soin de moi seule, mais son regard déterminé m'indique que toute protestation serait vaine.

Il ne me quitte pas un seul instant des yeux, et je perds le nord en me noyant dans ses iris.

Alors qu'il pose un pansement sur la coupure, je me rends compte de la proximité de nos visages. Ses lèvres m'appellent et son regard brûle de désir, reflétant mon propre ressenti.

J'humecte mes lèvres avec le bout de ma langue, faisant

grogner Hayden. Sa main lâche la mienne et il laisse glisser ses doigts le long de mes côtes qui terminent leur course sur mes hanches. Il me rapproche de lui, d'un geste ferme, avant de déposer ses lèvres au coin de ma bouche.

Alors que je crève d'envie qu'il m'embrasse, il recule d'un pas et disparaît vers la salle de bains. Frustrée, je me demande s'il m'en veut encore pour ce qu'il s'est produit à San Francisco…

Il revient, quelques instants plus tard, et retourne à sa tâche. Dans l'indécision la plus totale, je le fixe sans qu'il réagisse, puis il relève la tête et plante son regard envoûtant dans le mien, un franc sourire aux lèvres.

– Quelque chose ne va pas, Lexy?

Je plisse les yeux face à son ton moqueur. Un sourire enfantin éclaire son visage, se répercutant directement dans mon bas-ventre.

– Peut-être aurais-tu voulu que je t'embrasse? poursuit-il.

– Je ne vois pas de quoi tu parles.

– Vraiment?

– Hum.

– Si tu veux ce baiser, viens le chercher.

Je plonge mon regard dans le sien, le cœur battant. Il y a comme un champ magnétique qui m'attire terriblement vers lui. Tout me rend dingue: sa prestance, son regard profond, les traits de son visage, ses gestes, sa façon de parler, son parfum… Tout.

Je n'arrive plus à faire semblant: il me rend totalement folle, je meurs de désir pour lui, je passe mon temps à penser à lui, à cette nuit à San Francisco…

Mais s'il croit que je vais le supplier de m'embrasser, il se met le doigt dans l'œil. Si je meurs de désir pour lui, il n'en mène pas large également. Je ne réponds pas, espérant qu'il craque avant moi.

– J'ai réussi le test pour le moment ? lâche-t-il.

Je suis grillée.

– Quoi ? Quel test ? tenté-je de nier.

– Celui que tu me fais passer. C'est bien pour ça que tu m'as invité, non ?

Il n'est pas stupide, et c'est une qualité que j'apprécie chez lui, mais j'aurais sincèrement apprécié qu'il joue au con pour une fois. Je ne veux pas qu'il pense que je lui laisserai une chance quoi qu'il arrive. Si jamais ma fille avait à en souffrir, je ne pourrais pas sortir avec lui… Je ferai toujours passer Avery avant le reste.

– Si tu sais que je t'ai invité pour ça, pourquoi être venu ? demandé-je lâchement plutôt que de lui révéler mes pensées.

– Pour la nourriture gratuite, évidemment. Demande à Mia, je ne rate jamais l'occasion de me faire inviter à dîner par une belle femme.

J'éclate de rire bien malgré moi, sa tentative d'humour détendant à nouveau l'atmosphère chargée, et je plaque une main sur ma bouche au moment où Avery nous crie de faire moins de bruit, ne faisant qu'empirer mon hilarité. Ma fille est une vraie petite dictatrice. Ça semble beaucoup amuser Hayden qui sourit largement, creusant deux fossettes sur ses joues qui me font sourire à mon tour. On passe un long moment à se fixer avant qu'il reprenne son sérieux sans jamais détourner les yeux.

– Tu es au courant que tu dragues quelqu'un qui a un enfant, et que c'est loin d'être une situation simple?

– Attends, quoi? Tu es maman?! Et tu ne m'as rien dit?! Tu abuses, Lexy! Je suis outré! Je pense que je devrais partir, et te virer tant qu'on y est.

– Très drôle.

Je lève les yeux au ciel sans pouvoir me retenir de sourire. Je repousse toujours les hommes, enfin, à l'accoutumée. De toute façon, il suffit que je dise « maman » ou « enfant » et ils prennent leurs jambes à leur cou. Mais pas lui. Hayden se cale au fond de sa chaise, les bras croisés devant sa poitrine, son regard brûlant posé sur moi.

– On va faire simple, Lexy. Tu es maman d'une gamine aussi têtue que toi, tu es restée longtemps avec un abruti sans nom qui ne te méritait pas, et tu es persuadée que tous les hommes sont aussi mauvais que le père de ta fille l'a été. J'ai tout bon?

– Oui…

– Bien. Alors où est-ce que je dois signer pour que tu arrêtes de me repousser avec ça?

Je suis touchée par ce que cela veut dire de lui, mais je ne peux m'empêcher de douter encore.

– Je rêve ou tu te paies ma tête? lui demandé-je par pure provocation.

– Bien sûr que non. J'essaie juste de te faire comprendre que ça m'est égal. Vous n'avez pas eu de chance toutes les deux, je l'admets. Et tu es compliquée, ça aussi, je m'en suis rendu compte.

– Tu dragues en critiquant maintenant? me moqué-je

en l'observant emballer les pommes de terre.

– Crois-moi, si je te draguais, tu le verrais. La preuve à San Francisco quand on a...

– Tais-toi ! Avery a les oreilles qui traînent ! lui dis-je en plaquant une main sur sa bouche par-dessus la table.

Je sens le sourire de Hayden se former sous ma paume et je recule, alors qu'il se marre de plus belle. Évidemment. Passer une soirée sans allusion de ce genre, même avec une enfant, c'était impossible. Et honnêtement, je ne me plains que pour la forme...

– Quoi qu'il en soit, je suis ici parce que j'en ai envie. Donc si tu as fini de m'énumérer les raisons pour lesquelles je ne devrais pas être là, je pense qu'on devrait finir de faire à manger et profiter de la soirée. Ça te va ?

– Je crois que je peux faire ça. Mais...

– Lexy, gronde-t-il.

– Tu es toujours mon patron, Hayden !

Voilà, c'est dit. Je pense sincèrement que nous devons avoir une discussion sérieuse à ce sujet. Je ne veux pas perdre mon travail ni que le sien soit affecté par d'éventuelles disputes comme ça a été le cas à notre retour de San Francisco.

– Et alors, Lexy ? Que faisons-nous de mal ? Je dîne chez mon assistante, très bien, et donc ?

– Tu as envie de moi ? demandé-je dans un murmure.

– Oui !

– Tu vois, c'est ça le problème, Hayden. Tu ne dînes pas avec ton assistance dans un cadre professionnel, tu dînes avec elle parce que tu la désires.

– Il en va de même pour toi, je me trompe?

Je secoue doucement la tête en déglutissant. Son regard percute le mien, un feu se déclenche dans mon ventre.

– Lâche prise pour la soirée, Lexy. Moi, ça ne me pose pas de problème. J'ai envie d'être ici, avec toi et ta fille.

On s'échange un regard qui me provoque un doux frisson le long de mon échine et je lui souris sincèrement, retrouvant mon aplomb habituel. Oui, je crois que je peux simplement profiter de la soirée.

Hayden continue ses blagues et ses sous-entendus douteux, plus discrets cette fois-ci, et je finis par avoir mal aux joues à force de trop sourire. Ça faisait longtemps que je ne m'étais pas autant amusée avec quelqu'un d'autre que ma fille, et cette constatation me rend heureuse. J'avais oublié ce que ça faisait. Avery a même fini par pointer le bout de son nez pour vérifier que Hayden ne faisait rien de mal. Elle en a profité pour me demander un Kinder, ce à quoi j'ai dit non, et elle n'a pas hésité à se tourner vers Hayden pour une dernière tentative. Face aux regards suppliants de ces deux-là, je n'ai même pas su refuser.

Et contre toute attente, il a même réussi à lui tirer un sourire à peine perceptible…

À présent que le repas est prêt, j'observe Avery fixer Hayden alors que celui-ci n'arrête pas de tenter de discuter avec elle. Elle lui répond, parfois non, et il passe le reste de son temps à me sourire d'une façon qui grille un à un le peu de neurones qu'il me reste.

– T'es l'amoureux de maman? ose-t-elle, à ma plus grande surprise.

– Je l'ai proposé à ta mère, mais elle n'a pas dit oui, se moque-t-il en me renvoyant un regard appuyé.

J'ouvre la bouche, clairement indignée par sa pique, alors qu'Avery le détaille de son air de grande personne qui me fait toujours sourire.

– Si tu lui offres des chocolats, elle va dire oui, affirme ma fille sans se démonter. Mais pas de fleurs, parce que je pourrais pas lui en piquer.

Alors, si parler de ma vie amoureuse inexistante la fait s'exprimer… Soit.

– Donc tu veux que je lui offre des Kinder, comme ça tu pourras lui en piquer, c'est ça? répond Hayden.

– Oui, c'est bien, ça. Tu as eu une très bonne idée.

Est-ce qu'elle vient de lui faire dire exactement ce qu'elle voulait? Ouais… Bon sang, elle a 6 ans. Qu'est-ce que ça va donner à 20? Aucune idée, mais Hayden semble prendre le sujet à cœur car il lui sourit un peu plus.

– Tu sais quoi? J'ai une meilleure idée. Si tu m'autorises à revenir, je te ramène des Kinder rien que pour toi, et un autre truc pour ta maman. On a un deal?

– Je sais pas ce que c'est qu'un deal, mais si j'ai du chocolat je suis d'accord.

Faites comme si je n'existais pas, je vous en prie.

– On se calme, il me semble que j'ai mon mot à dire, interviens-je.

– Non, t'as dit que je devais toujours écouter les adultes. Il est pas adulte, ton amoureux?

Respire, Lexy. Respire. Pourquoi je les ai présentés, bon sang?!

Hayden rit dans sa barbe et je prends une dernière bouchée de viande pour me donner une certaine contenance alors que les grands yeux bleus de ma fille me sondent. Je déteste Mia pour son idée qui vient de me foutre dans une merde sans nom. Laquelle ? Celle de faire face à une ligue de deux enfants.

– Si, il est adulte. Mais quand je suis là, c'est moi que tu écoutes.

– Tu as dit que changer les règles, c'était tricher…

– Je parlais du Monopoly, Avery. Mais pour revenir sur le sujet, je suis contente que tu veuilles bien que Hayden revienne, même si c'est un peu pour le chocolat…

Avery aime quand elle sent que je suis fière d'elle. Elle n'a pas eu l'habitude d'être félicitée avec son père, c'est le moins qu'on puisse dire. Alors, dès que je le peux, j'essaie de lui montrer à quel point je suis admirative de son courage. Je ne remercierai jamais assez Hayden d'avoir su instinctivement quoi dire sans la brusquer. Je jette un coup d'œil à ce dernier qui nous observe avec tendresse. Son regard me bouleverse plus qu'il ne le devrait. Et ce sourire, il fait naître des papillons dans mon ventre. Il me rend folle, me déstabilise, me plaît, il me rend… heureuse.

– Allez, dis au revoir à Hayden, crapule, il est l'heure d'aller dormir.

Avery s'approche de notre invité d'un pas hésitant avant de déposer un baiser sur sa joue. Il embrasse tendrement son front, et face à ce tableau, mon cœur explose. Je ne croyais pas la voir faire une avancée pareille dans son traumatisme de sitôt. Elle reste méfiante, mais au moins, elle essaie de faire confiance, et c'est tout ce qui compte.

Je lis une histoire courte à Avery qui s'endort rapidement après la longue journée qu'elle a passée. Je quitte sa chambre sur la pointe des pieds, sans oublier de lui faire un dernier baiser sur le front. Je rejoins Hayden qui m'attend dans le salon, un sourire ornant ses lèvres. Il m'ouvre ses bras, un appel à m'y loger. J'hésite un instant. J'ai peur de lui, de ce que je ressens, de ce qu'on vit. Je ne lui ai même pas raconté ce qui avait rendu Avery si craintive. S'il l'a deviné, il n'en a rien montré. J'angoisse à l'idée qu'il ait pitié de moi si je lui avoue ce qui nous est arrivé. Ou pire : s'il ne voulait pas d'une enfant traumatisée dans sa vic ? Et si…

Stop, Lexy ! On a dit profiter de la soirée !

Je ne réfléchis pas plus et décide de m'accorder un instant de répit. Je me blottis contre le torse de Hayden et, dans ses bras musclés, j'ai l'impression de reprendre vie. De respirer. Je n'ai besoin de rien d'autre et ça me fait peur, parce que je me rends compte que je pourrais facilement tomber amoureuse d'un homme comme lui.

15

Hayden

Je m'étire dans le siège de mon bureau alors que quelqu'un frappe. Je n'ai vu personne depuis plusieurs heures, et une partie de moi espère voir Lexy passer la porte, mais ce n'est que Mia, un énorme sourire aux lèvres, qui vient se poser face à moi en me fixant de son regard malicieux.

– Alors ? commence-t-elle.

– Alors quoi ?

– Hier soir, crétin ! Ça s'est passé comment ?

– Tu veux me faire croire que Lexy ne t'a pas déjà tout dit ? me moqué-je.

Mia se retient de rire pendant que je secoue la tête. Je le savais. Ces deux-là semblent plus proches que ce que je pensais, et j'en suis heureux. Autant pour ma sœur que pour Lexy. Mia n'a jamais eu de vrais amis, du moins, pas le genre d'amis qui la tire vers le haut. Et Lexy ne semble pas connaître grand monde ici… Alors si les deux peuvent se compléter, ce n'est pas moi qui vais dire quoi que ce soit.

– J'avoue, je sais déjà tout. Mais je veux l'entendre de ta bouche ! Alors, que penses-tu de cette chipie d'Avery ?

– C'est… le portrait craché de Lexy.

Ma sœur sourit plus largement et je fais de même en songeant à quel point j'ai pu m'amuser hier soir.

– Tu souris comme un con… T'es en train de tomber amoureux, me prévient Mia comme si c'était une nouvelle horrible.

– Ouais, je sais. Je ne vois pas comment il pourrait en être autrement de toute façon. J'espère seulement que…

Je suspends ma phrase, la gorge nouée. Je peux parler de tout avec Mia. Elle n'a pas toujours été la plus sage, mais elle n'a jamais jugé. Elle comme moi sommes sensibles, un trait de caractère que nous avons sûrement hérité de notre mère.

– Que quoi ?

– Qu'elle me laissera une vraie chance après hier. Je suis tenace, mais pas masochiste. Si elle me dit à nouveau « non », je me résignerai à ne l'avoir à mes côtés que pour le boulot.

– Le grand Hayden O'Leary qui abandonne ? Je n'y crois pas, se moque Mia.

– Tu peux être sérieuse deux minutes ? Je suis sincère.

Ma sœur m'adresse un sourire réconfortant, bien consciente que je n'ai pas envie de rire cette fois-ci. Elle est la seule amie que j'ai eue après que Max, mon meilleur ami, est parti travailler quelque temps en France. Il est censé revenir sous peu, mais en attendant, ma sœur est la personne la plus proche de moi. Je suis complètement perdu dans ma relation avec Lexy, or j'ai la chance d'avoir un point de vue féminin – et qui la connaît aussi – pour m'orienter.

– Je te taquine uniquement parce que je sais que toi et Lexy, c'est un peu comme Chuck et Blair. Tu vois ce que je veux dire ?

– Non… C'est qui, ceux-là ?

Mia se tape théâtralement la tête comme si j'étais le mec le plus con du monde, et je me cale au fond de mon siège, perplexe.

– La série *Gossip Girl*[1] ! Sérieux ?! Tu ne connais pas ?

– Non, j'ai autre chose à faire que de regarder tes séries bizarres.

Elle secoue la tête de droite à gauche en se retenant de rire alors que je m'impatiente un peu plus.

– Je vais essayer de ne pas prendre cette insulte personnellement. Mais sache que si tous tes fichiers finissent supprimés par un pirate très doué, tu l'auras mérité.

– Mia, grondé-je.

– OK, OK, je plaisante. Ce que je veux dire, c'est qu'avec vous deux c'est un peu « suis-moi, je te fuis ». Elle cherche des excuses, mais elle commence à comprendre que le mieux, c'est la *team* Chuck, et que les Nate, il faut les laisser aux autres[2].

Je reste perplexe face à ces « *teams* » qui ne me paraissent

---

1. Série télévisée créée et développée par Josh Schwartz et Stephanie Savage, dont le premier épisode a été diffusé en 2007 aux États-Unis.
2. Chuck et Nate sont des personnages de la série *Gossip Girl*. Ils ont tous les deux été amoureux de la même femme. Chuck a été le plus populaire auprès des spectateurs.

même pas familières et qui, pourtant, semblent avoir tant de sens aux yeux de Mia.

– Je suis censé comprendre quelque chose? demandé-je.

– Idéalement, ouais. Mais bon, j'ai toujours su que ce n'était pas toi le cerveau de la famille, me taquine-t-elle.

– Ouais, ça doit être ça. Et c'est pour ça que je dirige l'entreprise et pas toi, rétorqué-je.

– Ah! Mais c'est uniquement le privilège de l'âge, ça!

Elle rit et moi aussi. Ça faisait bien longtemps qu'on ne s'était pas si bien entendus. Mia semble s'épanouir, et je retrouve ma sœur, celle avec qui j'étais complice. Elle m'avait manqué, c'est un fait. J'espère qu'au retour de Max, elle continuera à passer du temps avec nous. Notre hilarité finit par se calmer, puis Mia se penche pour poser les coudes sur ses cuisses et me fixer.

– Vous avez parlé depuis hier soir?

– Non. Tu es la première vraie personne que je vois aujourd'hui, j'ai passé ma matinée en visio.

Mia ouvre la bouche pour s'apprêter à me répondre, visiblement prête à me contrarier, mais quelqu'un toque à la porte à ce moment-là. Ma sœur fronce les sourcils puis se retourne alors que j'intime à la personne d'entrer, et Lexy pénètre dans la pièce. Elle semble détendue, dans son tailleur qui lui donne l'air d'une femme d'affaires. Je ne peux pas m'empêcher de la dévorer des yeux, me remémorant chacune de ses courbes, et je me mords les joues avant de remonter lentement mon regard jusqu'à son visage, le cœur battant la chamade en la trouvant face à moi.

– Je peux repasser plus tard si vous êtes occupés, lâche-t-elle.

– *Nope* ! Je vais y aller, je dois faire quelque chose pendant ma pause, dit Mia en se levant.

Elle passe à côté de mon assistante en souriant, lui adresse quelques mots, puis ferme la porte derrière elle. Lexy s'approche de mon bureau pour y poser les mains à plat. Je détaille son visage reposé avant de dériver sur son corps. Dommage, elle n'a pas mis ce chemisier blanc qui lui va si bien...

– Mes yeux sont plus hauts.

– Je sais, je ne cherche pas tes yeux.

Je relève la tête pour croiser son regard et je ris sous cape en la voyant retenir un sourire. Elle râle pour la forme, je le sais pertinemment, et cette constatation me donne un peu d'espoir.

– Eh bien, quand tu auras fini de me mater, si tu as deux minutes, j'ai une question à te poser.

– Pas encore, attends un peu.

Lexy contourne le bureau, fait tourner ma chaise vers elle et s'approche dangereusement de moi, sa lèvre inférieure coincée entre ses dents. Sans me quitter des yeux, elle déboutonne les deux premiers boutons de son chemisier avant de prendre appui sur les accoudoirs de mon fauteuil de bureau. Elle est là, plus sensuelle que jamais, à quelques centimètres de moi. Je suis déjà à l'étroit dans mon pantalon.

– Avez-vous une meilleure vue ainsi, monsieur O'Leary ? demande-t-elle, ses lèvres frôlant les miennes.

Avant même que je réponde, nos bouches se rencontrent et se goûtent. Je laisse une main remonter sur son flanc pour atteindre sa nuque alors que nos langues commencent un ballet endiablé. Lexy pose une main sur mon torse, nos corps se rapprochent un peu plus et je sens mon cœur battre follement contre sa peau. Je crois que jamais personne ne m'a embrassé comme ça. Ou peut-être que c'est moi qui n'ai jamais embrassé quelqu'un de cette façon. Mais quelle importance? Je connais le résultat, je suis irrémédiablement dépendant. Son corps contre le mien, je hume son odeur naturellement sucrée, qui, chaque jour, me fait tourner davantage la tête. J'aime sentir le goût de sa langue sur la mienne, la douceur de ses lèvres. J'aime toucher son corps, le sentir frissonner sous mes doigts. Je l'embrasse à en perdre haleine, je ne veux pas que cet instant s'arrête, j'adore entendre sa respiration s'alourdir de désir. Comment lui résister? Tout chez Lexy est un appel au péché originel.

Elle finit par me repousser doucement, à bout de souffle, tandis que je ferme les yeux un instant avant de les rouvrir pour trouver les siens. Pitié, faites qu'elle ne me dise pas que tout ceci n'était qu'une illusion.

– Je peux poser ma question?

– Non. Je n'ai pas envie de parler du boulot alors que tu es là, à ma merci.

– Premièrement, je ne suis pas à ta merci, tu es à la mienne. Deuxièmement, ma question ne concerne pas le boulot.

– Oh?

Je me redresse pour la toiser alors qu'elle me sourit un peu plus, fière de son effet. Petite peste.

– Je vais prendre ma pause déjeuner. J'allais te demander si tu voulais venir. Rien que toi et moi cette fois-ci, me propose-t-elle.

Un large sourire prend place sur mes lèvres sans même que je puisse l'empêcher. Il est clair que je m'attendais à tout, sauf à ça.

– Avec plaisir. L'italien au coin de la rue, ça te va?

– Parfait!

Elle me sourit largement, le genre de sourire qui fait que je ne peux plus détourner le regard de sa personne, puis elle part récupérer rapidement son sac dans son bureau avant de me rejoindre. Je meurs d'envie de la toucher, de déposer une main dans la chute de ses reins, mais je ne peux pas me le permettre au sein de l'entreprise. La discrétion est notre meilleure alliée pour le moment. Nous traversons ensemble le hall pour sortir dans la rue, sans que je m'autorise à la toucher. Nous arrivons au restaurant en à peine quelques minutes, et j'invite Lexy à y pénétrer en lui tenant la porte. Une fois installés là où j'ai pris l'habitude de manger lorsque je veux sortir, nous commandons nos repas, et mon regard se plante dans le sien alors que Lexy sourit.

– Alors, dis-moi tout. J'ai réussi ton test?

– À ton avis, je t'aurais laissé m'embrasser si ça n'avait pas été le cas? se moque-t-elle gentiment.

– Bien sûr. Je suis irrésistible.

– Prends tes désirs pour des réalités, je t'en prie…

– Mais c'est déjà le cas, tu es en face de moi, plaisanté-je avec un haussement de sourcils peu subtil.

– Tu en as d'autres, des blagues comme ça? Ça a déjà fait ses preuves? me rembarre Lexy.

– Aucune idée. Est-ce que ça marche?

– Définitivement non.

Lexy rit sans même chercher à s'en cacher et je souris de plus belle.

– Je peux être directe? demande-t-elle.

– Je n'attends que ça.

– Maintenant que tu as vu à quoi ressemblait ma vie de l'intérieur, je t'intéresse toujours?

– À ton avis, je t'aurais embrassée si ça n'avait pas été le cas?

– Tu plagies mes réponses ou je rêve?

Je hausse un sourcil, alors qu'un sourire ourle ses lèvres. Il ne ressemble peut-être pas à celui de tout à l'heure, elle semble bien moins assurée, mais je préfère ça à son air contrarié. Je voudrais qu'elle comprenne que je m'intéresse à elle, qu'Avery ne me dérange pas, et que jamais je ne la traiterai comme on a pu le faire avec elle et sa fille.

– Bon… Alors… commence-t-elle.

– Alors quoi?

– Je crois que je voudrais essayer. Toi et moi.

– Vraiment?

– Oui, vraiment. Mais…

Évidemment, il y a un « mais ». Ne jamais vendre la peau de l'ours avant de l'avoir tué.

– Je ne suis pas prête à te laisser seul avec ma fille,

même un court instant. Ce n'est pas que je ne te fais pas confiance, mais je veux la protéger. Je veux voir où on va. On avisera ensuite.

– Ça me va. Je suis désolé, ce n'est peut-être pas le meilleur moment, mais j'en profite pour t'annoncer qu'on repart pour San Francisco. Deux nuits, cette fois-ci.

– Oh, d'accord. Je vais voir avec Mia si elle est dispo, même si elle refuse que je la paie… Et je vais réserver nos chambres.

Je secoue la tête, et Lexy m'interroge du regard. Alors je me penche par-dessus la table pour m'approcher au plus près et lui dire ce que je pense tout haut.

– Réserve deux chambres si ça te chante, mais tu peux être sûre que je ne dormirai pas dans la mienne.

– Et tu crois que je te laisserai entrer dans la mienne ?

Un sourire mutin prend place sur ses lèvres alors que son regard brille d'un éclat que je n'aurais jamais cru lire dans ses yeux. Du désir, mais surtout, de la confiance. Une confiance naissante qui me donne l'impression de tenir entre mes mains le joyau le plus précieux du monde.

16

Lexy

Tout était prévu à la minute près. Je nous avais réservé une chambre à San Francisco avec la ferme intention d'en profiter pour passer du temps avec Hayden, Mia avait accepté de garder Avery durant nos deux jours d'absence, et je sais – après avoir fouillé dans l'agenda de Hayden – qu'il nous avait préparé quelque chose qui ne concernait pas le travail.

Mais le retour à la réalité est brusque : je me retrouve à être assise dans la salle d'attente des urgences quelques heures avant le départ prévu, Avery endormie contre moi, le front brûlant. Les premiers jours, je ne me suis pas inquiétée. Au départ, elle avait mal au ventre, à droite de l'abdomen, alors j'ai appelé le médecin qui n'a pu me donner un rendez-vous qu'à mon retour de San Francisco. Puis sont arrivés les vomissements et une faible fièvre, et il ne m'a pas fallu longtemps pour comprendre que c'était sans doute l'appendicite. Je l'ai eue lorsque j'étais au lycée, je ne m'en souviens que trop bien… Ni une ni deux, j'ai pris nos affaires pour trouver un médecin en urgence.

Alors me voilà à quatre heures du matin, en train d'attendre que quelqu'un daigne l'ausculter. Cela fait déjà plus d'une heure que nous sommes là, et je commence sérieusement à m'impatienter de voir ma fille dans cet état sans que personne ne fasse rien. J'avise pour la énième fois l'heure – qui n'a avancé que d'une ridicule minute depuis la dernière fois que j'ai regardé – et j'ouvre mes contacts à la recherche de celui de Hayden. Mon doigt se pose sur le petit téléphone vert, et je colle le combiné à mon oreille en écoutant les sonneries. Je vais sûrement le réveiller ; j'espère qu'il ne m'en voudra pas, mais je dois le prévenir que je ne pourrai sûrement pas prendre l'avion avec lui… J'espère qu'il comprendra.

– Allô ?

Je me mords la lèvre en entendant sa voix éraillée par le sommeil.

– Hayden, c'est Lexy.

– Je sais que c'est toi, c'est écrit sur l'écran. Qu'est-ce qui se passe pour que tu m'appelles à cette heure-ci ? Est-ce que tu vas bien ? s'inquiète-t-il.

Je soupire profondément en caressant la tignasse rousse de ma fille. Je suis morte d'inquiétude pour Avery, même si je tente de ne rien laisser paraître et d'être forte pour nous deux. Mais mêler Hayden à ça et l'inquiéter plus qu'il ne semble déjà l'être, alors que ce n'est peut-être rien, serait égoïste de ma part.

– Je ne vais pas pouvoir venir à San Francisco. J'ai une urgence à gérer ici. Je sais que ce n'est pas professionnel et…

– Quelle urgence ? me coupe-t-il.
– Rien, c'est…
– Lexy. S'il te plaît.
Et merde. Je viens de faire tout l'inverse de ce que j'avais prévu. Au final, que je lui dise les choses ou non, il va s'inquiéter. C'est dans son caractère de tout contrôler, je le sais. J'avais seulement envie de le tenir éloigné de tout ça… Par peur ou par habitude, je ne sais pas exactement.
– Je suis à l'hôpital Bellevue avec Avery, finis-je par avouer.
– Quoi ?!
J'écarte le téléphone de mon oreille face à la force de sa voix et je l'entends bouger en arrière-plan dans le combiné. Il lâche quelques insultes inintelligibles alors que j'attends que le bruit se tasse. Il semble pleinement réveillé, et presque aussi inquiet que moi, sauf que lui s'imagine sûrement le pire.
– Ça n'est sûrement qu'une appendicite. Ce n'est vraiment rien. Mais je vais devoir rester…
– J'arrive.
– Quoi ? Non ! Hayden, vraiment…
Mais je n'ai pas le temps de négocier qu'il a déjà raccroché. Tel que je connais Hayden, ce ne sont pas des paroles en l'air. Il est sûrement déjà en route pour nous rejoindre, et cette perspective me rassure un peu. J'ai passé l'année à m'occuper d'Avery, à tenter de nous sortir de là, sans avoir quelqu'un à qui parler, avec qui partager mes inquiétudes. Je ne pensais même pas en avoir besoin. Mais je me trompais. La preuve, je suis

soulagée de savoir que Hayden sera avec nous en attendant le diagnostic. Se sentir épaulée, soutenue et écoutée a parfois du bon...

Quelques minutes plus tard, avant que Hayden arrive, une infirmière nous fait signe de la rejoindre, et nous pénétrons dans la salle d'auscultation. Avery est encore à moitié endormie lorsque le médecin me demande de l'installer. Je me mords la lèvre en voyant ma fille grimacer au moment où le médecin appuie sur son abdomen pour tenter de localiser sa douleur, et je serre les dents lorsqu'une larme s'échappe de ses beaux yeux. Je suis au bord des larmes, moi aussi, en la voyant autant souffrir, mais je me retiens. Ce n'est pas le moment de céder.

Une vingtaine de minutes plus tard, je ressors de la salle d'auscultation avec Avery dans les bras, après que le médecin m'a donné les étapes à suivre pour s'assurer qu'il s'agit bien de l'appendicite. Je découvre Hayden debout au milieu de la salle, faisant les cent pas. Enfin, il nous voit. Alors je soupire pour laisser évacuer tout ce que j'ai gardé au fond de moi jusqu'ici, heureuse d'avoir un soutien à mes côtés. Hayden finit par bouger, il s'avance vers nous, le visage déformé par l'inquiétude.

– Est-ce qu'elle va bien?

– Ce serait bien une appendicite. On va aller faire une prise de sang dans le bâtiment deux, et on verra s'il faut l'hospitaliser, murmuré-je pour ne pas inquiéter ma fille.

– OK, je vous accompagne.

Je hoche la tête avant de faire quelques pas difficiles à cause du poids d'Avery. Je la tiens fermement contre moi, les bras fatigués. Hayden semble le remarquer car il m'arrête doucement.

– Donne-la-moi, je vais la prendre.

Les yeux plantés dans les siens, j'ouvre la bouche avant de la refermer. Je ne suis pas sûre qu'Avery apprécie, j'ai peur de la confier à quelqu'un d'autre. Le père d'Avery m'a rendue complètement parano quand il s'agit de ma fille. Je préfère me dire qu'il vaut mieux être trop prudent que pas assez… Mais ai-je vraiment des raisons de me méfier de Hayden ? Je ne crois pas…

– Je ne vais pas lui faire du mal, Lexy. Tu as l'air fatiguée, à bout de forces, laisse-moi la porter.

J'hésite un instant, avant d'acquiescer. Si je continue comme ça, mes bras vont encore faiblir et je ne vais plus avoir assez de force pour la porter. Il a raison, c'est mieux. Hayden prend délicatement Avery pour la caler dans ses bras, comme si c'était sa fille, et je me mords les joues en la voyant se figer, m'apprêtant à la voir pleurer à tout moment. Mais contre toute attente, elle pose sa tête sur l'épaule de Hayden et ferme les yeux, sous mon regard ébahi. Hayden, les yeux écarquillés, semble tout aussi surpris que moi ; puis il finit par me sourire, visiblement fier, avant de me faire signe d'avancer.

Nous traversons les bâtiments de l'intérieur, Hayden serrant ma fille contre lui, et je cherche le labo sur les plans de l'hôpital avant d'en prendre la direction, pressée de connaître le verdict. Il n'y a que peu de monde dans la salle d'attente. Hayden dépose Avery à mes côtés avant de donner l'ordonnance du médecin à l'accueil. Lorsqu'il revient, il se pose à côté de moi et prend ma main dans la sienne, sans dire un mot, en signe de réconfort.

Je lui suis infiniment reconnaissante. Je n'aurai sûrement jamais assez de mots pour le lui dire. Il est le premier homme après mon père à se montrer foncièrement gentil envers moi et à nous soutenir, Avery et moi. Je ne regrette pas un seul instant de lui avoir dit que je lui laissais une chance. Je suis en train de tomber amoureuse, je le sais parfaitement. Et je ne veux même pas essayer de l'empêcher. Je me sens juste bien à ses côtés, et j'ai l'impression qu'il en est de même pour Avery qui commence à l'accepter.

Une quinzaine de minutes plus tard, la prise de sang est faite et Avery, calée tout contre moi, se réveille en papillonnant des yeux. Je laisse ma tête se poser sur l'épaule de Hayden alors qu'il entoure les miennes de son bras. Avery ne fait pas plus attention que ça à nous. Ça m'avait manqué de pouvoir me reposer sur quelqu'un, j'espère qu'il a conscience de ce qu'il nous apporte.

– Tu n'étais pas obligé de venir, tu sais. Tu vas rater ton avion.

– Il n'y a pas longtemps, je t'ai dit que je laisserais mon boulot au profit de ma famille. Et, tu sais, vous me donnez un peu l'impression d'en avoir une, dans un sens… Un peu comme si j'avais une nièce, tu vois ? Enfin, pas que je te considère comme une sœur, ce n'est pas du tout ce que je voulais dire, en fait, ce n'est même pas du tout le cas, et…, tente-t-il de se justifier.

– J'ai compris, Hayden.

Je relève la tête vers lui, un sourire amusé aux lèvres. Un

long frisson me traverse tandis que mes yeux ne peuvent plus le quitter. Je ne sais pas s'il s'agit de la fatigue ou simplement de mon cœur qui lâche face à un trop-plein d'émotions, mais je sens mon corps se réchauffer. Comment peut-on s'attacher autant à quelqu'un si peu de temps après s'être juré de ne plus jamais faire confiance? Je l'ignore, mais Hayden a réussi à dépasser chacune des barrières que j'avais solidement érigées.

Derrière ses allures de patron se cache un homme tendre et surtout au grand cœur. Un grand cœur qu'il semble m'avoir ouvert et qui me fait succomber un peu plus chaque jour…

Je ne sais pas quoi lui répondre. Alors, plutôt que de m'exprimer avec des mots qui ne colleront sûrement jamais à mes sentiments, je le fais avec un geste simple. Je dépose mes lèvres sur les siennes dans un baiser innocent, un simple merci qui passe de mon corps au sien. Nous sommes front contre front, un sourire prend place sur ses lèvres, et je me sentirais comblée si Avery n'était pas malade.

– J'avais prévu de t'emmener à un super restaurant. Mais si ça te convient, le distributeur de l'hôpital fera l'affaire.

– Ce sera parfait.

Je lâche un petit rire au moment où Avery se décide enfin à se redresser. Je m'écarte de Hayden à contrecœur pour poser les yeux sur ma fille. Elle ne semble pas le moins du monde dérangée par la présence de mon patron ni par le fait qu'il soit si proche de moi.

– Quand est-ce qu'on rentre? Je veux mon lit.

– Pas tout de suite. On va encore attendre les résultats du médecin et on verra.

– Et toi, tu es là pour jouer au Monopoly? demande-t-elle à Hayden.

Hayden lui adresse un sourire tendre après m'avoir jeté un regard. Je ne peux pas ignorer les battements de mon cœur qui s'accélèrent en le voyant si prévenant avec elle.

Il sera sûrement un papa génial un jour...

– Non, je suis là pour vous tenir compagnie. Enfin, si tu veux bien.

– Si maman est d'accord, je veux bien.

Je hausse les sourcils, observant le visage épuisé de ma fille avec surprise. Je n'y lis aucune trace de peur. Simplement une fatigue profonde, mais elle semble confiante, y compris en ayant Hayden à ses côtés. Cette constatation me donne un peu d'espoir pour la suite. La psy disait qu'il fallait la faire sortir en société et lui montrer que tout le monde n'est pas mauvais. Elle avait raison.

– Madame Owlite? nous interrompt une femme.

Je me redresse sur mon siège, attendant que le verdict tombe. La main de Hayden exerce une pression sur mon épaule tandis qu'Avery se serre un peu plus contre mon flanc à la vue de l'adulte.

– Nous avons les résultats sanguins de votre fille. Vous pouvez la laisser avec son papa, nous en avons pour quelques minutes.

– Ce n'est pas son...

Mais je m'interromps. Quelle importance? L'infirmière s'en fout probablement, et Hayden est plus attentionné que ne l'est son vrai père. Je me tourne vers lui. Il me fixe avec insistance, attendant sûrement de connaître ma décision. Il a su me démontrer qu'il était quelqu'un de bon. Il n'y a aucune raison pour que je ne lui accorde pas ma confiance. Je m'étais promis de ne pas laisser Avery seule avec lui, et voilà une autre barrière qu'il a réussi à démolir…

– Ça te dérange de rester avec elle quelques minutes?

– Non, vas-y.

– Avery, ça ira, ma puce?

Elle hoche la tête. Je me lève après avoir remercié Hayden et embrassé ma fille sur le crâne, puis je les laisse pour rejoindre la femme. Celle-ci m'invite à m'asseoir derrière un bureau, un peu plus loin, et m'explique les résultats sanguins en détail, avant de conclure:

– C'est bien l'appendicite. Un médecin va pouvoir l'opérer à dix heures aujourd'hui. Elle ne pourra ni boire ni manger à partir de maintenant. Tout est bon pour vous?

Je hoche la tête, puis je remplis tous les papiers, la boule au ventre à l'idée de voir Avery passer sur une table d'opération, même si je sais que c'est pour son bien. L'infirmière m'indique ensuite où aller, me donnant un numéro de chambre où sera installé un lit de camp en plus du lit d'hôpital, puis je rejoins ma fille et Hayden dans la salle d'attente. Je relève la tête et m'arrête net face à la vision qui s'expose devant moi. Hayden tient Avery sur ses genoux, elle est complètement allongée sur lui et fixe je ne sais quoi sur son portable.

Un sourire idiot apparaît sur mes lèvres, alors que je m'approche à pas de loup de peur de rompre leur entente. Hayden me remarque et le sourire qu'il m'adresse en retour vaut tout l'or du monde. Il semble tellement… heureux. Je n'ai pas imaginé une seule seconde que le fait que ma fille l'accepte si peu de temps après l'avoir rencontré pourrait lui faire autant d'effet.

– Alors? me questionne-t-il pendant qu'Avery regarde ce qui semble être un dessin animé.

– Hospitalisation. Elle va être opérée à dix heures aujourd'hui. On doit aller à l'étage de la pédiatrie, elle pourra dormir dans un vrai lit.

– Un vrai lit? répète Avery en relevant la tête.

Je hoche la tête en lui adressant un sourire rassurant. Mes genoux ou le torse de Hayden ne sont sûrement pas ce qu'il y a de plus confortable. Elle va pouvoir rattraper un peu de son sommeil malgré la douleur, avant que ce soit l'heure de l'opération.

– Oui, on va y aller. Tu te sens de marcher, ma puce?

Elle secoue la tête et mon cœur se serre. Je m'en doutais. Déjà, en venant ici, elle avait trop mal au ventre pour marcher. J'espère qu'elle ira vite mieux…

– Je vais m'en occuper, me devance Hayden.

Je m'apprête à protester, mais il récupère son portable et Avery s'accroche à son cou sans me quitter du regard, comme pour s'assurer que je suis d'accord. Alors je souris simplement, et Avery me répond elle aussi par un mince sourire.

– Tu avais raison, il est gentil. Comme Mia.

17

Hayden

C'est aujourd'hui que Lexy est censée ramener Avery chez elle, après quatre longs jours d'hospitalisation. Je suis resté avec elles chaque nuit, même si je passais mes journées au bureau. Ma sœur a su gérer d'une main de maître le rôle d'assistante sans avoir Lexy à ses côtés, et je suis agréablement surpris de découvrir Mia sérieuse et investie. Si j'ai pu me libérer chaque soir, c'est grâce à elle. Ma sœur m'a permis de ne pas prendre tant de retard que ça. Elle est passée deux fois à l'hôpital, d'abord pour crier à qui voulait bien l'entendre que c'était scandaleux que personne ne l'ait prévenue, puis pour ramener une tonne de Kinder à Avery, qui n'a pas semblé s'en plaindre, par comparaison avec Lexy qui n'était pas spécialement d'accord pour que sa fille se goinfre de sucre. Mais quel est l'intérêt d'être malade si on ne peut pas en profiter pour se faire chouchouter?

Plus je passe du temps avec Avery, plus j'envie Lexy. Elle a la chance d'avoir une fille merveilleuse, et même si elles ne sont que deux, elles n'en restent pas moins une famille. J'avoue que voir Lexy avec Avery ne me fait que tomber un peu plus amoureux de la femme qu'elle est. Je la respecte professionnellement, mais je l'admire dans son rôle de maman.

Lexy fourre quelques vêtements dans un gros sac tandis que je m'approche d'Avery, assise dans son fauteuil roulant qui nous servira à l'emmener à la voiture. Elle semble encore un peu chamboulée par l'opération, mais elle a retrouvé sa langue bien pendue et ce regard espiègle qui me fait penser à sa mère.

– Prête à rentrer? Pas trop fatiguée?

– Non. Le docteur a dit à maman que j'allais mieux mais que je devais prendre des médicaments et pas courir. Je pourrai bientôt marcher sans avoir mal. Et j'ai pas à aller à l'école cette semaine, sauf que ça, ça fait pas plaisir à maman.

– Allez, donne ton doudou à Hayden au lieu de parler, crapule, lâche sa mère dans mon dos.

Je lâche un petit rire face à l'air mécontent d'Avery avant que celle-ci s'exécute et me tende son vieux lapin gris en bougonnant. Je me redresse pour rejoindre Lexy, et je glisse la peluche dans le sac avant de me tourner vers elle.

– J'ai l'impression qu'elle te parle de plus en plus. Ça fait plaisir à voir, souffle Lexy.

– Elle a surtout compris qu'elle pouvait me taxer des Kinder, plaisanté-je.

– Aussi, rit-elle.

Un large sourire étire mes lèvres tandis que je la

contemple. Ça fait du bien de la voir rire après plusieurs jours compliqués. Entre son inquiétude pour Avery et le fait qu'elle s'en voulait de m'avoir fait annuler mon voyage, elle n'a pas eu tellement le temps de sourire. Puis l'opération s'est bien passée, elle a appris que j'avais envoyé un de mes directeurs de filiale à San Francisco, et son sourire est peu à peu revenu. Le regard de Lexy croise le mien un court instant, avant qu'Avery nous interpelle, mais suffisamment longtemps pour que je comprenne à quel point elle est soulagée de partir d'ici.

– On peut y aller? demande Lexy à Avery.

– Oui. Tu me pousses, Hayden?

Je souris, et après un rapide regard en direction de Lexy, je me place derrière le fauteuil roulant pour conduire Avery jusqu'à l'entrée de l'hôpital. Lexy a déjà rempli tous les papiers pour sortir, il ne nous restera plus qu'à restituer le fauteuil roulant.

– Est-ce qu'on doit prendre un taxi? demande Avery.

– Non, Hayden a proposé de nous ramener en voiture.

Avery penche la tête en arrière pour me voir et m'accorde un grand sourire auquel je commence à prendre goût. Une fois que nous sommes sortis de l'hôpital, les filles observent partout autour d'elles. Lexy n'a encore jamais vu mon véhicule personnel, et Avery semble simplement curieuse de voir à quoi ressemble ma voiture. Je m'arrête au centre de l'allée, et Lexy s'approche de moi, un air moqueur sur le visage.

– OK, alors, la tienne est la Porsche ou la Lamborghini? demande-t-elle en pointant deux voitures un peu plus loin.

– Aucune des deux.

Ses sourcils se soulèvent et ses yeux me fixent avec incrédulité. Je n'ai jamais été du genre à aimer ces voitures. Je ne dis pas que celle que j'ai est un premier prix, loin de là, je préfère simplement des modèles plus… familiaux. Enfin, pas que j'ai une famille à conduire, c'est simplement bien pratique de ne prendre qu'un gros véhicule quand je dois emmener mon entourage.

– Sérieux? Alors c'est laquelle la tienne? m'interroge Lexy.

– La Range Rover.

– La grosse voiture? Le SUV?

– Oui.

Elle ouvre la bouche puis la referme avant de s'approcher de ma voiture comme si c'était une chose fragile. Elle observe le véhicule avec minutie alors qu'Avery se tourne comme elle peut dans son fauteuil pour planter ses jolis yeux bleus dans les miens.

– T'as des enfants? me demande la fillette.

– Non. Pourquoi?

– Elle est grosse ta voiture… Ça te sert à quoi?

Je lâche un rire gêné face à la question. Avery est bien trop perspicace pour son âge.

– À rien. Mais c'est pratique, comme maintenant pour vous ramener, toi et ta maman.

– Donc tu invites souvent des filles dans ta voiture? C'est pas gentil pour maman.

Je jette un coup d'œil à Lexy qui, à présent, a le regard rivé sur nous et se marre, un sourire en coin sur les lèvres. Elle s'amuse de me voir galérer avec sa fille, elle sait pertinemment que je laisserai Avery avoir le dernier mot, et je parie qu'elle prend un malin plaisir à la voir me déstabiliser.

Peste.

– Non, je n'invite que ta maman et toi, dis-je en fixant Lexy dans les yeux.

– Donc c'est bien ton amoureuse?

– Bien sûr.

Cette fois, c'est Lexy qui perd son expression, lâchant un hoquet de surprise.

Je t'ai eue!

Mon sourire s'élargit alors qu'Avery lâche un « J'avais raison » qui semble venir à bout de la patience de sa mère: elle se dirige droit sur nous.

– Bon, on arrête les questions. Je t'emmène dans la voiture et je t'attache.

Lexy passe à côté de moi en me jetant un regard mi-amusé, mi-exaspéré, puis installe Avery à l'arrière de la voiture tandis que je récupère le fauteuil roulant. Lorsque Lexy ferme la portière et s'éloigne du côté où est installée Avery, je lui attrape délicatement le poignet pour la ramener à moi, un sourire mutin sur les lèvres.

– Et moi, tu ne m'attaches pas? la taquiné-je.

– Ne me donne pas des idées. Je pourrais même avoir envie de te bâillonner.

– Mais c'est que tu serais presque dominatrice…

Elle lève les yeux au ciel alors que je souris un peu plus en la gardant contre moi. Son caractère me rend dingue, son corps me rend dingue, tout chez elle me rend dingue. Je n'ai qu'une envie, ne plus jamais la lâcher. Mais les choses ne sont pas si simples. Je ne peux pas seulement la ramener chez moi, lui offrir un bon repas et finir la nuit dans ses bras, même si cette idée est diablement tentante. Il y a Avery dans l'équation, et si Lexy veut que nous prenions notre temps, j'attendrai.

– Arrête ou je retire mon invitation, me menace-t-elle.

– Parce que tu avais l'intention de m'inviter? m'étonné-je.

– Il se peut qu'Avery veuille de ta présence pour le dîner...

– Et toi, est-ce que tu veux de ma présence?

Lexy hausse les épaules comme si ça n'avait aucune importance alors que je rapproche un peu plus mon corps du sien, jusqu'à ce que sa poitrine frôle mon torse. Je veux l'entendre me dire qu'elle veut que je reste avec elle, je veux être sûr que les derniers jours passés à leurs côtés n'étaient pas que du vent, qu'ils représentaient réellement quelque chose pour ce « nous » que nous tentons de construire.

– Lexy...

– OK! Peut-être bien que oui.

Un sourire prend place sur mes lèvres avant que je vole un rapide baiser à Lexy. Elle bougonne pour la forme, mais je sais pertinemment qu'elle ne se plaint pas vraiment. Je m'écarte d'elle à contrecœur, puis je lui confie mes clés de voiture pour laisser Lexy et Avery à l'intérieur tandis que je pars rendre le fauteuil roulant pour enfant qui nous a été prêté. Je le laisse à l'accueil, puis je rejoins la voiture où les filles m'attendent pour nous conduire chez Lexy, sans jamais me départir de mon sourire.

Deux heures plus tard, Avery est allongée dans le canapé devant un dessin animé alors que sa mère et moi débarrassons la table. J'empile nos trois assiettes et nos couverts puis je rejoins Lexy, les mains chargées de vaisselle sale.

– Je te mets ça où?

– Dans l'évier, merci!

Elle range les produits au frais comme si de rien n'était. Je passe derrière elle pour rejoindre l'évier dans sa cuisine étroite, et j'en profite pour laisser ma main se balader sur le galbe de ses fesses. Lexy me renvoie un regard fiévreux, les joues rougies, alors que je souris, fier de l'effet que je lui fais. Je meurs d'envie d'aller plus loin avec elle. Cette pensée a d'ailleurs du mal à me quitter depuis la nuit que nous avons passée ensemble à San Francisco, pourtant je préfère attendre qu'elle fasse le premier pas.

Mais peut-être que ça n'arrivera pas...

Je chasse bien vite cette pensée déplaisante de mon esprit. Ce n'est pas le moment de tout remettre en question. Lexy jette un œil à l'horloge, vérifiant l'heure, avant de me faire un signe de tête en direction du salon et de sortir de la cuisine.

– C'est l'heure d'aller au dodo.

– Déjà? Mais c'est pas juste! se plaint Avery alors que je les rejoins.

– Il n'y a pas de « mais » qui tienne. Debout et au lit si tu ne veux pas être privée de Kinder.

– Et mon histoire? Je peux pas dormir sans!

– Alors une histoire, puis au lit. Tu as le droit de ne pas te brosser les dents ce soir pour éviter de te pencher. Mais n'y prends pas goût.

Je souris face à cette joute verbale, conscient que les deux ont un caractère bien trop similaire pour s'entendre en toutes circonstances. J'imagine déjà une Avery ado, encore un peu plus insolente, qui répondrait à sa mère quelle que soit la situation.

Aucun doute, ça va être un carnage...

Puis Avery se détourne de sa mère pour me fixer moi, un sourire flippant aux lèvres.

Et merde ! Je viens d'être pris pour cible par Chucky et son faux air mignon ! Quoique... Chucky n'est pas mignon.

– Tu veux bien me lire un livre, s'il te plaît ?

– Quoi ? Moi ?

– Oui. Tu sais pas lire ?

Je rêve ou elle m'attaque ? Lexy rit mais ne la contredit pas alors que je me passe une main sur le visage. Je n'ai jamais fait ça de ma vie, et très honnêtement, j'ai peur de ne pas être à la hauteur. J'ai l'habitude de lire des contrats, pas des histoires pour enfants où je vais devoir mettre le ton. Mais c'est en essayant qu'on apprend, et qui ne tente rien n'a rien. Je fais un quart de tour pour me trouver face à Lexy, lui demandant silencieusement son accord. Elle hoche la tête pour me donner son feu vert.

– OK. On y va, dis-je en m'approchant d'Avery.

Celle-ci me tend les bras presque naturellement, non sans un regard pour sa mère, puis s'accroche à mon cou alors que je la soulève délicatement. Je traverse le salon pour rejoindre la chambre d'Avery au fond du couloir, sentant le regard de Lexy peser sur nous, et je dépose la fillette sur le lit avant de m'approcher de sa petite bibliothèque où trône une vingtaine de livres que je ne connais pas.

– Tu veux lire quoi ?

– BGG ! C'est le livre bleu et vert.

– BGG ? répété-je.

– *Le Bon Gros Géant.*

Je hausse un sourcil avant de prendre le livre en question et souris en découvrant le nom de Roald Dahl, l'auteur de *Charlie et la Chocolaterie*.

– Va pour ça. Où est-ce que je me mets ?

– Dans le fauteuil.

J'avise le fauteuil à côté du lit et je me pose dedans alors qu'Avery cale sa petite tête dans son coussin. Ses cheveux roux, similaires à ceux de sa mère, encadrent son visage, et je souris face à la vision angélique qu'elle renvoie. Non, aucun doute, elle n'est pas Chucky.

J'ouvre la première page du roman, puis je commence à lire. Avery m'interrompt toutes les deux minutes pour m'expliquer chaque image – elle connaît sûrement l'histoire par cœur – et je finis par me rapprocher pour qu'elle puisse me montrer tout ce qu'elle veut dans le roman. Une trentaine de minutes plus tard, je tourne la dernière page du roman et je remarque qu'Avery commence à fatiguer, les yeux brillants. Alors je me lève pour reposer le livre à sa place. Je m'apprête à sortir quand elle m'interpelle.

– Tu ne m'as pas dit bonne nuit.

Je me retourne doucement vers elle, le palpitant battant à tout rompre face à sa remarque qui me va droit au cœur. Elle commence à m'accepter, je n'en espérais pas tant. Je m'approche doucement d'elle et je dépose un bisou sur son front alors qu'Avery sourit timidement.

– Je vais dire à ta maman de venir te faire un bisou. Fais de beaux rêves, dors bien.

Je sors de sa chambre, non sans un regard dans sa direction, et je rejoins le salon, où je trouve Lexy assise dans le canapé. Je me place dans son dos puis je me penche sur le dossier du canapé pour approcher mes lèvres de son oreille alors que je la sens frissonner.

– Tu es attendue dans la chambre de la demoiselle.

– Oh? Moi qui pensais qu'elle m'avait remplacée par une nouvelle maman.

– J'ai l'air d'être une femme? m'offusqué-je faussement.

Elle rit puis tourne la tête pour déposer ses lèvres sur ma joue avant de se lever du canapé. Elle rejoint la chambre de sa fille et me laisse seul, debout dans son salon. Je suis complètement sous son charme. Qui aurait cru que cette femme qui a menti sur notre relation la première fois qu'on s'est rencontrés me ferait tomber amoureux? Pas moi, du moins, pas si vite.

Je suis foutu et je le vis bien.

Je me déplace dans le salon, observant quelques photos d'Avery sur la bibliothèque à côté de la télé. Lexy y apparaît, un bébé dans les bras, un sourire rayonnant illuminant son visage. Juste à côté se trouve un portrait d'Avery, tout sourire, et j'ai du mal à croire qu'il s'agit de la même petite fille qui se méfie de tout. Je me demande ce qui l'a rendue comme ça. Si j'ai bien compris, son père les a abandonnées, peut-être que cette disparition a traumatisé Avery? Je ne veux pas poser la question à Lexy. Je préfère qu'elle s'ouvre à moi quand elle sera prête. Même si, pour ça, je dois être patient.

Lorsque j'entends les pas de Lexy dans mon dos, je ne bouge pas d'un poil, continuant à contempler ces photos où n'apparaît pas une seule fois le père d'Avery. Le corps de Lexy vient doucement se coller à mon dos et ses bras encerclent ma taille. Je la laisse faire, bien trop heureux de ce contact, et je pose mes mains sur les siennes en lâchant un soupir d'aise. J'aimerais que ce moment ne s'arrête jamais.

– Hayden?

– Hmm?

– Je me disais que peut-être… Enfin…

– Oui?

– Si tu veux, tu peux rester ici, lâche Lexy dans un souffle.

Mon corps tout entier se tend et je prends un instant pour analyser chacun de ses mots, afin d'être sûr que ce n'est pas la manifestation hallucinatoire de mes désirs. Mais Lexy est bien là, serrée contre moi, et elle vient de me proposer de passer la nuit ici, avec elle. Je me retourne doucement pour lui faire face et mon regard croise le sien, enflammé. Lexy se mord la lèvre sans détourner les yeux et je reste un instant à l'observer avant qu'elle se décide à faire le premier pas.

Ses mains passent sur ma nuque et remontent dans mes cheveux qu'elles tirent doucement. Ses lèvres se posent sur les miennes et c'est le feu d'artifice. Un trop-plein d'émotions. Elle m'embrasse comme si sa vie en dépendait et je le lui rends bien. J'aime la sentir si près de moi, prête à s'abandonner à moi, à mes caresses… J'aime sentir ses doigts dans mes cheveux, les tirer avec possession, comme si elle refusait que je m'éloigne d'elle, pas même pour reprendre mon souffle. Je l'embrasse avec passion, avec adoration. Sa langue joue avec la mienne, danse une valse endiablée. Mes mains sur ses hanches, je la tiens fermement près de moi, je ne supporterais pas qu'elle rompe ce lien.

Elle mord délicieusement ma lèvre inférieure. Je referme mes mains sur sa taille et la soulève avec force avant de me diriger vers la chambre. J'ai besoin de plus, j'ai besoin de tout. Je pousse la porte de la chambre à l'aide de mon pied, sans quitter ses lèvres une seule seconde.

Je la plaque contre le mur près de la porte et descends mes lèvres sur sa mâchoire, puis dans son cou. Lexy rejette la tête en arrière, me laissant l'accès libre. Un léger gémissement quitte ses lèvres lorsque, d'un geste passionné, je retire son T-shirt. Comme la première fois, je prends un instant pour contempler sa poitrine pulpeuse encore recouverte d'un soutien-gorge en dentelle rouge.

Lexy plante son regard empli de désir dans le mien avant de passer ses mains dans son dos et de détacher le bout de tissu couvrant sa poitrine. Sensuellement, elle laisse glisser les bretelles le long de ses bras avant de laisser tomber le sous-vêtement à ses pieds.

Je prends une longue inspiration. Lexy affiche un léger sourire satisfait, comme si elle savait exactement quel effet elle a sur moi, sur chaque parcelle de mon être.

Mon corps, dans son intégralité, semble être entré en ébullition dès lors qu'elle a posé ses lèvres sur les miennes. C'est dingue. Je n'aurais jamais pensé qu'une femme puisse un jour me mettre à genoux devant sa beauté, sa grâce, mais pas seulement. Lexy en entier me rend fou, son corps aussi bien que son âme.

Elle se mordille la lèvre alors que je passe mon polo par-dessus ma tête, un sourire illuminant mon visage. J'attrape délicatement sa main dans la mienne et l'incite à me suivre jusqu'au lit.

Je m'allonge sur le matelas, me redresse sur les coudes et l'observe retirer son pantalon sans perdre ce petit sourire mutin. Ses gestes sont si sensuels… En sa présence, face à son assurance et sa prestance, je retombe dans l'adolescence. Comme mon moi passé, ça devient compliqué pour moi de rester patient, je suis à deux doigts de lui sauter dessus.

Je n'en fais rien, puisque j'adore voir Lexy prendre les devants, se laisser aller à son désir avec moi.

Elle s'installe sur moi et m'oblige à m'allonger en faisant pression sur mes épaules. Sans détacher son regard brûlant de désir du mien, elle griffe légèrement mon torse, se mordillant sensuellement la lèvre. Sa bouche s'écrase violemment sur la mienne pour échanger un baiser passionné. Elle dévie sur ma mâchoire, puis mon cou, laissant une traînée de baisers humides le long de mon torse.

Lorsqu'elle s'arrête à la lisière de mon pantalon, je ne sais plus comment respirer. Lexy plante à nouveau son regard dans le mien alors qu'elle fait glisser doucement mon pantalon et mon caleçon sur mes cuisses. Je l'aide en soulevant mes hanches. Lorsqu'elle remonte jusqu'à mon érection, je crains un arrêt cardiaque.

Sa main glisse dessus, je rejette la tête en arrière alors qu'un court grognement de satisfaction quitte mes lèvres. Elle entame un lent va-et-vient, rapidement rejoint par ses douces lèvres. J'étouffe un juron alors que sa bouche suit les mouvements de sa main. Je suis certain que je ne pourrai pas me retenir bien longtemps.

– Lexy, grogné-je.

Ses yeux plongent dans les miens, sans lâcher mon pénis pour autant.

– Il est hors de question que je termine dans ta bouche.

Sans attendre sa réponse, je glisse mes doigts dans ses cheveux et l'oblige à remonter son visage. Rapidement, je l'allonge sur le lit. Mes doigts titillent ses tétons pointés vers le ciel, les glissant entre mon index et mon pouce.

Lexy gémit doucement alors que ma bouche remplace mes doigts. Ma main caresse ses côtes pendant que ma langue entoure son téton. Je laisse mes doigts glisser sous le seul vêtement qui lui reste.

Elle se cambre lorsque mon index rencontre son clitoris tandis que je grogne de satisfaction en constatant qu'elle est trempée. Mon pouce rejoint mon index alors que ce dernier la pénètre doucement. Elle lâche un cri étouffé en se cambrant davantage pendant que ma bouche dévie sur son ventre.

Lexy grogne de frustration quand je retire mes doigts de son intimité. J'enlève sa culotte de dentelle et ma langue prend le relais sur son clitoris, la faisant gémir à nouveau.

Elle jure encore et encore, ce qui me fait sourire. Donner du plaisir, c'est tellement bon. Lexy est proche du point de non-retour, à cet instant elle dégage quelque chose de tellement érotique. J'adore voir son corps se tordre, ses orteils se contracter, son visage s'enflammer, mais ce que j'aime davantage encore, c'est savoir que c'est moi qui la mets dans cet état, que je ne suis pas le seul à perdre pied à ses côtés, que j'ai un pouvoir sur elle.

Après un dernier coup de langue, je ne lui laisse pas le temps de reprendre ses esprits, j'attrape un préservatif dans la poche de mon pantalon avant de me placer au-dessus d'elle.

Je m'enfonce doucement en elle, dans un long râle. Incapable de bouger par peur d'exploser, je plante mon regard dans le sien. Lexy me sourit tendrement avant de poser sa main sur ma joue. Notre étreinte passe de passionné à quelque chose de bien plus profond. Dans son regard, il y a bien plus que du désir. Je ne saurais définir cette étincelle qui brille de mille feux au fond de ses prunelles, mais j'aimerais la voir, encore et encore. Elle illumine son regard et fait battre mon cœur si vite que je crains qu'il quitte ma poitrine, peut-être bien pour rejoindre le sien, qui sait ?

– Fais-moi l'amour, Hayden, souffle-t-elle.

Je ne me lasserai jamais de cette phrase. Je me lasserai encore moins d'entendre mon prénom rouler sur sa langue comme une douce caresse. Il n'a jamais été aussi beau que lorsqu'elle le prononce.

– À vos ordres, mademoiselle.

J'entame de longs va-et-vient alors qu'elle glisse ses doigts dans mes cheveux, tirant légèrement dessus.

Ses gémissements se mêlent à mes râles, tandis que je m'enfonce davantage en elle. Mes lèvres se plaquent sur les siennes pour partager un doux baiser rempli de mots qu'aucun de nous n'est prêt à accepter.

Lexy enlace ma nuque, griffe mon dos, me supplie de continuer, elle m'embrasse avec passion, jusqu'à l'explosion. Lorsqu'elle se contracte autour de moi, je perds pied. Mon visage se loge dans sa nuque alors que je la serre dans mes bras.

Je ne saurais dire combien de temps nous restons ainsi enlacés, mais qu'importe. Je profite enfin du corps de la femme pour laquelle je suis tombé et ça, personne ne peut nous le retirer.

– Pas de retour en arrière.

– Aucun, confirme Lexy.

18

Lexy

Lorsque je me réveille, je suis dans une bulle de bien-être et je n'ai aucune envie d'en sortir. C'est comme si j'étais dans un doux rêve, et que j'avais peur de le quitter pour rejoindre la réalité. Mais j'ai beau essayer de me rendormir, le froid m'étreint et les bras de Morphée me rejettent désespérément. Je papillonne doucement des yeux, puis je passe une main de l'autre côté du lit à la recherche de Hayden, mais celui-ci n'est pas là. Je me redresse, le corps nu et fatigué par la nuit, et j'observe autour de moi en espérant le trouver, en vain. Nous sommes samedi, je ne crois pas qu'il travaille – du moins, je ne l'espère pas —, et j'aurais aimé procrastiner encore un peu dans ses bras...

J'ouvre ma commode pour en sortir de quoi m'habiller, puis je quitte la chambre pour rejoindre le salon à sa recherche, sans faire aucun bruit pour ne pas réveiller ma fille. Aucune trace de Hayden. Un long soupir m'échappe alors que je me pose dans la cuisine et que je me prends la tête entre les mains. Soit il a eu une urgence, soit il a simplement filé à l'anglaise, ce que j'aurais clairement mérité après l'avoir tant fait ramer. Mais si la deuxième option se révèle exacte, je serai sincèrement déçue. Je commence à m'attacher à lui, bien plus que je ne le pensais possible. J'aurais aimé le trouver ici ce matin et prendre un petit déjeuner en compagnie d'Avery et lui. Voilà ce que ça donne quand je me prends à espérer quelque chose d'idyllique et utopique.

Je me lève puis pars à la recherche de mon portable pour tenter de l'appeler. Je veux au moins m'assurer que tout va bien. Celui-ci est resté sur la table basse, là où je l'ai laissé hier soir, et je cherche le contact de Hayden avant de tenter de le joindre. Immédiatement, la sonnerie retentit dans l'appartement et je tourne dans tous les sens pour en trouver l'origine.

Je suis le son jusqu'à ma cuisine et je trouve le mobile posé sur mon micro-ondes. J'observe un instant le téléphone, perturbée, avant de quitter la pièce, l'esprit embrouillé. Je m'apprête à tenter de joindre Mia, mais des voix dans le couloir de mon appart m'interrompent.

Mais qu'est-ce qui se passe ici?

Je rejoins le couloir à pas de loup, puis je m'arrête en découvrant Hayden de dos, en train de refermer la porte de la chambre de ma fille, Avery fermement accrochée à lui, souriante. Évidemment, il fallait qu'il soit dans la seule pièce où je ne suis pas allée. Le soulagement m'envahit presque immédiatement, même si j'aimerais le faire taire. Il n'est pas parti, il passait seulement du temps avec ma fille, et mon cœur se gonfle à cette pensée. Voir qu'il l'accepte si bien et que ma fille commence sincèrement à l'apprécier a le don de me mettre du baume au cœur. Avery commence à gigoter et à parler plus fort alors que Hayden lui fait signe de se taire, et un rire discret, inaudible, m'échappe.

– Chut, ta maman dort encore.

– Je peux aller lui faire un câlin dans le lit pour la réveiller?

– Pas tout de suite, on va d'abord essayer de mettre la table pour le petit déjeuner.

– Je crois qu'elle va pouvoir nous aider, dit Avery en me remarquant par-dessus l'épaule de Hayden.

Je souris doucement, appuyée contre le mur, attendant que Hayden se tourne vers moi. Il me sourit en retour, puis pose Avery au sol pour la laisser venir à moi. Elle ne marche pas très vite, grimace à certains moments, mais une fois à ma hauteur elle me fait un câlin. Je l'embrasse sur la joue, puis elle disparaît pour rejoindre le salon. Je me retrouve seule avec Hayden qui s'avance vers moi d'un pas déterminé alors que je ne le quitte pas des yeux, des images de nous cette nuit me revenant en mémoire. Il me fixe avec un mélange de fougue et de tendresse. Il me bouffe littéralement du regard et c'est la plus belle sensation que j'ai connue depuis fort longtemps. Vêtu de son polo et de son jean de la veille, je le trouve tout aussi sexy que lorsqu'il porte un costume. De toute évidence, qu'importe ce que porte Hayden, il reste à tomber par terre.

– Bien dormi? souffle-t-il, à présent à quelques centimètres de moi.

– Peu dormi. Quelqu'un s'est amusé à me tenir éveillée.

Tu ne saurais pas de qui il s'agit par hasard?

– J'ai bien une petite idée...

Un sourire mutin prend place sur ses lèvres alors qu'il caresse ma joue et m'embrasse tendrement. Je passe une main sur son T-shirt, mon corps se moulant parfaitement au sien, comme si tous deux étaient faits pour s'emboîter. Je finis par m'écarter de Hayden à contrecœur, Avery nous appelant de la cuisine, et mon amant me sourit tendrement avant de s'éloigner. Ce moment me semble hors du temps. Je pourrais facilement m'habituer à ce genre de réveil...

– Je suis allé acheter des muffins et des brownies avant qu'Avery se réveille. Ça te tente?

– Si Avery n'a pas déjà tout mangé, oui, plaisanté-je gaiement.

Ma fille nous attend sagement, assise à sa place dans la cuisine, un brownie à la main et la bouche déjà pleine, articulant un « Merci » à l'attention de Hayden. Je sors un grand verre et lui sers son jus de fruits tandis que Hayden s'installe en face d'elle pour sortir ses achats. On pourrait croire que nous sommes une famille, si ça ne faisait pas si peu de temps que nous nous connaissons. Dire que je ne suis pas effrayée par cette situation serait un mensonge. Mais j'ai envie de croire en cette relation, d'espérer.

– Je te fais un café? lui proposé-je.

– Je ne dis pas non. Plutôt muffin ou brownie? me demande-t-il en retour.

– Muffin.

Je lui souris avant de sortir des bols et de nous faire couler deux grands cafés qui me feront peut-être récupérer toute l'énergie dépensée dans la nuit. Je dépose le tout sur la table, puis je distribue des serviettes, principalement pour Avery qui a déjà du chocolat plein les mains.

– Maman, tu sais que Hayden il sait faire des chats avec du papier? me dit Avery en buvant son jus de fruits.

– Non, je ne savais pas.

Je jette un regard en coin à l'intéressé, surprise par tout ce qu'il sait faire. Moi qui me suis coltinée l'aquarelle, les gommettes, le dessin… Je n'ai jamais su faire ce genre de choses.

– J'ai plein de talents cachés, se vante-t-il, me faisant rougir à cause du double sens de sa phrase.

– C'est vrai. Même que c'est lui qui m'a coiffée, continue Avery en montrant ses cheveux.

J'avise la tresse africaine de ma fille, et cette fois-ci, je dévisage ouvertement Hayden. Même moi je ne sais pas faire ça. Et de toute façon, dès que je tente une tresse trop serrée, Avery se met à pleurer parce qu'elle déteste que ses cheveux lui tirent la peau. Alors pourquoi lui y arrive? Et d'où sait-il coiffer?

– Pour ma défense, c'est Mia qui m'a appris à coiffer quand elle était au lycée pour son bal de promo. Je pouvais pas dire non à ma sœur.

– Qui peut dire non à Mia? me moqué-je.

Nous rions de bon cœur, bien conscients que Mia sait toujours se montrer convaincante. La preuve, si Hayden est ici, c'est en grande partie grâce à elle.

Nous finissons de manger entre rires et discussions légères, Avery plaisantant de bon cœur. J'observe Hayden et elle discuter avec un sourire aux lèvres. Je me sens presque heureuse. Voir ma fille aussi souriante y contribue grandement. Tout n'est pas parfait, elle se plaint à plusieurs reprises d'avoir mal « là », comme elle dit, pointant du doigt son abdomen, mais elle va bien, et c'est ce qui m'importe le plus. Une fois le petit déjeuner fini, Hayden se propose de débarrasser et j'en profite pour emmener ma fille dans sa chambre et l'aider à s'habiller. Avery sort son T-shirt préféré et me le tend en me demandant de faire attention à sa coiffure.

– Est-ce que papa va se mettre en colère? demande Avery alors que je lui enfile ses chaussettes.

– Pourquoi tu me demandes ça, ma puce?

– Parce que j'aime plus Hayden que lui.

Je relève doucement la tête vers elle et je pose mes mains sur ses genoux en soupirant doucement. Elle paraît sincèrement inquiète de ce que pourrait penser Aaron, et cette idée me met hors de moi. Même de loin, en prison, il arrive à garder une emprise sur notre fille, à lui faire peur.

– Écoute, il est très loin d'ici, il n'est pas en liberté, et il n'a pas le droit de t'approcher. Et je te défendrai quoi qu'il arrive. Tu ne crains rien, d'accord?

Elle hoche la tête pour me donner raison, mais je sais pertinemment que cette pensée ne va pas la quitter. Et de toute façon, même si Aaron se permettait de revenir dans nos vies une fois libre, jamais je ne le laisserais l'approcher. Et je suis intimement persuadée que Hayden et Mia seraient aux premières loges pour la défendre. Avery est bien entourée, aujourd'hui.

Je me lève, dépose un baiser sur son front, puis je contourne le lit en pliant son pyjama pour le glisser sous son coussin. Avery m'observe faire, le visage neutre, jusqu'à ce qu'elle se décide à me livrer le fond de sa pensée.

– J'aime bien quand Mia et Hayden sont là. Tu crois que je pourrai les inviter à mon anniversaire ?

Je souris malgré moi. Son anniversaire est dans un peu moins de deux mois, nous n'avions pas encore abordé le sujet. D'ici là, j'espérais qu'elle se serait fait quelques amis. Mais si ce qui lui fait plaisir c'est d'avoir Mia et Hayden à la maison pour son anniversaire, alors ce n'est pas moi qui m'y opposerai.

– Bien sûr.

– Merci, maman.

Elle semble heureuse, son visage est serein, quel bonheur de la voir à nouveau comme ça !

– Qu'est-ce que tu veux faire ? lui demandé-je. Tu veux rester encore un peu dans ta chambre ou tu viens avec nous ?

– Je peux jouer un peu à la DS ?

– Bien sûr. Si tu n'as pas oublié de la charger.

Avery sourit, sachant pertinemment qu'elle oublie la moitié du temps de charger sa console, et se place au milieu du lit après l'avoir sortie de sa table de nuit. Je l'observe un court instant, la main sur la poignée, alors qu'elle a déjà rejoint son niveau de Mario Bros. J'ai l'impression de la voir plus détendue depuis notre retour de l'hôpital, et ça me fait beaucoup de bien. J'espère seulement que ses progrès ne seront pas gâchés à son retour à l'école.

Je quitte sa chambre pour rejoindre Hayden. Je le préviens que je dois aller récupérer le courrier de ces quatre derniers jours avant de remonter m'asseoir près de lui. Je fais défiler les lettres, debout devant la table basse, alors que Hayden cherche quelque chose dans sa veste. Ma fiche de paie, quelques factures… Et un courrier de l'hôpital. Je l'ouvre et un long soupir m'échappe en découvrant les frais pour l'hospitalisation d'Avery.

– Qu'est-ce que c'est? me demande Hayden en se rapprochant.

– La facture de l'hôpital. Ils ont fait vite, soupiré-je, fataliste.

Hayden ne dit rien. Il vient se placer dans mon dos, les mains de part et d'autre de mes hanches, et je me laisse aller en arrière en détaillant les frais médicaux. Même avec les aides auxquelles nous avons pu avoir accès, le montant est colossal. Notre système de santé est un luxe qui va me coûter un bras, mais je ne le regrette pas. Et s'il faut que je fasse des heures supplémentaires ou que je prenne un autre travail, je le ferai sans même réfléchir.

– Tu vas réussir à payer? murmure Hayden près de mon oreille.

– Il le faut bien, je n'ai pas vraiment le choix. Je vais voir si je peux prendre un autre travail en fonction de mes horaires ce mois-ci. Ça devrait suffire.

Le corps de Hayden se tend dans mon dos, et il me retourne pour me faire face. Ses sourcils sont froncés, ses lèvres pincées, et il semble aussi désarçonné que mécontent.

– Tu vas t'épuiser, lâche-t-il.

– Et alors? Si c'est ce qu'il faut que je fasse, je le ferai, Hayden.

– Je peux t'aider, propose-t-il.

Je secoue la tête. Sa proposition est touchante, je ne le nie pas. Son envie de s'investir pour Avery a quelque chose d'adorable, mais je n'accepterai jamais. Je préfère encore travailler jusqu'à épuisement que de me dire que je suis redevable à quelqu'un, et que ce quelqu'un n'a qu'à claquer des doigts pour arrêter de nous aider. Parfois, il vaut mieux ne compter que sur soi-même.

– C'est gentil, mais non. Je ne veux pas être dépendante d'un homme, encore moins s'il s'agit de ma fille. Je ne referai pas cette erreur.

– Je ne suis pas ton ex. Ce serait provisoire, et ça t'éviterait de te surmener…

– Hayden, j'ai dit non.

Un long silence s'installe entre nous, un silence pesant durant lequel aucun de nous ne détourne le regard. Hayden veut bien faire, mais il ne peut pas comprendre. Il ne comprendra même peut-être jamais mon désir de faire seule les choses. Mais je le fais autant pour Avery que pour moi. Même si Hayden ne lui fera jamais de mal, je ne peux pas prendre le risque de me reposer sur lui alors que je ne sais pas de quoi demain sera fait.

– Tu ne peux pas comprendre ce que c'est que d'aimer quelqu'un plus que sa propre vie, Hayden. Je ferais n'importe quoi pour Avery, y compris prendre un second travail, afin de l'assumer seule, soufflé-je pour tenter de lui expliquer.

– C'est sûr que ce n'est pas avec toi que je risque de comprendre, lâche-t-il amèrement. Tu n'as aucune confiance en moi.

Je recule de quelques pas, blessée. Je n'avais pas conscience du fait qu'il s'imaginait avec nous à long terme. Mais ce qui me fait mal, par-dessus tout, c'est qu'il remette en question la confiance que je peux lui porter. Je n'ai jamais laissé un homme approcher Avery ces derniers mois. Ni moi, d'ailleurs. Il ne peut pas me demander de changer du jour au lendemain !

– Tu te moques de moi, n'est-ce pas ? demandé-je, choquée par ses propos.

– Non, lâche-t-il sèchement.

Je me passe une main sur le visage et un rire nerveux m'échappe alors que Hayden me fixe, le regard froid, instaurant entre nous une distance que je n'ai pas vu venir.

– Ce n'est pas parce qu'on couche ensemble que tu peux tout te permettre, Hayden !

– On en revient à ça ? Vraiment ? Notre relation ne se résume donc qu'au sexe ? lâche-t-il, blessé.

– Oui, on en revient à ça ! Je ne veux pas d'une promotion canapé, je ne veux pas de ton argent !

Il recule de quelques pas, la mâchoire plus serrée que jamais.

– Bien sûr, la seule chose que tu veux de moi, c'est qu'on couche ensemble. Je ne t'intéresse que pour ça.

J'ouvre la bouche avant de la refermer. Mais pour qui il se prend ?! Est-ce qu'il insinue que je me sers de lui pour assouvir mes désirs ?

– Alors pars, si ça ne te convient pas ! Trouve-toi quelqu'un qui sera plus simple ! m'emporté-je.

Presque aussitôt, je regrette mes mots. J'ai voulu le blesser comme il vient de le faire, et j'ai rendu le coup plus fort que je ne l'aurais voulu. Ma parole a dépassé ma pensée. J'ai bien peur d'avoir tout gâché. Le visage de Hayden se ferme encore davantage, ne laissant même plus apparaître sa colère, alors que mon cœur rate un battement.

– Hayden… Ce n'est pas ce que je voulais dire, tenté-je.

– Si. C'est très exactement ce que tu as voulu dire.

Il s'éloigne brusquement de moi et récupère sa veste sur le dossier du canapé pour l'enfiler, puis attrape son portable et le glisse dans sa poche. Il a remis ce masque de patron impénétrable que je déteste, et je sais que c'est uniquement de ma faute.

– Attends…

– Non. J'en ai marre, Lexy. Je n'arrête pas de te montrer à quel point je tiens à toi, et même à ta fille, et à la moindre occasion qui se présente, tu m'éjectes et tu me blesses pour ne pas voir les choses en face. Alors je crois qu'il vaut mieux que je rentre chez moi.

Je n'ai pas le temps de tenter de le retenir, Hayden a déjà quitté mon appartement, me laissant pantelante, ses mots résonnant en moi comme une triste mélodie. J'ai peur d'avoir tout gâché.

19

Lexy

Tous mes messages sont restés sans réponse. Mon premier mail dans lequel je m'excusais en plus de ma demande de congé n'a reçu qu'une réponse pour m'accorder ma semaine, et il n'a pas réagi à mes nombreux SMS. J'ai bien vu Mia entre-temps, mais elle a refusé d'aborder le sujet de son frère. Je suis frustrée ; plus que tout, je m'en veux. Énormément. J'ai été blessante, méchante, uniquement par peur de laisser Hayden avoir une quelconque emprise sur nous plutôt que de discuter avec maturité. Ça ne me ressemble pas, et je déteste encore plus le regard blessé que Hayden a posé sur moi. Bien sûr, Avery ne m'a pas facilité la tâche. Elle a demandé plus d'une fois à voir Hayden, et je n'ai pas osé transmettre la demande, de peur qu'il n'accepte que pour ma fille. Je ne veux pas lui forcer la main.

Mais aujourd'hui, je compte bien aller m'excuser en personne. Avery est retourné à l'école après un rendez-vous chez le médecin qui nous a permis d'être sûrs que tout allait bien, et c'est mon jour de retour au travail. Je ne veux pas laisser de non-dits entre Hayden et moi, et, même si je n'ose pas l'avouer, je ne veux pas le perdre.

Je passe les portes de l'entreprise – en avance, pour changer – et je rejoins les ascenseurs après avoir présenté mon badge. Le hall est désert, les couloirs aussi, mais j'ai la mauvaise surprise d'apercevoir Hayden dans son bureau. Merde. Ça compromet complètement ce que j'avais prévu. Je m'éclipse rapidement pour rejoindre le bureau que je partage avec Mia avant qu'il me voie, et je me connecte avec mes identifiants à mon ordinateur de travail. J'avise l'emploi du temps, entièrement vide à cette heure-ci, et je cale une réunion bidon pour dans une quinzaine de minutes en envoyant une notification cinq minutes avant à mon patron, avant de quitter discrètement mon bureau pour rejoindre l'étage des salles de réunion.

Je pénètre dans celle du fond, la moins vitrée, là où Hayden est censé me rejoindre, et je me pose sur une chaise, le portable à la main. Pour tenter de faire passer le temps, je vérifie mes mails professionnels, même si Mia m'a beaucoup déchargée. Je n'aurais jamais dû mettre quinze minutes. C'est bien trop long, je commence à m'impatienter. Je suis mal à l'aise, pour ne rien gâcher. Je n'ai jamais fait ce genre de choses, et l'idée de tenter de construire une vraie relation, malgré tous les facteurs compliqués de ma vie, me terrorise. Mais je n'ai pas le temps de cogiter : Hayden apparaît dans mon champ de vision et s'arrête en me découvrant.

Vêtu d'un costume trois-pièces, il dégage quelque chose

d'indéniablement magnétique, une telle prestance que je ne peux détourner le regard même une seconde. Il m'a manqué, terriblement manqué. J'ai l'impression d'être restée en apnée depuis son départ.

Je ne voulais pas perdre le contrôle, pour Avery. Je ne voulais pas lui imposer la présence d'un autre homme dans sa vie, pas après son père. Mais c'est différent avec Hayden. J'ai confiance en lui et sa présence m'est devenue indispensable. Je respire mieux lorsqu'il est là. Dans un sens, il m'a fait grandir. Je pensais que c'était impossible. J'étais forte et incassable, prête à tout pour ma fille, mais Hayden m'a montré que je pouvais protéger ma fille tout en étant heureuse.

J'ai besoin de lui dans ma vie, son absence ces derniers jours me le prouve. Je n'y arriverai plus sans lui. Comment retourner à une vie banale après avoir fréquenté l'exceptionnel? Je veux rester à ses côtés, aujourd'hui, demain, tant qu'il veut bien de moi.

– Lexy?

Je me lève pour me donner une certaine contenance, mais rien ne sort de ma bouche. Me trouver face à lui après une semaine sans s'être vus me procure un sentiment étrange, entre le manque et la gêne. Mais ça me permet au moins de me rendre compte que notre relation a quelque chose de spécial. Je n'ai jamais ressenti ce sentiment de manque. Je ne veux pas que les choses s'arrêtent avant même d'avoir commencé.

– J'ai normalement une réunion, lâche-t-il.

– C'était un prétexte pour te faire venir…

– Un texto aurait suffi, me rembarre Hayden.

Il semble tellement différent de d'habitude. Plus froid, distant. Je regrette le Hayden souriant avec lequel j'aime passer du temps. J'aimerais m'approcher, établir un contact physique, mais ce n'est pas le moment. Il m'en veut, et c'est uniquement de ma faute. Bien sûr.

– Et tu n'y aurais pas répondu, comme à tous ceux que j'ai pu t'envoyer, le contredis-je.

Hayden hausse les épaules, complètement indifférent à ma remarque, et je fronce les sourcils, la mâchoire serrée, alors qu'il s'assoit sur l'une des chaises autour de la table. J'ai passé la semaine à m'inquiéter, à m'en vouloir, et je réalise qu'il n'en a rien à taper? Est-ce que je me suis trompée sur toute la ligne?

– J'ai été pas mal occupé sur les sites de rencontre.

– Quoi… ?

Je reste bouche bée, complètement chamboulée par ce qu'il vient de m'annoncer. Je ne saurais pas dire s'il est sérieux ou non, c'est un expert pour masquer ses émotions alors que les miennes sont sûrement parfaitement lisibles sur mon visage. Je dois être livide, et l'impassibilité de Hayden ne fait qu'aggraver le vide que je ressens en moi. Je me sens… trahie. Et je ne peux m'en prendre qu'à moi-même.

– Ce n'est pas toi qui disais que je n'avais qu'à me trouver quelqu'un d'autre? continue-t-il.

Il me plante un couteau dans le ventre et prend un malin plaisir à le tourner.

– Mais je n'étais pas sérieuse! Je ne veux pas que tu voies quelqu'un d'autre! avoué-je en haussant le ton.

Je sens mes yeux me brûler, les larmes arriver, et j'aimerais pouvoir les contrôler. Je les retiens du mieux que je peux pour cacher ma peine alors que Hayden me fixe d'un air neutre qui ne fait qu'aggraver ce que je ressens. Je suis déjà amoureuse. Sinon je ne réagirais pas comme ça, je le sais. Et s'il est vraiment sérieux, je crois que je ne me pardonnerai pas d'avoir tout gâché.

– Tu as quelque chose à me dire ? Je suis assez pressé, il ne faut pas que je sois en retard pour mon *date* Tinder de ce midi.

– Tu te paies ma tête ?

Son ton froid me fait bouillir. Je ressens un mélange de tristesse et de colère aussi explosif qu'un Mentos dans du Coca. Ça ne lui fait ni chaud ni froid. Où est passé le Hayden attentionné et tendre qui était chez moi il y a seulement une semaine ?

– Je ne sais pas. Est-ce que toi tu te paies la mienne ? me demande-t-il.

– C'est quoi le délire, Hayden ? Est-ce que c'est une vengeance pour ce que je t'ai dit ?

Hayden ne répond pas. Il hausse encore une fois les épaules, et je le dévisage sans même m'en cacher, complètement perdue. Mais si son visage reste impassible, son regard ne ment pas. Il observe une larme solitaire rouler sur ma joue, et j'aperçois sa mâchoire se crisper. Il n'est pas sérieux. Il ne fait ça que pour me blesser, il semble même s'en vouloir. Pourtant, il n'a pas l'air déterminé à me le dire. Alors je m'avance vers lui, son regard suivant chacun de mes mouvements, jusqu'à être devant lui. Je pose mes mains sur ses épaules et le pousse à s'asseoir sur une chaise avant de m'installer à califourchon sur lui, me moquant complètement qu'on puisse nous surprendre. Hayden ne me repousse pas, au contraire.

– Je peux savoir ce que tu fais? demande-t-il, surpris.

Je ne lui réponds pas. J'approche doucement mes lèvres des siennes, et Hayden mord à l'hameçon en rompant la distance entre nous. Il m'embrasse avidement, ses mains me serrant un peu plus contre lui, et je souris. Je laisse mes mains dériver de ses épaules à son torse, heureuse de voir que la magie opère encore.

– Je comprends, tu voulais me blesser comme je l'ai fait. Mais Hayden, s'il te plaît, crois-moi, je ne pensais pas ce que j'ai dit.

– Je sais. Sauf que ça n'empêche pas que tu m'as blessé, Lexy.

La gorge nouée, je hoche la tête, parfaitement consciente qu'il m'en veut. Je me relève en remettant en place mes vêtements et je fixe un point sur le mur. J'ai laissé ma peur guider mes mots et l'angoisse de revivre la même situation qu'avec Aaron me paralyser, alors que je n'aurais pas dû. Je suis compliquée et je le sais parfaitement. Je suis trop souvent en train de tenter d'éloigner tout le monde pour nous protéger, Avery et moi, et aujourd'hui j'en fais les frais. J'ai peur que Hayden s'en soit rendu compte et qu'il ait compris qu'il pourrait avoir beaucoup mieux dans sa vie.

– Alors on arrête? soufflé-je en fixant le sol, terrorisée par la réponse.

– C'est ce que tu veux?

Je relève vivement la tête vers Hayden. Bien sûr que non, ce n'est pas ce que je veux. Je n'ai pas envie que les choses s'arrêtent ici alors que je commence tout juste à réaliser ce qu'il représente pour moi. Cette relation n'était pas prévue. Je lui ai dit que je ne voulais pas prendre de risque dans ma vie afin de garder un environnement stable pour Avery, mais Hayden ne représente pas un risque. Il représente bien plus que ça, et je ne veux pas le perdre.

– Bien sûr que non, sinon je ne serais pas là. Et toi, c'est ce que tu veux?

– Je serais venu si c'était le cas?

– Tu croyais que c'était une réunion…

Il secoue la tête pour me détromper et laisse ses bras retomber le long de son corps, retrouvant peu à peu le visage expressif qu'il arbore quand il n'est pas au travail. Il ne me sourit pas, mais au moins, il me considère réellement plutôt que de me fixer sans laisser transparaître la moindre émotion.

– La prochaine fois que tu veux organiser ce genre de choses, essaie au moins de le faire du compte de Mia. Ton nom est écrit en gros sur le planning, j'ai connu plus discret.

Je lâche un rire gêné en fixant mes pieds. C'est vrai que ce n'était pas très discret, mais je n'ai pas forcément réfléchi aux détails sur le coup, bien trop focalisée sur ce que j'allais pouvoir dire à Hayden. Lorsque je relève la tête pour croiser son regard whisky, j'essaie de lui adresser un sourire désolé, mais je suis persuadée qu'il ressemble plus à une grimace qu'autre chose.

– Je suis désolée, répété-je encore une fois.

– Arrête avec les excuses, Lexy. Fais-moi plutôt la promesse d'arrêter de me repousser sans cesse. Si tu veux qu'on essaie, essaie vraiment. Sinon, ce n'est pas la peine.

Il a raison, je dois apprendre à lui faire confiance. Et j'en ai envie. J'ai bien trop besoin de lui pour prendre encore le risque de le perdre. Je me rapproche de lui, étudiant sa réaction à chaque pas, jusqu'à me caler entre ses jambes. J'ai besoin de le sentir contre moi après avoir cru que tout était fini. Je passe une main sur sa joue mal rasée alors que son regard sonde le mien avec une intensité qui me fait frissonner.

– Je ne peux pas revenir en arrière, mais je peux avancer. Je sais que je suis compliquée, mais si tu arrêtes de vouloir te mêler de nos finances, je te promets d'arrêter de te repousser. Tu crois que ça pourrait te suffire?

Pour toute réponse, il dépose ses lèvres sur les miennes dans un baiser délicat, bien plus sincère que le précédent. Mon cœur ressent tout ce que mes yeux ne voient pas. Ses mains frôlent ma peau avec douceur alors que mon corps se moule parfaitement au sien et que je sens nos cœurs battre à l'unisson à travers nos torses qui se frôlent. Je voudrais prolonger ce moment, aller plus loin…

– J'ai raté quoi cette semaine? souffle-t-il contre mes lèvres.

– Pas grand-chose. C'est pas très fun de rester à la maison avec une enfant malade. Et… commencé-je.

– Et? répète-t-il.

Un sourire étire mes lèvres alors que Hayden attend que je poursuive. J'en profite pour l'embrasser une fois de plus, les mains posées autour de sa nuque.

– Avery a demandé à te voir, lui avoué-je.

– Pourquoi tu ne me l'as pas dit? s'étonne-t-il.

Il se recule de quelques centimètres afin de pouvoir mieux me sonder et je me mords la lèvre, sachant pertinemment qu'il aurait aimé le savoir avant. Mais mon choix était réfléchi.

– Parce que tu m'ignorais. Si je t'avais dit qu'Avery voulait te voir, je suis presque sûre que tu serais venu, et on ne se serait pas expliqués. J'ai tort?

– Non… C'est dur de dire non à ta fille, avoue-t-il en souriant.

– Au contraire, c'est très facile. Quand elle me demande de rater l'école ou d'adopter un chiot, c'est non. C'est juste de l'entraînement.

Un rire rauque lui échappe et résonne jusqu'au plus profond de mon cœur. Je ne pensais pas qu'il me manquerait autant cette semaine, pourtant c'est bien le cas. Les mains de Hayden remontent lentement le long de mes flancs et finissent par sortir le chemisier de mon tailleur avant de venir caresser ma peau nue sans me quitter du regard, ses yeux reflétant un désir identique au mien… Comment j'ai pu passer tant de temps à le repousser?

– Je n'ai aucune envie de retourner travailler, souffle Hayden à quelques millimètres de mes lèvres.

– Et tu voudrais faire quoi? dis-je, rentrant dans son jeu.

– T'embrasser.

– Alors fais-le…

Il n'attend pas plus et vient déposer ses lèvres à nouveau sur les miennes comme si les deux premières fois ne l'avaient pas assez rassasié. Ses mains parcourent mon ventre, frôlent ma poitrine sous le tissu de mon sous-vêtement, et sa bouche dérive jusque dans mon cou. Il dépose une farandole de baisers sur ma peau frémissante. La journée va être très longue… Je ne sais pas comment je vais réussir à tenir en étant près de Hayden sans pouvoir rattraper cette semaine loin de lui.

– Ça veut dire que tout va bien entre nous ? lui demandé-je.

– Ça dépend, qu'est-ce que ça veut dire « nous » ? me taquine-t-il.

– Ça veut dire que je t'aime beaucoup. Qu'Avery t'aime beaucoup. Et qu'elle est même prête à te donner quelques Kinder.

Un sourire étire ses lèvres et je ne peux pas résister à l'envie de l'embrasser aussi, une main dans ses cheveux. Non, ça ne va décidément pas être de tout repos que de rester à ses côtés tout en étant autant frustrée.

– J'ai un rendez-vous professionnel ce soir. Mais si ça te va, on pourrait se voir demain soir ?

– Si tu veux. Mais je te préviens, Mia vient manger à ce moment-là.

– Ça me va, du moment qu'elle ne m'empêche pas de passer la nuit là où je veux vraiment être…

Il appuie ses propos en déposant ses lèvres sur les miennes. Sa langue caresse mes dents, m'incitant à lui laisser l'accès à la mienne. Notre baiser se transforme en un baiser érotique, ses mains caressent mes côtes, tombant sur mes hanches. Il me plaque fermement contre son torse alors que j'enroule mes bras derrière sa nuque, me lovant contre lui. Mes doigts glissent dans ses cheveux, tirant légèrement dessus. Je l'entends grogner, le son s'étouffe dans ma bouche, se répercutant tout droit dans mes reins. Je meurs d'envie de faire l'amour avec lui, ici et maintenant, mais je me fais violence pour le laisser partir. Moi qui pensais ne jamais retomber amoureuse, persuadée que ma vie se résumait à ma fille, je me trompais lourdement. Hayden a réussi à pénétrer dans mon monde, et je ne compte pas lui donner les clés pour en sortir.

20

Hayden

J'attendais le repas de ce soir avec beaucoup d'impatience. Je n'ai fait que croiser Lexy entre deux réunions, et même si l'idée de la rejoindre la nuit dernière m'a traversé l'esprit, j'ai préféré attendre ce soir pour passer du temps avec elle. Mia et Avery sont parties à la pâtisserie chercher un gâteau, nous laissant, Lexy et moi, complètement seuls pour préparer le repas. Enfin… si on peut appeler ça un repas. Ce ne sont que des gâteaux apéritifs, de la charcuterie… C'est plus un apéro dînatoire qu'autre chose, et Avery avait l'air ravie de pouvoir se goinfrer de cochonneries quand je lui ai montré le saucisson que j'ai ramené. Lexy dépose le dernier saladier de cacahuètes sur la table tandis que je pique un bout de charcuterie sous son nez en souriant de toutes mes dents.

– Pas touche ! me gronde-t-elle, amusée.

Je lâche un rire en haussant les épaules puis je me laisse tomber sur le canapé en la détaillant avec gourmandise. Ses courbes sensuelles me rendent dingue. Lexy est le péché originel, celle pour qui n'importe quel homme irait faire un tour en enfer en chantant, moi le premier. Sa beauté pure est à couper le souffle. Je suis complètement accro, je crois que je ne me lasserai jamais de la regarder. Lexy lève les yeux au ciel et passe devant moi pour rejoindre la cuisine, tentant tant bien que mal de m'éviter. Mais avant qu'elle ait pu me dépasser, mes doigts s'enroulent autour de son poignet et je la tire vers moi pour la faire basculer sur le canapé. Lexy pousse un cri de surprise alors qu'elle perd l'équilibre comme je le souhaitais, à moitié allongée sur moi. Elle me jette un regard lourd de sous-entendus, puis j'approche de son visage avec un sourire malicieux sur les lèvres. Je n'attendais que ça.

– Tu fais une petite pause? proposé-je en me rapprochant un peu plus.

– Pourquoi le mot « pause » dans ta bouche a l'air d'avoir un sens précis?

– Parce que je sais faire beaucoup de choses avec ma bouche.

Je ne lui laisse pas le temps de rire, je l'embrasse comme je meurs d'envie de le faire sans retenue depuis la veille, depuis le baiser qu'elle m'a donné dans cette salle de réunion, me retournant complètement le cerveau et me volant le peu de raison qu'il me restait. Je l'embrasse d'abord en douceur, puis plus ardemment, et Lexy se redresse sur le canapé pour mieux me faire face avant d'abandonner mes lèvres déjà en manque de son contact. Elle se recule de quelques centimètres, mon pouce caresse sa lèvre inférieure alors qu'elle me sourit. Je me sens bien avec elle. Et j'ai l'intime conviction que c'est la même chose pour elle. Lexy continue à me fixer en souriant, mais d'une façon différente.

– Quoi? Pourquoi tu me regardes comme ça?

– Comme quoi? s'étonne Lexy.

– Comme si tu me voyais pour la première fois.

Elle secoue la tête sans que son sourire la quitte et elle niche sa tête dans mon cou alors que j'encercle ses épaules de mon bras. J'ai l'impression d'avoir attendu ce genre de relation toute ma vie. C'est naturel, et je me sens à ma place à ses côtés, comme s'il n'y avait pas meilleur endroit dans le monde. Lexy se pelotonne un peu plus contre moi, et je savoure l'odeur fleurie de son parfum, le nez dans ses cheveux roux, tandis que mon pouce caresse son épaule.

– Je suis juste bien comme ça, m'avoue-t-elle.

– Moi aussi.

Lexy se redresse et pose le menton sur ma clavicule pour m'observer. Je détaille chacun de ses traits en souriant comme un con, bien trop heureux de me retrouver seul avec elle. J'adore Avery, qui pourrait ne pas l'aimer? Mais les courts moments que je peux passer seul avec sa maman sont rares et précieux, je les chéris. Lexy continue à me regarder, les lèvres pincées, hésitant visiblement à me dire quelque chose, et je l'encourage d'un rapide baiser sur les lèvres, me retenant de me laisser dicter ma conduite par mes envies.

– Tu passes la nuit ici? finit-elle par me demander.

– Hmm… Je ne sais pas. J'avais un programme assez précis en tête… la taquiné-je.

– Et lequel ? demande Lexy.

Un sourire mutin étire mes lèvres alors que je laisse ma main descendre sur ses flancs et mes doigts jouer avec le bas de son T-shirt. Sa proposition n'est pas pour me déplaire, bien au contraire. J'ai besoin de me retrouver rien qu'avec elle, sans aucune barrière entre nos deux corps.

– J'ai rencontré une jolie rousse, et j'avais dans l'idée de visiter sa chambre… Tu la connais d'ailleurs, tu crois que tu pourrais nous présenter ?

– Ça se peut… Je te la présente maintenant si tu veux… murmure Lexy, joueuse, en se rapprochant de moi.

Ses lèvres frôlent les miennes pour me chercher sans jamais me donner ce que j'attends réellement. Lexy s'amuse à attiser la flamme et je la laisse jouer jusqu'à ce que je m'impatiente et la fasse basculer sur mes genoux, mes mains déjà omniprésentes sur son corps. Elle rit face à mon manque de patience, ce qui ne fait que me rendre un peu plus amoureux de la femme tout contre moi. Je crois que j'aime tout chez elle. Même si, à l'instant présent, c'est surtout ce que nous sommes en train de faire que j'aime. Lexy entoure mon cou en rapprochant un peu plus son bassin du mien sur le canapé, et je la maintiens tout contre moi, les mains sur ses fesses.

À nouveau, j'ai l'impression de me retrouver comme quand j'étais ado, impatient et en proie à des désirs que je ne maîtrisais pas vraiment. C'est très exactement l'effet Lexy. Elle me fait perdre tous mes repères, jusqu'à ce que je ne puisse plus que me raccrocher à elle pour ne pas tomber. Son buste tout contre le mien, elle passe une main sous mon polo, de plus en plus entreprenante, et au moment où je m'apprête à lui proposer de rejoindre sa chambre pour profiter du temps qu'il nous reste, la porte d'entrée s'ouvre sur Mia et Avery qui nous fixent, le sourire aux lèvres et l'air conspirateur. Je sens Lexy se tendre contre moi alors que nous sommes observés par les deux intruses.

– Ah, tu avais raison, dit ma sœur à Avery.

– Bien sûr que j'avais raison, se vante la petite.

– Et on peut savoir à propos de quoi vous aviez raison ? demandé-je sans rien faire pour m'éloigner de Lexy.

Avery sourit fièrement, pas le moins du monde gênée que sa mère soit dans mes bras. Encore quelques minutes et je ne suis pas sûr que nous en serions encore au stade « habillés ». Lexy tente de se relever, mais c'est compter sans le fait que je n'ai aucune envie de la laisser s'éloigner. Après tout, on ne fait rien de mal. C'est peut-être la première fois qu'Avery nous voit proches, mais j'espère bien que ce n'est pas la dernière. Aussi loin que je me souvienne, j'ai toujours vu mes parents s'embrasser, et jusqu'à preuve du contraire, ce n'est pas un mal.

– J'ai dit que vous alliez faire des câlins puisqu'on n'était pas là, se moque Avery.

J'ouvre la bouche pour parler, Lexy aussi surprise que moi, mais Mia nous devance. Cette gamine en a décidément trop dans la tête, il est impossible de lui cacher quelque chose.

– Allez, viens, princesse, on va les laisser en amoureux.

Avery acquiesce, nous renvoyant un dernier sourire,

et part en compagnie de Mia sans se retourner. Lexy tente encore de se relever aussitôt sa fille disparue, mais je la refais basculer dans l'autre sens. Je veux d'abord comprendre pourquoi elle veut absolument rester loin de moi avant de la laisser les rejoindre. Elle me jette un regard noir et je souris en retour pour tenter de détendre l'atmosphère. J'aime même son foutu caractère.

– Hayden… commence-t-elle.

– Quoi? On ne fait rien de mal. N'importe quel couple ferait ça.

– Ah, parce qu'on est un couple maintenant? lâche-t-elle.

– Tu recommences, grogné-je.

– Désolée.

Elle pose son front contre mon épaule alors que je tente de me détendre malgré ses mots encore une fois blessants. J'ai bien compris que c'était son moyen de défense, mais ça ne veut pas dire que je l'apprécie pour autant. Bien au contraire. Je voudrais qu'elle s'ouvre un peu plus à moi, qu'elle me parle. Lexy finit par relever la tête, une moue désolée sur le visage, et me vole un rapide baiser avant de se redresser sur mes genoux tandis que j'attends patiemment qu'elle poursuive.

– C'est juste que je ne suis pas très à l'aise avec tout ça.

– Pourquoi? soufflé-je, sincèrement intéressé.

Je la laisse quitter mes genoux et elle vient se placer à côté de moi, posant sa tête contre mon torse. Je passe un bras autour de ses épaules et elle en profite pour attraper ma main et entrelacer nos doigts. Ce simple geste a le don de faire battre mon cœur plus rapidement qu'à l'accoutumée.

– Je n'ai pas l'habitude. Je suis restée très longtemps avec Aaron, commence Lexy.

– Le père d'Avery? demandé-je, l'estomac noué.

– Ouais.

Je ne peux pas empêcher mes muscles de se crisper en entendant parler de ce connard. C'est plus fort que moi. Je ne le connais pas, mais je lui en veux de les avoir abandonnées comme ça. Je serre plus fort Lexy contre moi pour la rassurer, et je la laisse poursuivre.

– J'étais jeune quand je l'ai rencontré. Je l'ai aimé comme on aime vraiment pour la première fois. Mais quand on a eu Avery, on s'est pas mal éloignés physiquement. En fait, il a commencé à s'éloigner de moi quand je suis tombée enceinte. Il avait du mal avec mon corps pendant la grossesse.

– C'est un con. Une femme enceinte est belle.

Lexy lève son visage vers moi pour m'adresser un sourire sincère et j'en profite pour déposer rapidement mes lèvres sur les siennes. Je le pense vraiment. Quand on aime quelqu'un, je crois qu'on trouverait cette personne belle dans n'importe quelle circonstance. Si ce crétin n'a pas vu la chance qu'il avait en ayant une femme telle que Lexy dans sa vie et une fille aussi merveilleuse qu'Avery, ça ne fait que prouver que c'est un aveugle doublé d'un con. Il ne les mérite pas. Lexy serre un peu plus ma main pour poursuivre et ne détourne pas le regard.

– Quand j'ai accouché, je crois que c'était trop tard pour vraiment réparer notre couple. On était une famille, je pensais qu'on était heureux les premiers temps, jusqu'à ce que ça commence à se dégrader. Alors je suis partie, et c'est là qu'Aaron a commencé à être violent avec Avery sans que je le sache. Même pendant toute notre relation, Avery n'a jamais vu aucune preuve d'affection entre nous. De toute façon, il n'y en avait même pas vraiment en privé. Je pense que j'ai plus fini par le considérer comme… un colocataire. Mais si j'avais su à quel point il allait mal prendre le fait que je le quitte, je crois que je ne l'aurais jamais fait. J'aurais pris sur moi, et j'aurais supporté, pour Avery. Heureusement, il a payé pour ses actes. Il a été inculpé pour quelques mois, et même si j'ai peur du jour où il sortira de prison, je ne le laisserai jamais reprendre Avery. Je m'en suis tellement voulu de n'avoir rien vu plus tôt…

Merde.

Je n'avais pas compris l'ampleur de ce qu'elles avaient vécu. Quand Lexy m'a dit qu'il était « hors de leur vie », je n'imaginais pas *ça*. Je ressens une bouffée de haine pour ce type. Je n'aime déjà pas la violence en général, mais quand il s'agit d'enfants qui ne peuvent même pas se défendre, je crois que ça me met encore plus hors de moi.

Je dépose un baiser sur le crâne de Lexy avant d'essuyer une larme solitaire qui a coulé sur sa joue durant son monologue. C'est bien la première fois qu'elle s'ouvre autant à moi, et j'ai mal de savoir qu'elles ont pu autant souffrir à cause d'un seul homme. Ça me révolte. Mais je comprends mieux ce qu'elle ressent, d'un certain côté. Ses peurs au début et ses inquiétudes maintenant. Elle n'a jamais vraiment été avec quelqu'un devant sa fille. Elle a sûrement peur de la réaction que pourrait avoir celle-ci en nous voyant ensemble.

– Tu ne peux pas changer le passé, tu ne peux que te concentrer sur le présent. Et regarde, Avery est en sécurité, toi aussi, et tu as même quelqu'un qui t'aime et qui ne te fera jamais de mal.

Lexy ouvre la bouche face à mon aveu involontaire, mais elle n'a pas le temps de dire quoi que ce soit qu'Avery revient dans le salon pour nous rejoindre. Je n'ai pas réfléchi. C'est sorti tout seul, mais je ne le regrette pas. Après tout, c'est très exactement ce que je ressens, alors pourquoi m'en cacher ? J'aurais seulement espéré une réponse de sa part…

Contre toute attente, Avery s'installe entre nous deux, à moitié sur mes genoux, à moitié sur ceux de Lexy, et je souris face à cette preuve d'affection qui me donne l'impression d'être accepté. Maintenant que je sais ce que cette petite fille courageuse a vécu, ce moment est encore plus précieux. Lexy tient toujours ma main et la serre, les yeux posés sur Avery.

Bon sang, je crois qu'après ça, je ne pourrai plus me séparer d'elles.

– Mia a acheté un gâteau au chocolat. Tu pourras en prendre, Hayden, si tu veux.

– Je pourrai manger ta part ? la taquiné-je.

– Bien sûr que non ! On touche pas à ma part ! Tu peux en prendre une autre. Et maman aussi.

Je souris alors qu'Avery penche la tête en arrière pour me regarder de ses jolis yeux bleus. C'est fou comme elle ressemble à sa mère. La même chevelure, les mêmes yeux, elle va finir aussi belle que sa maman, j'en suis certain.

– Est-ce que maman t'a dit ce que je voulais te demander? demande Avery.

– Non, quoi? l'interrogé-je en jetant un regard à Lexy.

Celle-ci grimace, signe qu'elle a sûrement oublié, et la fillette croise ses petits bras, un air boudeur sur le visage. Elle a presque l'air plus intimidant que certains de mes subalternes... Avery jette un regard mécontent à sa mère puis se tourne à nouveau vers moi.

Déjà un foutu caractère... Comme sa mère.

– Je voulais t'inviter à mon anniversaire, avec Mia.

Je ne m'attendais pas à ça. Lexy, elle, ne semble pas surprise. Surtout, je suis heureux de voir qu'elle veut vraiment de moi au point de me vouloir avec elle pour son anniversaire. Elle va avoir 7 ans si je ne me trompe pas, et me voilà déjà en train de songer à ce que je vais pouvoir lui offrir...

– Ce serait avec plaisir.

Mais Avery ne sourit pas. Elle me fixe comme elle le faisait au tout début, lorsqu'elle se méfiait de moi, et Lexy a elle aussi remarqué que quelque chose clochait.

– Mais t'as pas été là de toute la semaine, et maman était triste. Alors si c'est de ta faute et que t'es comme mon papa, t'es plus invité, lâche-t-elle sans délicatesse.

– Avery... souffle Lexy.

La petite se tourne vers sa mère alors qu'un sourire triste ourle mes lèvres. Je comprends la réaction d'Avery. Elle a peur pour sa maman, et le fait qu'elle ait le courage de le dire est tout à son honneur, même si j'apprécie moyennement d'être comparé à un connard pareil. Mais Avery ne se démonte pas. Elle se tient à présent debout devant sa mère, ses petits poings serrés, démontrant sa colère.

– Quoi? Papa te rendait triste. Et il me rendait triste. Je veux pas que Hayden se transforme en méchant.

Lexy s'apprête à dire quelque chose, le visage triste devant cet aveu, mais je les interromps en attirant l'attention d'Avery. Je lui fais signe de venir, et la petite fille vient me faire face, l'air aussi en colère que triste. Je l'incite à approcher, comme pour lui confier un secret.

– Tu vois la Belle et la Bête?

Elle hoche vivement la tête et je continue après avoir vérifié que Lexy n'entendait pas.

– Eh bien, dis-toi que j'aime autant ta maman que la Bête aime Belle.

Son visage se détend presque aussitôt et un sourire naît sur ses lèvres alors que Lexy nous observe.

– D'accord. Mais je suis pas idiote, tu l'as quand même rendue triste.

– J'en ai conscience. Tu sais, même les adultes peuvent faire des bêtises, mais ce qui compte c'est ce qu'on fait pour les rattraper.

Avery médite mes mots, le regard perdu dans le vide tandis que sa main joue avec l'une de mes mèches trop longues. Elle réfléchit à ce que je viens de dire.

– Est-ce que tu crois que mon papa réparera ses bêtises un jour? finit par demander Avery.

Lexy se redresse dans le canapé, sa jambe collée à la

mienne, et nos regards se croisent. Nous sommes aussi chamboulés l'un que l'autre par la question d'Avery. Sa mère hésite entre intervenir et me laisser répondre, et intérieurement, je ne sais même pas quoi faire. Avery attend une réponse de ma part, mais y en a-t-il vraiment une à cette question ? S'il avait voulu réparer ses erreurs, il ne les aurait pas réitérées. Or, d'après ce que j'ai compris, les violences ont duré quelque temps. Mais je ne me vois pas non plus lui dire que son papa est un gros con qui ne mérite même pas son attention.

– Je crois que ton papa a fait trop d'erreurs pour pouvoir les réparer, finis-je par dire, encouragé par le sourire de Lexy. Les adultes peuvent être « méchants », parfois.

Même si dans le cas de son père, le mot « méchant » ne suffit pas à le décrire vraiment. Avery hoche la tête avant de descendre du canapé pour fixer sa mère qui nous observe à tour de rôle en souriant tristement. Cette situation doit profondément l'affecter, et j'aurais aimé être là pour elles plus tôt.

– De toute façon, je veux plus jamais le voir. La dame à qui je parle dit que j'ai le droit de le détester, conclut Avery.

– C'est vrai, tu as le droit, dis-je alors que Lexy passe une main dans les cheveux roux de sa fille.

– Je t'aime plus que lui. Et j'aime Mia aussi.

Lexy se tourne vers moi, avisant ma réaction, alors que je ne peux pas détourner le regard de sa fille. Comment j'en suis arrivé là ? À être assis dans le canapé de la femme avec qui je suis, sa fille en face de moi, avec l'impression d'avoir une famille ? Une partie de moi a peur. Non pas de l'engagement ou je ne sais quelle connerie, mais peur que tout ce doux rêve prenne subitement fin alors que je frôle le bonheur du bout des doigts. Mais je n'ai pas le temps de répondre à Avery que Mia revient avec un récipient plein de morceaux de pain.

– Bon, j'ai essayé de retarder le moment où j'allais vous déranger, mais je commence à m'ennuyer.

Ma sœur sourit alors que Lexy se décide à se relever après m'avoir jeté un regard plein de promesses pour la soirée à venir, à présent que les choses sont mises à plat. Encore quelques heures à rester sages, et nous ne serons que tous les deux.

Mia nous rejoint sur le canapé et Avery se place à côté d'elle tandis que Lexy revient, des boissons à la main. Elle se pose à mes côtés sans oser se blottir contre moi. Je n'aurais jamais cru passer une soirée aussi plaisante en compagnie de ma sœur et de ma copine, et pourtant, mon sourire ne me quitte pas. Avery se plaint de son retour à l'école et Mia commente chacune de ses remarques en s'amusant de l'air boudeur de l'enfant. Lexy grignote par-ci, par-là et finit – après presque une heure loin de moi – par s'appuyer contre mon buste en me renvoyant un sourire, tout en prenant part à la conversation.

Je ne veux plus jamais rater une soirée telle que celle-ci. Et pourtant, ça arrivera malgré tout à cause de mon poste, et c'est très exactement pour ça que je déléguerai un jour la direction. Pourquoi pas à Mia, si elle se sent prête ? Peut-être qu'on dirigera ensemble, ou peut-être que je prendrai un poste moins haut placé pour me libérer plus de temps. Mais en tout cas, quand j'imagine l'avenir, je ne me vois pas en P.-D.G. solitaire qui passe ses soirées à potasser un dossier. D'autant plus lorsque je vois la femme que j'aime et sa fille rire comme ça. Je ne veux pas rater ce genre de moments.

La soirée file à une vitesse incroyable ; le temps passe, les assiettes se vident et Avery fatigue de plus en plus, abandonnant Mia pour se réfugier dans les bras de sa mère et commencer à somnoler alors que Lexy lui caresse le crâne.

– Tout va bien ? souffle cette dernière en me voyant les observer.

– Oui, j'aime beaucoup ce genre de soirée.

– Moi aussi. Je vais aller coucher Avery et je reviens.

Elle dépose un baiser discret sur ma joue avant de se relever pour rejoindre la chambre d'Avery. Une fois Lexy complètement disparue, je me tourne vers Mia qui m'observe en souriant.

– Ça fait du bien de te voir comme ça.

– Comment ?

– Heureux. Tu as l'air bien avec Lexy et Avery.

– Je le suis.

Un sourire niais étire mes lèvres, simplement parce que je suis heureux. Je me suis rapproché de ma sœur ces dernières semaines, j'apprends doucement à connaître Lexy, sa fille commence enfin à me faire confiance, et si j'en crois le mail que j'ai reçu un peu plus tôt, Max devrait rentrer d'ici quelques mois. Toutes les pièces du puzzle sont réunies pour que les choses aillent bien. Ma vie prend enfin forme, et j'avoue que je me sens entier.

Lorsque Mia quitte enfin l'appartement de Lexy, je me retrouve seul avec elle avec pour unique désir celui de rejoindre son lit. Lexy lit dans mes pensées et nous rejoignons sa chambre alors que, en chemin, je dépose des dizaines de baisers sur son visage.

Assise sur le lit, elle m'observe, un sourire coquin aux lèvres, pendant que je retire mon T-shirt. Sa lèvre inférieure est coincée entre ses dents et son regard pétille de désir. Sans la lâcher des yeux, je retire mon pantalon ainsi que mon caleçon.

Lexy se met elle aussi nue. Cette fois, les rôles sont inversés, je la bouffe littéralement du regard, totalement subjugué par sa beauté brute. Ses tétons pointés vers moi semblent m'appeler mais visiblement, Lexy n'est pas du même avis. Elle s'allonge sur le lit, les cuisses écartées, prête à m'accueillir.

– Je ne veux pas de préliminaires, Hayden. Je te veux en moi maintenant.

À ces mots, mon sexe déjà en érection menace d'exploser. Sa voix suave me rend complètement dingue. N'y tenant plus, je tire un préservatif de la table de nuit et l'enfile avant de m'approcher d'elle. Son sourire presque arrogant me rend fou, elle sait l'effet qu'elle a sur moi, elle en est parfaitement consciente.

Ma bouche s'écrase sur la sienne alors que je me place à l'entrée de son intimité.

Doucement, je m'enfonce en elle. Lexy se cambre, rejetant sa tête en arrière. Mes lèvres en profitent pour descendre sur sa mâchoire, puis dans son cou. Ma langue caresse sa douce peau. Ses gémissements me font perdre la tête alors que je glisse mes lèvres vers ses tétons. Je continue mes va-et-vient avec douceur.

Je veux que cet instant dure le plus longtemps possible. J'aime être en elle, voir son désir dans ses yeux, l'entendre gémir. J'aime sentir sa peau contre la mienne, son souffle se mêlant au mien…

Dans un ultime coup de reins accompagné d'un long râle, Lexy et moi explosons en même temps. J'embrasse tendrement ses lèvres, restant au plus profond de son corps, avant de me résigner à m'allonger à ses côtés après avoir retiré le préservatif.

Je la tiens fermement dans mes bras et pose un baiser sur sa tempe. Je me retiens de lui dire que je l'aime de peur de la faire fuir, mais je compte bien tout faire pour qu'elle accepte ces trois petits mots.

21

Lexy

Le temps de vol entre New York et Nice est de presque dix heures. Dix longues heures que je n'ai même pas pu passer en compagnie de Hayden qui s'est envolé hier soir. J'avoue me sentir un peu perdue. Ce n'est pas lui qui m'a prévenue de son départ anticipé, mais Mia, au moment de venir chercher mes clés ce matin. Hayden a passé presque chaque nuit chez moi ces deux dernières semaines, mis à part hier soir où il m'a dit avoir quelque chose d'important à faire. Même Avery m'a posé des questions en ne le voyant pas lui dire bonne nuit. À son âge, malgré tout ce qu'elle a déjà vécu, elle l'a vite adopté. Il faut dire qu'elle l'a beaucoup vu ces derniers temps et qu'elle l'apprécie de plus en plus.

Alors, quand Mia m'a annoncé ce matin, après que j'ai déposé Avery à l'école, que Hayden était déjà en Europe, je n'ai pas pu m'empêcher de me poser tout un tas de questions. Pourquoi s'y rendre plus tôt ? Nous ne sommes censés avoir qu'un rendez-vous dans la soirée. Plus que tout, je ne comprends pas pourquoi il ne m'a pas prévenue. Je ne demandais même pas un appel, un simple SMS aurait suffi plutôt que de laisser sa sœur me l'apprendre comme si nous ne comptions pas.

Je descends de l'avion, fatiguée par le voyage, et j'observe tout autour de moi. Je ne sais même pas où je dois aller. C'est Mia qui s'est chargée de tout organiser, Hayden est censé connaître l'adresse où nous devons nous rendre. Sérieusement, à quoi ça sert qu'il emmène son assistante s'il ne me laisse rien faire? Je n'ai aucune info. C'est ridicule. Je sors mon portable, prête à l'appeler, au moment où une vieille voiture s'arrête à ma hauteur. Une vieille traction noire qui date sûrement de la Seconde Guerre mondiale. Je prends le temps d'observer la voiture de collection – c'est bien la première fois que j'en vois une –, oubliant presque l'objet de mon mécontentement.

– Mademoiselle Owlite? me questionne la conductrice.

– Oui…

– M. O'Leary m'a chargée de vous véhiculer.

Elle sort de l'avant de la voiture, me souriant poliment, et je fronce les sourcils. Ce voyage n'a ni queue ni tête. Pourquoi m'envoyer un chauffeur dans une voiture pareille? Ça n'a pas de sens.

– Et je peux savoir où ce cher *M. O'Leary* veut que vous m'emmeniez?

– Malheureusement, je ne suis pas autorisée à divulguer cette information.

– Évidemment.

Mon ton se veut plus amer que prévu.

Sérieux, à quoi tu joues, Hayden ?

Je déteste toutes ces fioritures. Non pas qu'une jolie voiture ne me plaise pas, mais pas comme ça. Je n'ai pas besoin d'un chauffeur ni d'une voiture hors de prix pour savoir ce que je ressens. Surtout, ce genre d'attention n'a pas sa place dans un voyage d'affaires.

Je grimpe tout de même à l'arrière de la voiture et j'avise un paquet sur la banquette. Avant même que j'aie pu poser une question, la jeune femme m'incite à l'ouvrir et je retire le couvercle de la boîte alors que la voiture démarre déjà. Des baskets? Mais pourquoi Hayden m'offre des baskets? Je m'apprête à questionner la conductrice, mais je découvre un mot coincé sur le côté de la boîte et l'attrape, sourcils froncés.

Pour remplacer l'engin de torture que tu portes si souvent.
Elles te seront utiles pour notre soirée…
Tu l'as sans doute compris, aucun client ne t'attend au bout du chemin.

Oh, bon sang.

Je prends une grande inspiration, la bouche entrouverte et le cœur battant la chamade tandis que la jeune femme me fixe en souriant dans son rétroviseur. Il a fait ça. Hayden a inventé toute cette histoire de client pour me faire venir et… me faire une surprise. Je parie que Mia le savait, et que c'est pour ça qu'elle était si enthousiaste à l'idée de garder Avery. Un large sourire prend place sur mes lèvres alors que je caresse du bout des doigts le papier. Je comprends mieux les événements des dernières vingt-quatre heures, et ma confusion s'évapore aussitôt. Je ne sais pas ce que j'ai fait pour mériter un homme aussi merveilleux, mais maintenant qu'il est à mes côtés, je me sens heureuse. Sans doute plus que je ne l'ai jamais été dans ma vie.

Je troque mes chaussures contre la nouvelle paire, puis j'observe le paysage défiler sous mes yeux. Je ne suis jamais allée en Europe, et je ne pensais pas m'y rendre un jour. J'aime voyager, j'aurais même aimé visiter l'Égypte ou le Japon quand j'étais plus jeune, mais mes priorités ont changé avec Avery, et je n'ai plus vraiment pensé à ces rêves-là. Et voilà que Hayden m'offre une nuit en Europe… Je ne comprends toujours pas pourquoi il a organisé quelque chose de si gros, même si j'avoue que son attention me va droit au cœur.

Une partie de moi est surexcitée par cette perspective tandis que l'autre se sent coupable d'avoir laissé Avery derrière moi pour passer une nuit en amoureux. Mais si nous ne passons pas du temps ensemble maintenant, quand pourrons-nous le faire ? Avery est avec Mia à la maison, elle l'adore et je suis persuadée que mon amie ne lui fera jamais de mal. Alors, pour une fois, je peux bien m'accorder ce petit plaisir avant de revenir à la réalité.

La voiture finit par s'arrêter devant une énorme maison, et je descends du véhicule après avoir remercié la jeune femme, mes affaires à la main et mon sac de voyage sur l'épaule. J'avance dans l'allée à la taille démesurée, observant tout avec admiration. Avery adorerait sûrement pouvoir courir partout, aussi bien à l'extérieur qu'à l'intérieur. De jolies lampes suivent l'allée pavée et la nuit commence à tomber alors que j'atteins la porte sur laquelle est collé un mot.

Entre, c'est ouvert:-)

Je pousse la porte, incertaine, et me fige en découvrant des flèches au sol. Je pose mon sac de voyage à l'entrée avec mes escarpins et la boîte à chaussures, puis je suis le chemin sans me départir de mon sourire, de plus en plus curieuse de la suite. Les flèches me mènent jusqu'à une baie vitrée grande ouverte, et je m'arrête face au spectacle qui se déroule devant moi, bouche bée. Une énorme piscine et un jacuzzi meublent la cour intérieure, mais ce n'est pas ce qui retient mon attention. Une table pour deux est dressée, une bougie allumée au centre et une jolie rose posée sur une assiette. Je m'en approche pour attraper la fleur et la porter à mon nez.

– Je t'aurais bien invitée à manger dans le meilleur restaurant gastronomique de Monaco, mais je me suis dit que tu préférerais qu'on soit en tête à tête, retentit une voix derrière moi.

Je sursaute, laissant retomber la fleur, avant de me retourner vers Hayden, appuyé contre le montant de la baie vitrée. Il n'a pas fait compliqué, il reste fidèle à lui-même dans son jean et son polo blanc alors que je le détaille sans m'en cacher. Avant même que je me rende compte de ce que je fais, mes pas me guident dans sa direction jusqu'à ce que j'arrive à sa hauteur et que je glisse mes mains sur sa taille pour me rapprocher de lui. Je ne l'ai pas vu depuis vingt-quatre heures, et il me manquait déjà.

– Tu as raison, dis-je pour toute réponse.

Il me sourit et se penche en avant pour m'embrasser doucement. Ses lèvres frôlent les miennes et je l'attire à moi pour ce baiser qui m'a manqué hier soir. Le fait de m'habituer à avoir perpétuellement quelqu'un dans mon lit devrait m'inquiéter. Pourtant… ce n'est plus le cas.

– Alors c'est pour ça que tu es parti plus tôt? soufflé-je contre ses lèvres.

– Oui. Si je te l'avais dit, tu aurais voulu me suivre, pensant que c'était pour le travail, et tu aurais gâché tout ce que j'avais préparé pour toi.

– C'est vrai… Ta surprise est bien réussie.

– Mais est-ce qu'elle te plaît? s'inquiète-t-il.

Je recule de quelques pas en secouant la tête, un sourire aux lèvres face à cette question absurde, puis je tourne sur moi-même pour observer l'extérieur. Comment peut-il penser que ça pourrait ne pas me plaire? Tout est incroyablement romantique. En soi, ce n'est pas l'endroit qui me charme. Il aurait organisé ce repas dans une grotte que j'aurais quand même été heureuse, justement parce que je suis avec lui. Et j'ai même une idée précise de la façon dont je voudrais que cette soirée se termine.

– Oui, même si je suis déçue de ne pas avoir pris de maillot de bain, lui confié-je en avisant la piscine.

– Pour quoi faire? Tu n'en as pas besoin, tu es très bien sans…

Hayden se colle dans mon dos en me soufflant ces mots

et je frissonne alors que ses mains se posent sur mon ventre et que je les recouvre des miennes. Il a raison, de toute façon, lui comme moi savons que j'aurais fini sans. J'ai l'impression que cet instant est hors du temps. Loin de tout. Comme si j'étais en train de rêver, et j'aimerais ne jamais me réveiller. Son souffle rebondit sur ma nuque, et je tourne la tête jusqu'à ce que nos lèvres se frôlent, pour fixer ses iris whisky.

– En quel honneur as-tu organisé tout ça? le questionné-je.

– J'avais juste envie de te faire plaisir.

Me faire plaisir...

C'est bien la première fois qu'on fait ce genre de choses pour moi. Je ne suis pas habituée aux actes romantiques ni à tous ces gestes de tendresse que Hayden peut avoir envers moi.

Mais je pourrais définitivement m'y habituer. Avoir Hayden à la maison chaque soir, qui aide Avery à faire ses devoirs, c'est loin d'être déplaisant. Une partie de moi se prend même à imaginer un futur, mais pour l'instant, je vais profiter de ce qu'il me réserve pour ce soir avant de m'imaginer des choses qui pourraient ne jamais arriver.

– Quel est le programme? le questionné-je.

– Eh bien, avec le décalage horaire, j'espérais bien te tenir éveillée toute la nuit, commence-t-il en embrassant mon cou.

– Et plus précisément? continué-je.

– D'abord, je vais te faire découvrir des plats européens...

Je tourne la tête vers la table que Hayden a dressée tandis que ses mains se baladent sur mon ventre. Je souris lorsque ses cheveux viennent chatouiller ma nuque, et je me mords la lèvre alors que je sens les muscles de mon ventre se contracter sous ses caresses.

– Ensuite ?

– Je t'emmènerai dans les rues de Monaco pour te faire découvrir la ville de nuit…

Sa main descend plus au nord pour rejoindre le bouton de mon tailleur alors que ses lèvres laissent une traînée de baisers sur ma clavicule. Il va me rendre dingue. Et pourtant, je ne veux pas qu'il arrête cette douce torture.

– Et après ? dis-je d'une voix un peu plus rauque.

– Je te ramènerai ici pour un bain de minuit, rien que toi et moi…

Je me laisse complètement aller contre lui, passant une main derrière sa nuque pour l'inciter à continuer ses caresses. Il m'a mis l'eau à la bouche avec tout ce qu'il a prévu… Bon sang, je ne veux jamais me réveiller.

– J'aime beaucoup ce programme… Et pour le temps qu'il restera ? demandé-je, mutine.

– Je te ferai visiter chaque pièce de la maison…

– Ah oui ?

– Absolument. Je ne compte te laisser dormir que dans l'avion. Et encore…

Je souris de plus belle avant de me retourner. Ses mains viennent prendre mon visage en coupe alors que sa bouche cherche la mienne et que nos langues entament un ballet endiablé. Je ne sais pas combien de temps nous restons collés l'un à l'autre, les mains baladeuses, mais lorsque Hayden finit par m'attirer à la table avant que le repas qu'il a soigneusement préparé soit froid, je suis essoufflée et fiévreuse. Il m'a ouvert l'appétit, et pas seulement pour tout ce qu'il a préparé.

Je ne sais pas où il a appris à cuisiner comme ça, d'ailleurs, mais je n'ai jamais aussi bien mangé que ce soir.

Je n'ai pas eu le temps de m'attarder sur le repas que Hayden était déjà prêt pour la suite. Les mains devant moi, j'avance à l'aveugle, un bandeau sur les yeux, guidée par les mains de Hayden sur mes hanches. J'ai une confiance aveugle en lui – sans mauvais jeu de mots. Tout est parfait.

– On est bientôt arrivés?

– Patience, Lexy.

Je ris, l'imaginant aisément lever les yeux au ciel. Je sens le vent frais nous entourer alors que les mains de Hayden sont brûlantes à travers mon vêtement. Au bout de longues minutes, il s'arrête enfin et me laisse patienter encore un peu dans le noir. Privée de ma vue, je me concentre sur mon ouïe. J'entends de l'eau couler et des gens se balader autour de nous, et je me mets à imaginer le centre-ville de Monaco, jusqu'à ce que Hayden retire enfin le ruban pour me permettre de découvrir ce qui m'entoure.

Mes yeux s'habituent doucement aux lumières artificielles alors que je tourne sur moi-même. Je n'ai jamais vu un endroit pareil. La fontaine est immense au milieu de la place illuminée par quelques lumières, et les bâtiments en arrière-plan donnent un air ancien plein de charme à ce lieu. Les voitures arrivent, des personnes en sortent et les voituriers les récupèrent, et j'observe la scène comme on observerait un film.

– C'est tellement beau…

– Les casinos sont magnifiques, non?

Je me tourne vers Hayden en hochant vivement la tête avant de lui prendre la main pour avancer sur la place, bien trop admirative face à ce qui m'entoure. Hayden me guide en m'expliquant à quoi correspond chaque bâtiment, et je suis à chaque pas un peu plus émerveillée par la beauté des lieux.

– Tu es déjà venu ici? demandé-je alors que nous marchons main dans la main dans les rues de la ville.

– Oui. On y venait souvent en vacances avec mes parents. Ma mère avait pour habitude de dire que pour bien gérer une entreprise, il fallait connaître la culture de ses clients.

– Ta mère a l'air d'être quelqu'un de génial.

Hayden me sourit largement, pensant sûrement à cette femme qui m'impressionne alors que je ne la connais même pas, mais j'ai beaucoup entendu parler d'elle au sein de l'entreprise. Elle est décrite comme une femme intelligente, au grand cœur, dont les valeurs sont exemplaires. C'est tout à fait le genre de femme dont j'admire la vie professionnelle. Hayden a dû avoir un super modèle pour grandir, et je l'envie pour ça.

– Tu l'apprécierais beaucoup.

– Mais est-ce qu'elle m'apprécierait? plaisanté-je en riant.

Hayden s'arrête pour me fixer, l'air amusé, alors que je réalise la connerie monumentale que je viens de sortir. J'ai osé. Ce qui était censé n'être qu'une blague stupide se retrouve être une phrase pleine de sens.

– Donc tu veux rencontrer mes parents? me taquine Hayden.

– Quoi ? Non ! Ce n'est pas ce que je voulais dire ! me défends-je.

– Bien sûr que si, puisque tu te demandes si elle t'apprécierait.

– Oh, non, arrête, râlé-je.

Hayden rit doucement avant d'avancer à reculons en direction d'une rue peu peuplée tout en m'attirant à sa suite. Son air moqueur ne le quitte pas alors que je sens mes joues chauffer. Je ne pensais déjà pas que les choses pourraient être sérieuses avec Hayden, alors rencontrer ses parents ? Cette perspective me terrorise. Et puis, j'ai peur de la réaction qu'ils pourraient avoir en sachant que j'ai une fille. Je ne veux pas qu'Avery se sente rejetée pour une raison x ou y… Mais peut-être que je vais un peu vite en besogne en m'imaginant tout un tas de scénarios catastrophe.

– Où sont les tiens ? Tu n'en parles jamais, change-t-il de sujet.

J'inspire profondément, heureuse qu'il ne me taquine pas plus avec ce que j'ai dit, mais dépitée par le sujet qu'il a choisi.

– Mon père est décédé quand j'étais au lycée. Il avait une insuffisance cardiaque, et ça a fini par lui coûter la vie.

– Je suis désolé, Lexy, souffle-t-il, surpris par mon aveu.

Je secoue la tête, un sourire triste sur les lèvres. Il n'a pas à être désolé. On savait que les choses finiraient comme ça, même si ça ne change en rien la douleur que l'on ressent en perdant un être cher. J'étais jeune, je n'avais pas beaucoup de repères, et le jour où je l'ai perdu, un de mes piliers s'est effondré. Et, même si c'est triste, en parler avec Hayden me fait plaisir. Ça me donne l'impression qu'il est toujours là, dans un certain sens. En dix ans, mon papa n'a jamais quitté mon esprit.

– Moi aussi. C'était un peu mon héros.

– Et ta mère? continue Hayden.

Un long soupir m'échappe. Si seulement ça avait été la même chose avec ma mère… Ensemble, mes parents étaient un exemple à mes yeux. Mais quand maman l'a perdu, je crois qu'elle s'est perdue aussi… Jusqu'à devenir blessante et aigrie envers moi.

– Elle vit à Easton. Là où j'ai grandi et où est née Avery.

– Et tu n'es pas proche d'elle? s'intéresse Hayden.

– Non. Elle n'a jamais apprécié Aaron, sous prétexte qu'il ne venait pas du même milieu social que nous, et quand cette affaire de violences s'est réglée au tribunal, son « Tu ne diras pas que je ne t'avais pas prévenue » a fini de tuer nos relations. Mais je me dis qu'il vaut mieux n'être heureux qu'à deux.

Et je le pense sincèrement. Je ne veux pas que ma fille grandisse avec une grand-mère qui préfère avoir raison que nous soutenir. Ce n'est pas l'exemple que je veux lui donner.

– Privilégier la qualité à la quantité, ajoute Hayden.

– Exactement.

Malgré le sujet délicat, je souris. Parce que Hayden m'écoute, parce qu'il me comprend. Ça fait du bien d'avoir quelqu'un à qui parler, quelqu'un qui s'intéresse réellement à moi et qui ne me demande pas si ça va dans l'unique but de meubler la conversation. J'aime sincèrement ce trait de caractère. Nous apprenons peu à peu des choses l'un sur l'autre, et je ne l'apprécie que plus chaque fois que je découvre quelque chose à son sujet.

– Et toi ? Comment sont tes parents ? demandé-je en lui jetant une œillade.

– Aimants, je dirais. Ma mère a toujours été là pour nous, même si avec le temps elle rentrait de plus en plus tard à cause du développement de son entreprise. Et mon père était le gentil flic. Quand ma mère disait non, on allait s'adresser à lui.

– Grand classique.

Nous rions de bon cœur et je pense à Avery qui faisait très exactement la même chose à l'époque où tout allait bien avec son père. Nous continuons à marcher doucement, main dans la main, le bruit de la ville en fond alors que je savoure ce moment de complicité entre nous.

– Il a parfois tendance à être un peu macho, mais ma mère est toujours derrière pour le rattraper, se moque-t-il gentiment.

– Un jour, les femmes domineront le monde, plaisanté-je.

Hayden rit à ma blague, et ça fait du bien de se sentir si légère en sa présence. J'ai l'impression que rien ne peut nous atteindre.

– Bien sûr. Et je te parie qu'Avery le dirigera.

– Ça ne m'étonnerait pas. Ma fille est un petit tyran.

Je secoue la tête, amusée et à moitié sérieuse.

– D'ailleurs, est-ce que le problème avec ta fille est réglé ? m'interroge Hayden avec peu de gravité.

– Tu veux parler de cette histoire de trafic de dents? raillé-je.

– Ouais, voilà, dit Hayden en riant.

Je secoue la tête, dépitée. Avery ne s'est encore fait aucun copain, elle ne veut pas jouer avec eux. Elle est venue se plaindre, car des enfants l'ont approchée il y a quelques jours, au moment où elle a perdu une dent. Une gamine lui a proposé de prendre sa dent, car la petite souris lui donne cinq euros à chaque fois : elle offrait la moitié de l'argent à Avery afin de se partager les gains. Je suis restée perplexe face à ça alors que Hayden était mort de rire à table. Selon lui, ces gamins ont déjà « le sens des affaires ». Heureusement, Avery les a envoyés balader en leur expliquant que la petite souris ne lui donnait pas d'argent mais une boîte de Kinder, et que c'était bien mieux. À mon plus grand soulagement, tout ça ne l'intéresse pas.

– Je lui ai expliqué que la petite souris était trop maligne pour prendre la dent de quelqu'un d'autre. Parce que même si elle a dit non, je suis sûre qu'elle a pensé au fait qu'elle pourrait avoir plus de Kinder en piquant les dents des autres.

– Bon sang, à notre époque on s'échangeait des billes, pas des dents. Ils créent un vrai business de nos jours.

Je lève les yeux au ciel face à son admiration. Je ne suis pas spécialement fan de l'évolution des enfants de nos jours, même si j'avoue avoir ri après avoir grondé Avery. Il fallait y penser, quand même. À 6 ans, d'après mes souvenirs, mes préoccupations n'étaient pas d'avoir de l'argent, et jamais je n'aurais pensé à une stratégie pareille. Je sens que ça va être sympa l'adolescence avec elle.

Hayden approuve gaiement alors qu'on aperçoit la maison qu'il a louée au loin. J'imagine déjà Avery me mentir pour contourner des horaires de sortie ou voir un garçon, et cette idée est loin de me réjouir. Je n'en ai qu'une, mais je ne l'ai pas faite à moitié.

Nous continuons à marcher quelques instants dans un silence agréable, chacun perdu dans ses pensées, et je savoure la fraîcheur de la nuit. Voilà une éternité que je n'avais pas pris le temps de simplement profiter de l'extérieur. À vrai dire, cela fait bien trop longtemps que je n'ai pas vraiment pris de temps pour moi. Mais grâce à Hayden et Mia, j'ai la possibilité de passer une soirée merveilleuse en compagnie d'un homme incroyable.

– Ça faisait combien de temps que tu n'avais pas pris de jour de repos ? demande Hayden comme s'il lisait dans mes pensées.

– Presque un an. Mais ça va être le dernier avant quelque temps, j'ai commencé à chercher un deuxième boulot. Même si c'est compliqué de trouver quelque chose qui colle avec mes horaires…

– Alors tu vas vraiment le faire ? Tu vas prendre deux boulots ?

Je me tourne vers Hayden, prête à lui dire que c'est mon choix, mais son air inquiet m'en empêche. Il semble sincèrement concerné. J'y ai beaucoup réfléchi cette semaine, et je ne peux pas faire autrement, même si ça risque d'être compliqué. Je ne peux pas me permettre d'avoir des irrégularités sur mon compte pour ma fille.

– Oui. Mon salaire ne couvrira jamais le loyer, les frais

médicaux que je dois payer et toutes nos factures. Je ne peux pas me permettre d'être endettée.

J'ai essayé de répondre le plus doucement possible, mon pouce caressant le dos de sa main pour essayer de le rassurer. Je comprends ce qu'il ressent, sincèrement, mais je n'ai pas d'autre solution, et je ne veux pas le laisser nous aider. Je ne suis pas avec lui pour son argent. J'ai su nous assumer seule, je continuerai à le faire pendant longtemps, même si Hayden ne semble pas vraiment comprendre. Il fixe le vide en reprenant son avancée alors que j'observe son profil avec curiosité.

– Et si tu changeais de travail? finit-il par dire.

– Je rêve ou t'es en train de me virer? m'indigné-je.

– Quoi? Non! Pas du tout!

Hayden s'arrête au milieu de la rue pour me regarder droit dans les yeux, l'air tout ce qu'il y a de plus sérieux.

– Ce que je veux dire, c'est que notre chargée de recrutement va bientôt partir à la retraite. On n'a pas encore ouvert les entretiens, mais si tu le veux, le poste est à toi.

Je penche la tête sur le côté, la bouche ouverte, alors que Hayden continue à me regarder de son air de patron.

Bon sang. Il est sérieux!

Je ne sais pas si je dois être touchée par son attention ou révoltée d'avoir cette opportunité uniquement parce que nous sommes ensemble.

– Hayden… C'est du favoritisme.

– Non. C'est de l'évolution professionnelle. Tu as les diplômes pour, de l'expérience, tu es méritante. Et ton travail est exemplaire. Tu as toutes les capacités pour ce poste, tu ne pourrais être que bénéfique pour l'entreprise. De toute façon, j'aurais fini par te le proposer.

– On peut en reparler à notre retour? Je ne veux pas me prendre la tête avec ça maintenant…

– Si tu veux. Mais promets-moi d'y penser sérieusement, s'il te plaît.

– Je te le promets, Hayden.

Celui-ci dépose ses lèvres sur les miennes avant de m'entraîner à sa suite. Il se montre compréhensif, mais il est déçu. Il cherche à nous aider d'une manière différente. J'aimerais sincèrement accepter les yeux fermés, mais j'ai peur que notre relation ne biaise son jugement.

22

Hayden

Mes doigts tressautent nerveusement autour de mon verre alors que je lis mes mails après avoir raccroché avec Mia. Celle ci va bientôt aller chercher Avery à l'école, tandis que Lexy dort paisiblement dans ma chambre. Malgré ses quelques heures de sommeil pendant le vol, je crois qu'il va lui falloir plusieurs jours pour récupérer. Elle s'est endormie dans la voiture sur le chemin du retour, et j'ai préféré la ramener chez moi pour lui laisser un peu de répit. Je l'aurais bien rejointe dans les bras de Morphée pour profiter encore un peu de notre bulle, mais j'ai des choses restées en suspens que je dois à tout prix finir.

Une fois tous mes mails rattrapés et certains détails importants bouclés, je ferme mon PC en soupirant de soulagement. Enfin fini. Je m'étire, la tête penchée en arrière et les yeux fermés. Je me sens épuisé mais heureux. La soirée de la veille et cette nuit ont été incroyables, même si trop courtes à mes yeux. J'aurais aimé qu'on puisse s'habituer au décalage horaire, et faire visiter plus de choses à Lexy, mais ce sera pour une prochaine fois. Peut-être même avec Avery.

Je me lève après avoir branché mon ordinateur, puis je m'arrête en découvrant Lexy en train de m'observer, appuyée sur mon plan de travail. Elle a l'air un peu plus reposée, même si ce n'est pas encore ça. Contrairement à moi, elle ne paraît pas avoir l'habitude de rester sans dormir si longtemps.

– Tu n'as pas dormi?

– Pas le temps.

Je lui souris pour la rassurer alors que je sais pertinemment qu'elle va s'inquiéter. Ce n'est ni la première ni la dernière nuit blanche que je passe, mais pour une fois, celle-ci était loin d'être désagréable et je recommencerais avec plaisir.

– C'est notre escapade qui te rajoute du travail? m'interroge Lexy.

– Oui et non. C'est toujours une période chargée, je vais tout rattraper demain, mais je t'assure, j'avais autant besoin de décrocher que toi.

– Ah, parce que j'avais besoin de décrocher? se moque Lexy.

Je secoue la tête, un sourire aux lèvres. J'aime sincèrement le fait qu'elle soit assez détendue pour plaisanter, contrairement aux premiers temps où nous avons commencé à travailler ensemble et où elle ne plaisantait que peu.

– Tout le monde a besoin de décrocher à un moment, rectifié-je.

– Tu abandonnes le repos le jour où tu as des enfants, rit-elle.

Pourquoi est-ce que l'idée d'abandonner le repos pour ce genre de raison est-elle si plaisante?

Je secoue la tête pour chasser cette idée. Je ne sais même pas pourquoi je pense à ça, mais j'y pense, c'est tout. Quand je songe à Lexy, j'imagine facilement un avenir entre nous, ce qui ne m'était jamais arrivé auparavant dans le peu de relations sérieuses que j'ai pu avoir. Quand on trouve la bonne personne, on le sait. On le ressent. Et au plus profond de moi, je sais que Lexy est cette bonne personne. Elle n'est pas parfaite, mais elle est tout ce que j'ai toujours désiré. Après notre voyage, je suis d'autant plus sûr de mes sentiments. J'observe les iris océan de Lexy, l'esprit ailleurs, alors que celle-ci finit par se racler la gorge au bout d'un long moment de silence, rompant le fil de mes pensées.

– Il va falloir que je rentre, finit par dire Lexy.

– Je sais. Mais égoïstement, je n'en ai pas envie, rétorqué-je.

– Viens à la maison. Ce n'est pas comme si tu n'y avais pas passé tout ton temps ces dernières semaines.

– Mais c'est que tu aimes ma présence… commencé-je en souriant fièrement.

Lexy lève les yeux au ciel alors que mes lèvres s'étirent en un large sourire. La voir m'inviter chez elle me procure toujours un sentiment de bonheur. Peut-être que c'est con, mais c'est comme ça. J'aime passer du temps avec Lexy dans le canapé, à table avec Avery, ou à lire des histoires pour endormir la fillette. J'ai l'impression que ça signifie réellement quelque chose pour ce « nous » que nous commençons tout juste à construire.

– Détrompe-toi, c'est uniquement parce que tu fais bien à manger et qu'Avery t'aime bien.

Je hausse un sourcil, peu convaincu par son mensonge bidon. Mais bien sûr, elle ne l'avouera pas si facilement. Lexy relève le menton, le regard fier. Je suis persuadé qu'elle s'attend à ce que je cède le premier, mais c'est mal me connaître. Je veux qu'elle me dise qu'elle veut de moi chez elle. C'est ridicule de ma part, mais elle ne parle jamais de ce qu'elle ressent ouvertement, et j'aimerais l'entendre, pour une fois. Quand on est avec quelqu'un et qu'on est sûr de ses sentiments, c'est impossible de ne pas se poser de questions sur ceux de l'autre. Le silence perdure et aucun de nous ne détourne le regard. Lexy finit par lâcher un long soupir plein d'exaspération et roule les yeux en secouant la tête.

– Bon, OK, j'avoue.

– Tu avoues quoi ? répété-je, taquin.

– Tu es un vrai gamin.

– Je sais. Alors, qu'est-ce que tu avoues ?

Elle plisse les yeux.

– Va te faire foutre, lâche Lexy à moitié sérieuse.

– Avec toi ? tenté-je.

– Rappelle-moi ce que je fous avec toi ?

– Je pourrais répondre, mais je serais censuré pour les moins de 18 ans…

Je ne peux pas retenir un rire. Lexy souffle, l'air exaspéré par ma blague déplacée, et tourne les talons. J'ai peut-être dépassé les limites, pour changer… Mais hors de question que notre voyage incroyable se finisse de cette façon pour une stupide blague qu'elle a mal prise. Je ne laisse pas à Lexy l'occasion de quitter la pièce. Je contourne l'îlot central pour la rejoindre en quelques pas et je l'attrape doucement par le poignet pour la retenir.

– C'est bon, Lexy, je plaisante.

– Pas moi. C'est fini entre nous, me dit Lexy, impassible.

Ma mâchoire manque de se décrocher alors que je sens mon cœur cesser de battre dans ma poitrine. Est-ce que j'ai bien entendu ? Non. Bien sûr que non. Lexy ne va pas me larguer pour une stupide blague qui n'avait rien de si répréhensible. Mes doigts quittent son poignet et mon bras retombe le long de mon corps. Puis, peu à peu, un sourire étire ses lèvres et un rire lui échappe alors que je commence à comprendre.

– C'est bon, Hayden, je plaisante.

Je vais finir par mourir d'un infarctus.

Elle vient de se foutre de ma gueule en beauté. Et j'y ai cru. Bon sang, c'est cruel. Qui est assez sadique pour faire un truc pareil ? Je suis fou amoureux d'elle, la seule idée qu'elle veuille mettre fin à tout ça me brise le cœur. Je comprends mieux tous ceux qui disent qu'ils « protègent leur cœur » en évitant les relations. Mais je crois que je préfère prendre le risque d'avoir le cœur brisé que de ne pas avoir Lexy dans ma vie. Même si celle-ci n'a aucune pitié à se jouer de moi. Je souffle d'exaspération, puis je pose une main sur sa poitrine, et Lexy la fixe, un sourcil haussé.

– Je peux savoir ce que tu fais ?

– Je cherche ton cœur. Tu en as bien un, non ?

Sans retenue, elle éclate de rire avant de recouvrir sa main de la mienne. Je sens les battements de son cœur s'accélérer à mesure que les secondes passent alors que le mien commence seulement à retrouver un rythme un tant soit peu normal.

– OK, c'est de bonne guerre.

– De bonne guerre? Tu viens de me quitter pour rire. Qui fait ça?

– Le genre de personne qui se fait passer pour ta copine, je suppose...

Je secoue la tête, aussi amusé que dépité par cet argument. Elle a au moins l'air de s'en vouloir un tout petit peu de sa mauvaise blague qui a bien failli me faire perdre les pédales. Je ne pensais pas que je l'aimais à ce point, pourtant c'est bien le cas. Je ne me vois pas me réveiller demain matin en sachant que je ne pourrai pas la toucher ou l'embrasser, même si elle me fait des frayeurs pareilles.

– Tu es complètement folle. Tu as vraiment de la chance que je t'aime assez pour te supporter.

Je l'ai redit. Volontairement. Je crois que j'avais besoin de lui révéler ce que je ressens en tête à tête, qu'elle ne puisse pas se défiler.

S'il te plaît, Lexy, réponds-moi la même chose.

– Tu... quoi?

Je sens la gêne m'envahir et mes joues chauffer. Je n'ai pas honte de ce que je viens de dire, loin de là, mais je viens de me prendre un mur. Ce n'était peut-être pas volontaire, mais j'espérais une tout autre réponse. Je secoue la tête, mon regard vagabondant partout sauf sur Lexy.

– Rien. Je vais chercher tes affaires et je te ramène, lâché-je.

Je n'attends pas que Lexy me réponde, je tourne les talons sans plus attendre pour reprendre mes esprits, mais elle ne m'en laisse pas l'occasion. C'est son tour de me rattraper pour m'empêcher de partir.

– Attends ! Qu'est-ce que tu as dit ?

– Rien du tout.

– J'ai entendu un « je t'aime », pourtant, répète-t-elle sérieusement.

– C'était « je t'aime assez », ça n'a rien à voir.

– Donc tu l'as dit !

Son regard cherche le mien pour tenter de comprendre, mais je fixe le mur derrière elle. Pourquoi est-ce que rien ne se passe comme je l'avais prévu ? J'aimerais seulement qu'elle oublie ce que je viens de dire, pour lui répéter plus tard, à un meilleur moment, peut-être en étant sûr que ce n'est pas à sens unique cette fois-ci. Mais Lexy n'abandonne pas, elle continue de me fixer avec insistance.

– Arrête de faire ça, Lexy.

– Faire quoi ?

– Me regarder comme tu le fais avec Avery pour qu'elle avoue ses bêtises.

– Et ça marche ? espère-t-elle.

– Non.

Ce n'est pas que je ne veux pas lui dire. Je le pense vraiment. Mais je ne veux pas lui annoncer comme ça, après une blague à la con qui a bien failli me coûter une crise cardiaque et alors qu'elle réagit si mal à mon aveu inopiné. Je ne veux pas le répéter dans ces circonstances-là alors qu'elle ne fait rien pour me dire ce qu'elle ressent, elle. Ce sont trois mots qui ont de l'importance. Savoir qu'ils ne sont pas forcément réciproques est douloureux.

Lexy finit par se résigner, les sourcils froncés et l'air perplexe face à mon refus. Durant tout le trajet, elle me jette quelques coups d'œil perdus, mais je ne cède pas. Ce n'est pas le moment, pas encore. Peut-être qu'elle est simplement surprise par mes sentiments et que c'est pour cette raison qu'elle ne répond pas? Je ne sais pas si j'essaie de me convaincre moi-même ou si je le pense vraiment, mais dans tous les cas, je ne vais pas prendre de risque à nouveau ce soir.

Aucun de nous ne parle jusque chez elle, le silence perdure, mais Lexy ne retire pas son invitation pour autant. Au moins, elle ne me repousse pas cette fois-ci, c'est déjà une avancée. J'attrape son sac dans le coffre et Lexy me remercie d'un signe de tête discret avant que je la suive dans l'escalier pour rejoindre son étage. Au moment où je franchis la porte de son appartement, une furie rousse me saute dessus et je recule de quelques pas en retenant son petit corps contre moi.

– T'étais où? Pourquoi t'es parti avant maman? demande Avery en encadrant mon visage de ses petites mains alors que je souris largement.

Pourquoi je me sens flatté qu'Avery ait autant remarqué mon absence? Peut-être parce que je suis plus attaché à cette enfant que je ne me l'avoue.

– J'étais en Europe pour préparer une surprise à ta maman.

– Comme dans *La Belle et la Bête*?

– Exactement.

Avery me sourit de plus belle, visiblement satisfaite de ma réponse. Elle laisse retomber ses mains et me serre dans ses bras pour la première fois. Mon sourire s'élargit un peu plus, je suis bien trop touché par ce simple geste, et je croise le regard de Lexy qui nous observe. Elle semble bouleversée par la scène, même si j'ai la curieuse impression qu'elle évite mon regard.

– J'ai l'impression que je n'existe plus, plaisante-t-elle.

Avery se détache doucement de moi pour tourner la tête vers sa mère. Elle lui adresse un sourire, comme si elle ne venait pas de l'ignorer alors qu'elles ne se sont pas vues depuis la veille.

– Si, mais t'es là tout le temps alors que Hayden non. Viens faire un câlin avec nous, l'invite Avery en tendant un bras vers elle.

Lexy me jette une œillade inquiète à cause du froid de tout à l'heure avant de se décider à nous rejoindre. Ses gestes sont distants, elle n'est là que parce qu'Avery le lui demande. Et moi, je remercie intérieurement cette enfant de maintenir ce lien entre sa maman et moi.

– Moi aussi je peux me joindre au câlin collectif? demande Mia.

Lexy s'écarte en souriant après avoir déposé un baiser sur la joue de sa fille et part serrer ma sœur dans ses bras. Super. Ma copine m'ignore, ma sœur la préfère à moi, il n'y a qu'Avery pour qui je compte ou quoi? Ah, non, même pas.

Avery gesticule dans tous les sens pour descendre et je la repose au sol en restant dans mon coin à observer ce petit groupe. Avery raconte sa journée à sa mère, Mia participe gaiement à la discussion et Lexy écoute en souriant alors que je suis appuyé sur le dossier du canapé.

Mia surprend mon regard et s'éloigne des deux rousses pour s'avancer vers moi, comme si elle remarquait enfin ma présence. Elle me sourit gentiment, une lueur espiègle dans le regard.

– Alors? chuchote-t-elle.

– Merci pour ton aide, c'était incroyable.

Ma sœur me renvoie un sourire rayonnant, visiblement fière de son coup. Son regard va et vient, passant de Lexy à moi, comme si elle cherchait à comprendre ce qui pouvait bien se tramer, mais, curieusement, elle finit par abandonner.

– Bon, je dois vous laisser, j'ai un rendez-vous ce soir, je vais me préparer, lâche-t-elle en attrapant son sac.

– Un rendez-vous? Avec qui? m'étonné-je.

– Elle ne te questionne pas sur ta vie amoureuse, Hayden. Mia a le droit de voir des gens sans ton aval, répond Lexy.

Lexy semble sérieuse, quoique toujours distante, et ma sœur se retient de rire en me voyant me faire rembarrer.

Super.

– Ma vie amoureuse n'est pas un secret, c'est différent.

– Mais tes sentiments sont un secret, lâche Lexy dans un souffle que je suis le seul à entendre.

Je fronce les sourcils, perdu face à sa remarque. Elle semble… blessée. Est-ce que je me suis fourvoyé? Est-ce que c'est important pour elle? Je n'ai pas le temps de réfléchir davantage, Mia me claque un bisou sur la joue puis va embrasser Avery avant de saluer Lexy. Elle quitte l'appartement sans plus attendre, visiblement pressée, nous laissant seuls tous les trois avec un froid polaire entre Lexy et moi.

Celle-ci attrape son sac sans un regard vers moi et suit Avery dans le couloir. La fillette rejoint sa chambre pour finir son jeu, tandis que Lexy gagne la sienne sans se préoccuper de moi. Message reçu mais pas accepté. Je la suis jusqu'à la chambre, et je l'observe vider son petit sac de voyage.

Ce n'est pas parce que Lexy ne le dit pas qu'elle ne le pense pas. La preuve, je le pense sans pour autant vouloir le dire. Je crois que, pour une fois, c'est moi qui me prends trop la tête. Il faut dire que je n'ai jamais dit « je t'aime » à quelqu'un en dehors de ma famille… Mais je dois me bouger et prendre mon courage à deux mains. Je dirige une entreprise, j'arrive à gérer n'importe quel rendez-vous, et voilà qu'un simple « je t'aime » me perturbe.

Je m'approche de Lexy d'un pas sûr, déterminé, et je l'enlace par-derrière alors que je la sens se tendre contre moi. Mon menton posé sur son épaule, je peux apercevoir sa bouche pincée.

– Quoi, Hayden? lâche-t-elle sans délicatesse.

Hors de question que je la laisse se renfermer maintenant. Je dépose un baiser juste sous son oreille, et malgré sa réticence, Lexy frissonne et penche la tête sur le côté pour dégager sa nuque.

– En colère? demandé-je.

– Non. Perdue.

Je fronce les sourcils. Je ne m'attendais pas à ça. Je la serre un peu plus contre mon torse et je dépose un baiser sur sa joue. Lexy tourne la tête, nos regards se croisent. La distance est rompue, mais ça n'empêche en rien que je me sens aussi perdu qu'elle.

– Pourquoi?

Lexy soupire doucement, puis se détache de moi pour se retourner. Ses bras entourent mon cou tandis que ses iris cherchent les miens. Je n'arrive pas à la décrypter.

– En toute sincérité? demande-t-elle.

– Oui.

Elle détourne le regard puis pose son front sur mon torse alors que ma main remonte le long de son dos. Je déteste qu'elle soit comme ça, si désorientée. Je préfère de loin la voir rire et sourire. J'aurais dû le lui répéter, tout à l'heure, plutôt que de me laisser guider par ma fierté. J'ai été con.

– Peut-être que tu m'as avoué tes sentiments par inadvertance, mais ça m'a fait réfléchir…

– Ce n'était pas par inadvertance, Lexy. Enfin, si. Mais je le pense vraiment, avoué-je.

– Alors pourquoi tu n'as pas voulu le répéter?

Un soupir m'échappe. La réponse à cette question est stupide et lâche.

– C'est juste que j'avais envie de te le dire dans un autre contexte. Et j'ai eu peur que ce ne soit pas réciproque. Puis j'ai réalisé qu'en fait on s'en foutait, ce qui compte c'est juste que tu le saches.

Face à mon aveu tout ce qu'il y a de plus sincère, Lexy relève la tête pour m'observer d'une façon… différente. Vulnérable. J'ai l'impression que les dernières barrières qu'elle avait pris soin de maintenir entre nous viennent de s'effondrer et qu'elle me laisse apercevoir qui elle est, avec ses défauts et ses chagrins.

– J'ai peur, lâche Lexy dans un souffle.

– Tu as peur de quoi? m'inquiété-je.

Lexy détourne les yeux et je prends son visage en coupe pour avoir toute son attention. Je ne veux pas qu'elle me fuie. Je suis là pour elle, je peux tout entendre. Mais ce que je vois me brise le cœur. Les larmes brillent au coin de ses yeux, et mon cœur cesse de battre face à ce spectacle que je n'aurais jamais cru voir…

– De tout. J'étais persuadée qu'il n'y aurait plus qu'Avery et moi après tout ce qui est arrivé, mais je me trompais, la preuve, tu es là.

– Et je ne compte pas partir, la rassuré-je.

– Je suis tombée amoureuse de toi, Hayden. Et c'est ça qui rend les choses encore plus compliquées.

Des montagnes russes. Voilà à quoi ressemble mon rythme cardiaque. Je me suis planté sur toute la ligne. Ce n'est pas parce que mes sentiments n'étaient pas réciproques qu'elle a réagi comme ça, mais parce qu'elle avait peur. Comment j'ai pu être si con, sérieusement? Je me foutrais des claques. Mais ça ne m'empêche pas de ne pas comprendre en quoi le fait d'être amoureuse la fait pleurer. Ça n'a aucun sens.

– Et en quoi ça complique les choses? l'interrogé-je, un peu plus perdu.

– J'ai peur que tu partes du jour au lendemain. Et crois-moi, je déteste ressentir ça. Hier, quand Mia m'a dit que tu étais parti sans prévenir, je me suis sentie blessée. Et puis, tu passes tout ton temps ici, Avery t'adore, et moi je m'habitue à tout ça. Tu es toujours prévenant, à l'écoute avec tout le monde, gentil, même si tes blagues peuvent être aussi lourdes que les miennes. Tu es même prêt à m'offrir une promotion pour m'aider, même si tu ne le dis pas comme ça. Et j'ai peur de me réveiller un matin et de me rendre compte que ce n'était qu'un rêve, que tout s'évapore aussi vite que c'est arrivé, parce que…

Je ne la laisse pas finir. Je l'embrasse. Chastement, mais amoureusement, tout en essuyant ses larmes de mon pouce. Je ne veux pas la laisser se nourrir de toutes ces inquiétudes qui n'ont aucun sens.

– Arrête de t'imaginer le pire continuellement, Lexy. Je t'aime. Sincèrement. Je me fous de savoir comment c'est arrivé, c'est la conclusion qui m'intéresse. Je sais que c'est compliqué pour toi d'être optimiste dans une relation à cause de tout ce que vous avez vécu avec Avery. Mais je ne suis pas ton ex. Et je ne le serai jamais. Imagine-nous plutôt dans un peu moins d'un an, avec Avery, le dix-huit septembre, en France, en train de manger une tonne de macarons au chocolat. Ou n'importe où, du moment qu'on est ensemble.

– Le dix-huit septembre ? s'étonne Lexy en se reculant.

Je lâche un rire incontrôlé. Dans toute ma tirade, elle n'a retenu que ça, mais je m'en fous, du moment qu'elle arrête de pleurer. C'est tout ce que je demande. Et puis, cette date ne l'a sûrement pas autant marquée que moi.

– C'est la date de ton entretien.

– Donc le jour où on s'est rencontrés… Tu es plus fleur bleue que tu ne le laisses paraître, plaisante doucement Lexy.

– Et toi tu l'es moins que ce que je croyais.

C'est à son tour de rire, et j'essuie doucement ses joues. Lexy me fixe un instant avant de rompre la distance entre nous pour me faire un baiser léger. Ses mains se posent sur mon torse, là où elle peut sentir mon cœur battre, et je la serre plus fort contre moi à l'instant où nous nous écartons. C'est ce moment-là que choisit Avery pour pénétrer dans la chambre, une peluche Olaf à la main, et elle s'arrête en découvrant Lexy dans cet état.

– Tu pleures, maman ? T'es triste ? s'inquiète la petite.

– Je pleure, mais ce n'est pas de tristesse, lui répond Lexy en entrelaçant nos doigts.

– Est-ce qu'on peut regarder un film avec Hayden ?

Avery me fixe en posant la question, et je souris comme un con. Je vais presque finir par apprécier ces conneries de princesses juste pour les moments que nous passons tous les trois. Lexy cherche mon autorisation du regard et j'acquiesce silencieusement. Je sais où sont mes priorités à présent. Je les ai trouvées en rencontrant Lexy, et je ne veux pas les perdre. Le travail sera toujours là demain.

23

Lexy

J'ai cherché Hayden tout l'après-midi, après avoir accepté sa proposition d'entretien pour le poste dont il m'avait parlé, mais il est resté introuvable alors que je voulais lui annoncer la bonne nouvelle. Hayley Vars a été d'une gentillesse incroyable, c'est le genre de femme que j'admire. Elle m'a expliqué avoir été embauchée au tout début par la mère de Hayden, et elle n'a jamais changé de poste depuis. Elle a posé beaucoup de questions, sur moi, sur mes expériences professionnelles… Et, surtout, elle m'a détaillé toutes les responsabilités qu'engendrait ce poste. Elle maîtrise parfaitement son sujet et ses paroles sont captivantes, jamais aucun entretien ne m'a paru si rapide. Il s'est conclu par une proposition d'embauche, que j'ai évidemment acceptée. J'ai eu envie de la serrer dans mes bras tellement j'étais heureuse.

Malheureusement, Hayden n'était nulle part; il ne décrochait même pas le téléphone. Je suis partie du bureau sans savoir où il se trouvait, le moral retombé à cause de ça, et j'ai pris un taxi pour partir chercher Avery. J'ai décroché un boulot de rêve, mais je ne peux pas le partager avec l'homme que j'aime, et je dois avouer que ça me touche plus que je ne l'aurais imaginé. Même Mia n'a pas compris ce que faisait son frère, ce qui n'a fait que m'angoisser un peu plus.

J'arrive à l'école avec une dizaine de minutes de retard, l'esprit embrouillé par tout un tas de questions, et je slalome entre les parents pour rejoindre la classe de CP de ma fille. Je souris en passant devant le portemanteau d'Avery, décoré de la tête d'Olaf, et je pénètre dans la classe où le brouhaha des enfants règne. La maîtresse me voit arriver et s'approche de moi, l'air contrarié par quelque chose qui m'échappe alors que je cherche Avery du regard.

– Bonsoir, madame Owlite.

– Bonsoir, madame Hart, dis-je sans vraiment la regarder.

Où est-elle, bon sang?

– La prochaine fois que quelqu'un d'autre vient chercher Avery à l'école, j'aimerais être avertie, si possible, lâche la maîtresse.

– Quelqu'un d'autre? répété-je en me tournant vers elle.

Ma tension chute violemment et je sens ma tête me tourner, je suis sûrement devenue blême. Qu'est-ce que c'est que ce cauchemar? Presque immédiatement, je sens mon cœur s'arrêter en pensant à Aaron. Il est censé être derrière les barreaux, mais s'il avait pu sortir? Si c'était lui qui était venu la chercher? Je crois que je ne le supporterais pas. Retrouver mon bébé encore une fois battue m'anéantirait. Je sens mon cœur s'affoler de plus en plus et mes yeux me brûler alors que je m'apprête déjà à appeler la police.

S'il a osé me l'enlever, je ne réponds plus de rien. Personne ne touche à ma fille. Si Aaron est réellement derrière tout ceci, il me le paiera très cher.

– Vous confiez ma fille à un inconnu sans me téléphoner?! Mais qu'avez-vous dans la tête! L'école est pourtant prévenue de son passé! m'emporté-je.

La maîtresse semble penaude.

– Elle avait l'air de le connaître…

– Et vous croyez que, sous prétexte qu'elle le connaît, c'est une bonne personne? À quoi ressemblait-il?

Je respire mal, cédant peu à peu à la panique et appréhendant sa réponse.

– Grand, brun, en costume. C'était son beau-père, Avery avait l'air d'être heureuse de le voir.

– Son beau-père? répété-je comme une idiote.

Aaron ne porte pas de costume… Il n'empêche qu'elle a laissé ma fille partir avec un inconnu parce que celle-ci *avait l'air* d'être heureuse de le voir? Est-ce que c'est une mauvaise blague?! Je serre les poings alors que je sens mon sang bouillir dans mes veines. Je ne suis pas sûre de rester calme. Mais merde! Elle a laissé ma fille partir avec un putain d'inconnu! Dès que j'aurai retrouvé Avery, qu'elle s'attende à une plainte de ma part. Un beau-père? Mais d'où elle sort une connerie pareille?! C'est à cette pensée que je me fige. Oh, bordel. Il a osé. Hayden. Ça ne peut être que lui. Mais qu'est-ce qu'il fait, bon sang? Il a intérêt à avoir une excellente raison de m'avoir fait paniquer, autrement je jure de lui dévisser la tête.

– J'ai fait une erreur? demande la maîtresse, blême.

– Non, non, c'est bon, la rassuré-je sans décolérer.

– Ouf, vous m'avez fait peur. Il a laissé un papier pour vous, d'ailleurs.

Elle sort de sa poche une feuille pliée en deux, me la tend et s'éloigne de moi pour rejoindre d'autres parents, comme si je ne venais pas de frôler l'infarctus. Je rebrousse chemin tout en dépliant le papier et n'y trouve qu'une adresse et la signature de Hayden. Je ne suis clairement pas d'humeur pour une énigme. Pas après avoir éprouvé un si gros stress. Ma fille est tout ce que j'ai, je ne veux plus jamais m'inquiéter comme ça. Je sors mon portable pour chercher son contact, et je tape rapidement un message, la colère guidant mes mots.

[Je peux savoir
ce que tu fous avec ma fille ?
Je n'apprécie pas du tout
ce que tu viens de faire.]

Sa réponse ne tarde pas et a au moins le mérite de me rassurer un peu. Il est bien avec elle.

[Désolé.
Je ne pensais pas à mal.
On a préparé une
surprise avec Avery pour
madame la chargée de
recrutement.
On t'attend à l'adresse. :-)]

Alors il sait déjà. Évidemment, c'est tout de même le grand patron. Sa réponse est évasive, il ne me dit rien, et ça ne m'aide pas à décolérer. Je sais au fond de moi, là où se trouve mon cœur, que jamais Hayden ne ferait de mal à Avery. Même Avery en a conscience. Hayden a réussi à percer notre bulle, à gagner notre confiance. Mais ça n'empêche en rien qu'il a intérêt à ne jamais refaire une chose pareille. Il veut aller la chercher à l'école, très bien. Je lui fais confiance. Mais qu'il me prévienne. Je ne veux plus jamais paniquer de la sorte.

Je grimpe dans le premier taxi que je trouve et lui donne l'adresse que m'a écrite Hayden, puis je regarde New York défiler par la fenêtre en attendant patiemment de les retrouver. Doucement, ma tension retombe et je sens mes muscles se détendre. Plus de peur que de mal. Voilà mon nouveau mantra. J'ignore ce que Hayden a encore prévu pour avoir eu besoin de récupérer ma fille à l'école, mais je sais d'avance que je vais être surprise, comme toujours avec lui.

Le taxi s'arrête devant un bâtiment qui ne m'est absolument pas familier, et qui a l'air fermé. Je paie rapidement le chauffeur puis je descends et avance d'un pas incertain jusqu'à l'entrée, curieusement ouverte, même si l'enseigne du restaurant est éteinte. Je pousse la porte, après avoir vérifié qu'il s'agissait de la bonne adresse, puis je m'arrête net en découvrant l'endroit. Il est désert, et, surtout, je ne m'attendais pas à ça. C'est… un restaurant-parc pour enfants. Je ne savais même pas qu'un endroit pareil existait. J'observe tout autour de moi, perdue, jusqu'à ce que j'aperçoive Avery sur une balançoire en plein milieu d'un espace pour enfants, et Hayden qui la pousse.

Je me dirige droit sur eux, sentant la colère remonter. Hayden abandonne la balançoire pour s'avancer vers moi en souriant tandis qu'Avery continue de jouer. Je lui fonce dessus, le visage fermé, et Hayden comprend vite que je ne suis pas d'humeur.

– Refais ça encore une fois et je t'arrache la tête. Tu n'as même pas idée de ce que je me suis imaginé en découvrant qu'Avery était déjà partie !

Hayden hoche la tête, l'air coupable. Je m'attends à ce qu'il tente de se justifier, mais au lieu de ça, il rompt la distance entre nous pour me serrer contre lui. Je le laisse faire, à nouveau tendue à l'extrême alors qu'il pose son menton sur mon crâne.

– Je suis désolé, Lexy. La vieille prof aurait dû te donner le papier plus tôt, justement pour ne pas te faire paniquer.

– C'est raté. Ne refais jamais ça. Si tu veux aller la chercher à l'école, je ne suis pas contre. Mais préviens-moi, d'accord ? J'ai cru qu'Aaron était sorti, j'ai complètement paniqué.

– Je te le promets. Excuse-moi, je ne voulais vraiment pas te faire peur.

Il dépose les lèvres sur mon front avant de s'écarter de moi, ses mains posées sur mon épaule et l'air toujours autant désolé. J'ai conscience qu'il a voulu me faire plaisir, je suis même heureuse qu'il ait pris le temps de me préparer une surprise pareille pour fêter mon entretien, mais ma frayeur de tout à l'heure n'était sûrement pas dans son programme.

– Bon, même si la surprise est un peu gâchée, ça te plaît?

– Je… oui. Mais qu'est-ce qu'on fait là? Et pourquoi c'est vide?

Au moment où Hayden s'apprête à me répondre, Avery nous interrompt pour lui demander de la pousser à nouveau, et il n'attend pas une minute pour la rejoindre. Il cède plus facilement que moi. Je le suis de près, impatiente de savoir pourquoi il a choisi cet endroit si spécial. Même si mon rythme cardiaque n'est pas encore revenu à la normale, je ne peux pas empêcher un sourire d'étirer mes lèvres. Voir Hayden et Avery si proches arriverait presque à effacer cette mésaventure.

– Premièrement, je voulais faire quelque chose pour fêter ta promotion, me dit Hayden en me jetant une œillade rapide.

Avery lâche un « Plus haut » à son intention, nous interrompant en pleine discussion, mais il refuse de peur qu'elle ne tombe. Je n'ai même plus à intervenir, il sait se débrouiller avec les enfants. Il tourne à nouveau la tête vers moi, m'adressant un sourire rayonnant qui efface les dernières traces de sentiments négatifs qui m'habitaient.

– Et pour répondre à ta deuxième question, je me suis dit qu'Avery serait plus à l'aise si je réservais tout le restaurant, à cause de ses réactions quand elle voit des gens.

– Tu as… réservé tout le restaurant?! m'étonné-je.

Il me sourit fièrement alors que je sens mon cœur se gonfler. Il a fait tout ça pour Avery. Hayden a voulu la mettre à l'aise pour qu'on profite d'une vraie soirée tous les trois. Je crois que personne, en dehors de moi, n'a eu d'attention si généreuse à l'égard d'Avery. Il se comporte plus comme un père qu'Aaron... C'est une idée étrange mais vraie. Et ça me rappelle qu'il me reste un détail à clarifier...

– D'ailleurs, tu te fais passer pour son beau-père, maintenant? demandé-je de but en blanc.

– Quoi? Mais non! se défend Hayden en arrêtant de pousser Avery.

– C'est moi qui ai dit ça, nous interrompt Avery.

Surprise par son aveu, je me tourne vers ma fille qui nous observe. Je ne savais même pas qu'elle connaissait ce mot, et j'imaginais encore moins qu'elle qualifierait Hayden de cette façon. Je me doutais que ça arriverait un jour, qu'elle finirait par le voir plus que comme mon « amoureux », mais je ne pensais pas que ce serait si tôt.

– À l'école, la maîtresse a voulu qu'on joue aux sept familles. Et Alma a dit que c'était nul parce que y avait pas le beau-père et la belle-mère dans le jeu. Du coup j'ai demandé à la maîtresse ce que ça voulait dire, et elle a répondu que c'était quand le papa ou la maman retrouvait un amoureux et qu'il s'occupait aussi des enfants. Donc vu que Hayden est ton amoureux, c'est forcément mon beau-père.

Je reste pantoise face à la tirade de ma fille, me passant une main sur le visage. Je ne m'attendais pas à ce genre de discussion si vite, et Hayden non plus, vu la tête qu'il tire. Il observe Avery comme une alien. J'avoue que l'intelligence de ma fille ne cessera jamais de me surprendre. Je ne sais même pas quoi lui répondre. C'est une situation délicate que je n'ai pas envisagée jusqu'ici.

– Je… Tu sais quoi, crapule ? Je vais laisser Hayden répondre.

Celui-ci ouvre grand les yeux, visiblement surpris. Il s'éloigne d'Avery en lui demandant d'attendre deux minutes, puis m'attire à l'écart afin de me parler en tête à tête. J'ai bien l'impression que ma relation avec Hayden va continuer, et je crois que cette décision lui revient. Je lui fais confiance, et Avery aussi. Si elle veut le considérer comme son beau-père, ça ne me dérange pas, parce que c'est ce qu'il devient. Mais peut-être que Hayden n'est pas encore prêt pour tout ça, et je veux le laisser décider.

– Est-ce que c'est un test ou un truc du genre ? s'inquiète-t-il.

– Non.

– Alors qu'est-ce que je dois répondre ?

Je souris doucement, bien consciente qu'il doit être perdu. J'ai l'habitude de toutes les remarques un peu compliquées que peut faire Avery, et je ne sais pas toujours quoi dire. Hayden nous connaît depuis quelques mois seulement, il n'a pas d'enfants, tout ça est nouveau pour lui. Je peux comprendre que ce soit un peu effrayant. Il doit avoir peur de faire un pas de travers, de ne pas dire les bonnes choses…

– Réponds ce que tu veux, Hayden. Je pense qu'elle a compris que les choses sont parties pour durer. Avery n'est pas bête, elle sait qui est son père, ce qu'il a fait et où il est à cause de ça. Elle ne cherche pas à le remplacer, elle se construit simplement une famille avec quelqu'un qu'elle aime plus que son vrai père. Alors c'est à toi de décider comment tu veux qu'elle parle de toi, dis-je sincèrement.

Je n'ai pas le temps de comprendre ce qu'il se passe que Hayden prend mon visage en coupe pour m'embrasser tendrement. Je dépose mes mains sur ses avant-bras pour lui rendre son baiser, le palpitant battant la chamade comme chaque fois que nos corps se frôlent et que nos cœurs sont sur la même fréquence. Lorsqu'il s'écarte, un énorme sourire ourle ses lèvres et ses pouces caressent mes pommettes.

– Merci de me faire confiance.

Je lui rends son sourire alors que je constate à quel point nous avons évolué depuis notre arrivée à New York. Avery a complètement accepté Mia et Hayden, elle commence tout juste à s'approcher de ses camarades, et moi, j'ai appris à refaire confiance aux hommes. Tout ça grâce à Hayden et Mia. S'il ne m'avait pas poussée dans mes retranchements et si sa sœur ne m'avait pas incitée à lui laisser une chance, je ne serais sûrement pas là aujourd'hui. Je ne remercierai jamais assez les O'Leary pour ce qu'ils apportent dans nos vies. Une amitié, un amour. Hayden explique à Avery qu'il est tout à fait d'accord pour être son beau-père et mon cœur se gonfle d'amour.

Je me détache doucement de Hayden pour que ce moment ne dérape pas alors qu'Avery est à quelques mètres, et je tourne sur moi-même pour examiner le restaurant. Les cuisines sont allumées. Il n'y a qu'une table pour trois, dressée juste à côté de l'espace pour enfants. Hayden a pensé à tout dans les moindres détails, rien de bien étonnant.

– Quel est le programme de la soirée?

– S'amuser. Manger. Profiter. Et passer du temps ensemble.

– Je crois que j'aime beaucoup cette idée… Et après ? Tu rentres avec nous ?

Hayden s'approche à nouveau de moi, prêt à répondre, avant de se faire interrompre par une Avery qui s'impatiente. Décidément, je ne suis pas la seule à être devenue complètement accro, ma fille semble l'avoir entièrement adopté.

– Hayden ! Tu reviens ? La balançoire bouge plus ! se plaint-elle.

Je jette un coup d'œil à ma fille qui secoue les jambes dans tous les sens alors qu'elle sait parfaitement se balancer. Quelle comédienne, celle-ci… Mais Hayden ne remarque rien à son manège. Il la rejoint en m'emmenant avec lui, nos doigts entrelacés, sans même avoir conscience du fait qu'elle est en train de l'entuber. Ou alors il s'en fout complètement. Quand je dis qu'Avery finira par diriger le monde…

Au bout d'une bonne dizaine de minutes, Avery finit enfin par se lasser de la balançoire et rejoint la table où nous attendent trois verres. Celui de ma fille est déjà à moitié vide, elle n'a visiblement pas eu la patience d'attendre. Hayden me tire gentiment ma chaise et en profite pour déposer un baiser sur ma joue avant de s'asseoir juste à côté de moi. J'avise le verre posé sur la table et je le prends pour l'approcher de mon nez, curieuse de savoir ce que Hayden a pu me commander. Ça a l'air d'être un cocktail à base de bière, mais je ne saurais pas dire lequel…

– Qu'est-ce que c'est?

– Un monaco, répond fièrement Hayden.

Un large sourire vient étirer mes lèvres au moment où je comprends le clin d'œil à notre voyage. J'attrape sa main sous la table, touchée par une attention petite mais si significative, et je ne la lâche plus jusqu'à ce que j'y sois forcée pour manger. Je crois n'avoir jamais passé une soirée si pleine de rires et de sourires, j'en finis par avoir mal aux joues. Ça faisait un moment que je n'avais pas vu Avery si heureuse, et pour la première fois depuis bien longtemps, je me sens entière.

Nos problèmes d'argent vont être réglés, Avery commence à s'ouvrir à nouveau, et je me sens simplement heureuse. Partir pour New York aura été la meilleure décision que j'aurais pu prendre pour ma fille et moi. Il y a six mois, si on m'avait dit que je finirais avec mon patron et qu'Avery le considérerait comme son beau-père, je crois que j'aurais ri nerveusement. Même aujourd'hui, je trouve toute cette situation délirante. Je ne comprends toujours pas comment nous en sommes arrivés là, mais je m'en fiche. Tout ce que je sais, c'est que j'ai enfin l'impression de construire ma vie, de créer un environnement stable pour ma fille, tout en étant réellement heureuse. Je n'en attendais pas tant de la vie.

***

– Tu t'es bien amusée? me demande Hayden après avoir couché Avery.

Je hoche la tête en me laissant tomber sur le lit,

absolument pas fatiguée. Cette soirée était tout simplement parfaite. Hayden me rejoint, s'allonge sur le côté, et je me tourne pour lui faire face. Nos visages sont proches, nos souffles s'emmêlent et nos yeux se cherchent. Je voudrais que chaque journée se finisse de cette manière.

– Ça faisait très longtemps que je n'avais pas vu Avery si heureuse. C'est grâce à toi, soufflé-je.

– Toi aussi. Je trouve que tu es plus épanouie, comparé au moment où on s'est rencontrés.

– Je peux dire que c'est en partie grâce à toi sans que tu prennes la grosse tête? demandé-je en souriant.

– Exceptionnellement, oui.

Il me rend mon sourire avant de me rapprocher de lui en posant une main sur ma hanche. Je sens la chaleur de sa peau à travers le fin tissu de mon haut, et un long frisson me parcourt l'échine, comme chaque fois que Hayden me touche.

– Je peux te poser une question? souffle-t-il.

Je hoche la tête, totalement confiante.

– C'est délicat, commence-t-il.

– Dis-moi.

– Est-ce que d'ici quelques mois, tu crois que vous accepteriez d'emménager avec moi?

J'ouvre la bouche avant de la refermer puis je me laisse tomber sur le dos pour fixer le plafond. La main de Hayden se trouve à présent sur mon bas-ventre, obscurcissant mes pensées, mais ne m'empêchant pas pour autant de réfléchir. Est-ce que je suis prête à franchir une étape pareille? Pour le moment, non. Hayden passe beaucoup de temps ici, mais ça reste notre chez-nous, à Avery et moi. Je ne suis pas prête à abandonner ça. D'ici quelques mois, cependant… Peut-être bien. Après tout, c'est la suite logique des choses. Me réveiller chaque matin dans les bras de Hayden, dîner chaque soir tous les trois ne sont pas des idées déplaisantes, bien au contraire… Je reprends ma position précédente, face à Hayden, pour découvrir que celui-ci m'observe avec attention.

– Oui. Avec quelques compromis, mais ça pourrait se faire.

– Des compromis? répète Hayden.

– Oui, des compromis, ris-je doucement. Je te connais, Hayden, tu vas nous proposer d'emménager dans ton appartement démesuré sans rien payer, et c'est hors de question.

– Je n'allais pas du tout te proposer ça, me reprend-il doucement.

Un « Oh » m'échappe alors que j'écarquille les yeux. Merde. Je me suis trompée. Pourtant j'étais sûre qu'il allait proposer un truc de ce genre. Mais ce n'est pas moi qui vais m'en plaindre, ça évite des négociations inutiles.

– Et tu comptais faire quoi…? demandé-je par curiosité.

– Acheter une maison. C'est mieux, d'autant qu'Avery aimerait un chien. Un cocker, comme Belle.

C'est plus fort que moi, j'éclate de rire. C'est nerveux. J'ai compris que j'étais à côté de la plaque, mais je ne pensais pas à ce point. C'est pire que ce que je m'étais imaginé. Hayden me sourit, plutôt fier de son idée, alors que je secoue vivement la tête. Oui, grandir dans une maison est une chance, et Avery adorerait, mais jamais je n'accepterai qu'il en achète une pour nous. Ce n'est même pas envisageable, et rien de ce qu'il pourra dire ne me fera changer d'avis.

– C'est hors de question, Hayden.

– Pourquoi ? Ce serait agréable, une maison avec un jardin, dans la banlieue de New York. Je suis sûr qu'on y serait bien.

– Tu ne nous achèteras pas une maison. En plus, on n'y est pas encore, je peux toujours refuser de vivre avec toi si tu fais ça.

Et je suis très sérieuse. Je ne veux pas le voir dépenser son argent pour nous. J'ai horreur d'avoir l'impression d'être entretenue. Si on finit par habiter ensemble, je veux que les frais soient à parts égales. Habiter à deux, c'est payer à deux, selon moi. Les factures, le loyer… Il est hors de question qu'il prenne tout en charge. Heureusement pour moi, Hayden semble sérieusement réfléchir à mes propos.

– Tu as raison, ce n'est pas tout de suite.

– Enfin, tu es d'accord avec moi, dis-je avec soulagement.

– Du coup, ça me laisse le temps de faire construire. Si je lance un chantier maintenant, elle sera sûrement prête pour le moment où je te demanderai. Il faudrait aussi qu'on fasse les plans ensemble. Tu crois qu'Avery voudrait une salle de jeux ?

Je le fixe, la mâchoire décrochée, avant de lâcher un profond soupir face au sérieux de sa réponse. Quand on interdit quelque chose à un enfant, il retentera le lendemain. Quand on dit non à Hayden, il trouve un moyen de contourner cette interdiction. Cet aspect de lui me plaît, même si son projet de construction est dingue. Il n'a jamais fait dans la demi-mesure depuis que nous nous sommes rencontrés, et j'ai l'impression qu'il ne compte pas changer ça, bien au contraire.

– Tu es complètement fou. Tu le sais, n'est-ce pas?

– Ce n'est pas comme si je te l'avais dit dès notre rencontre, plaisante-t-il.

Un rire m'échappe au moment où je repense à sa blague puérile sur les yaourts pour enfants. Non, c'est vrai, il ne m'a jamais caché son humour et ses idées dingues, et je crois que c'est en partie ce qui m'a fait tomber amoureuse.

– Il n'empêche que tu n'achèteras pas de maison.

– OK, alors je la loue et tu participes. C'est ce que tu appelles un compromis, non?

J'aspire mes joues pour ne pas sourire. Il vient d'avoir gain de cause en utilisant mes propres arguments. Mais comment il fait ça, bon sang? Le pire, c'est que cette idée me convient vraiment. D'ici quelques mois, avec mon nouveau salaire, on pourra sans doute déménager. Avoir un jardin où Avery pourrait s'amuser autant qu'elle veut est une perspective qui me donne envie. Et si Hayden vient s'ajouter à cet environnement, je crois que le puzzle sera complet.

– C'est déjà plus envisageable.

– Et le chien?

Je ne peux pas m'empêcher de rire encore une fois en me passant une main sur le visage. Il est hors de question d'adopter un animal pour le moment. Si Hayden commence à céder aux caprices d'Avery, je sens que je ne vais plus m'en sortir.

– C'est hors de question, tu n'adopteras pas de chien pour Avery.

– Parle moins fort, tu vas la réveiller, me sermonne Hayden en bon mauvais joueur.

Je lève les yeux au ciel alors qu'il me tire la langue comme un grand gamin. De toute façon, je sais d'avance que si ce futur dont nous faisons mention devient réalité, je n'échapperai pas au chien. Deux contre un, la majorité l'emporte. Hayden pose sa main sur ma joue, l'air soudain sérieux, et son regard cherche le mien. Nos iris se trouvent et ne se lâchent plus, et je crois que je pourrais me noyer dans ses pupilles whisky.

– Sérieusement, j'aimerais vraiment que cette idée se réalise, dit-il.

– Moi aussi...

Je le fixe un long moment, songeant à cet avenir radieux qui semble nous tendre les bras.

– Tu crois qu'un jour Avery se comportera avec tout le monde comme elle se comporte avec toi ? soufflé-je.

Ma question est sortie naturellement. Je ne parle jamais vraiment des soucis d'Avery, mais en me confiant à Hayden, je me suis rendu compte que partager ses problèmes avec quelqu'un m'aidait à mieux les gérer. J'ai besoin d'entendre son point de vue sur les choses pour me rassurer.

– Je ne sais pas. Mais le fait qu'elle m'accepte était déjà au-dessus de tes espérances. Tu ne peux que prendre les choses comme elles viennent.

– Je ne sais pas quoi faire pour l'aider, me confié-je.

– Tu n'as rien à faire pour l'aider, Lexy. Tu ne peux que l'aimer. Le soutien d'une maman, c'est sans doute la chose la plus précieuse qu'un enfant puisse avoir.

Ses mots m'atteignent en plein cœur. Il a raison. La seule chose que je puisse faire au quotidien, c'est aimer ma fille et la soutenir après tout ce qu'elle a vécu. Je le fais depuis sa naissance, et je le ferai jusqu'à mon dernier souffle. Je passe une main sur sa joue mal rasée, un fin sourire sur mes lèvres.

– Je t'aime, lui soufflé-je.

Il paraît aussi surpris que moi par mon aveu. Mais cette fois-ci, j'ai laissé parler mon cœur. J'ai mis en veille ma raison après avoir compris que celle-ci ne m'apporterait jamais le bonheur. C'est en suivant mon cœur et mes sentiments que je serai heureuse, que ma fille sera heureuse, et que nous construirons un avenir plein de bonheur. Je l'ai peut-être compris un peu tard, mais mieux vaut tard que jamais. Hayden me fixe avec une intensité qui se répercute dans chaque parcelle de mon corps amoureux.

– Un jour je t'ai dit que mon monde tournait autour d'Avery. Tu te souviens? lui demandé-je.

– Oui. Tu venais juste de me dire qu'il n'y aurait jamais rien entre nous.

Ce souvenir me paraît bien loin à présent. C'était ma façon à moi de lui dire que jamais il ne ferait partie de ma vie. Et voilà où nous en sommes aujourd'hui. Il s'est montré aussi têtu que moi, voire plus, et il a eu raison. Sans ça, je n'aurais sans doute jamais pris le risque de faire confiance à nouveau. Hayden est un risque qui vaut le coup d'être pris, à présent, je le sais. Mon monde ne se résume plus uniquement à Avery, et je veux qu'il le sache.

– Tu es venu l'agrandir.

Un sourire étire ses lèvres alors qu'il comprend la portée de mes paroles, et ses lèvres viennent à la rencontre des miennes pour les sceller en un baiser langoureux. Ses mains frôlent ma peau avec une douceur nouvelle, la caresse d'un nouveau départ. Aaron est derrière nous, Avery commence à aller mieux, et je panse peu à peu mes plaies. J'ai toujours peur que les choses ne recommencent, je n'oublie pas ce qu'Avery a vécu, elle comme moi avons été marquées, mais je veux tenter de faire mieux. Ma fille le mérite, et, quelque part au fond de moi, je sais que moi aussi, aux côtés de Hayden.

À présent, je comprends. C'est en regardant vers le passé qu'on reproduit nos erreurs, mais c'est en se projetant vers l'avenir qu'on les évite. Et ce dont je suis sûre, c'est que Hayden ne sera jamais une erreur.

ÉPILOGUE

Hayden
Un an plus tard. 18 septembre, France

Je suis aussi stressé qu'excité. J'ai l'impression que toute cette idée est complètement foireuse et que je fonce droit dans un mur, mais hors de question de faire un retour en arrière. Nous avons décollé hier en direction de la France pour fêter notre rencontre, et cette fois-ci, Avery nous accompagne. Elle est même un instrument majeur pour ce que j'ai prévu. Je veux faire de ce voyage quelque chose d'inoubliable, et Avery m'y a bien aidé.

Nous avons emménagé ensemble il y a maintenant huit mois. Nous avons loué une maison aux alentours de New York avec un grand jardin dans lequel Avery passe tout son temps. J'ai monté une balançoire le mois dernier pour elle, autant dire que c'est sûrement la tâche la plus compliquée que j'ai accomplie de ma vie. Je me réveille chaque matin avec Lexy dans mes bras, parfois même avec Avery qui s'amuse à venir nous réveiller. Tout n'est pas parfait, on n'est pas toujours d'accord, mais on trouve toujours un compromis pour couper la poire en deux. Lexy excelle dans son travail, elle a été promue DRH il y a quelques semaines, et moi j'ai enfin abandonné la moitié de mes responsabilités au profit de Mia. Après plusieurs formations et une mise à niveau, ma sœur a repris avec brio une part de la direction, et m'a déchargé de pas mal de travail. Je rentre tous les soirs à dix-huit heures, jamais plus tard, et nous allons toujours chercher Avery à deux.

Enfin… à trois depuis peu. Lexy a enfin cédé. Nous sommes allés adopter un chiot il y a maintenant une semaine dans un élevage de Milford, et nous sommes revenus avec un jeune labrador femelle de deux mois. Lexy faisait l'insensible, mais elle n'a pas tenu une minute sans prendre la boule de poils sur ses genoux.

Lexy a rencontré mes parents un peu avant que nous emménagions ensemble, en compagnie d'Avery, et ma mère est complètement tombée sous son charme, tout comme mon père. Qui ne le serait pas? Lexy est exceptionnelle. Et pour Avery… Nous sommes obligés de stopper ma mère qui a tendance à trop la gâter. Mes parents se comportent comme si elle était leur petite-fille. Entre Mia, ma mère et Lexy, c'est une entente parfois un peu flippante. Elles se font quelques restaurants toutes les trois, et je ne suis pas convié. Si je n'étais pas si heureux de voir ma famille réunie, je crois que je me sentirais presque exclu.

Je ralentis un peu le pas pour retarder le moment où nous allons rejoindre la maison où nous logeons pour notre séjour, le cœur battant à cent à l'heure. J'ai peur que tout ne se déroule pas comme prévu.

– T'en dis quoi, Clochette? On est prêts? demandé-je au chiot qui tire sur la laisse dans tous les sens.

– Elle va pas te répondre, elle sait pas parler, rétorque Avery.

Je souris en me tournant vers la petite fille qui tient le chien. Le temps où elle n'osait pas m'adresser la parole me paraît bien loin… Son insolence est à la hauteur de son intelligence lorsqu'elle commence à se sentir à l'aise, et même si ça a tendance à me faire rire, elle s'est fait réprimander à plus d'une reprise. Mais elle commence peu à peu à comprendre qu'elle est bien plus libre lorsqu'elle répond correctement à sa mère ou moi.

– Tu crois que ça va lui plaire ? demandé-je en triturant l'objet attaché à un collier.

Avery se mord la lèvre, signe qu'elle réfléchit, et je souris un peu plus. C'est fou comme elle ressemble à Lexy. Les mêmes mimiques, la même façon de parler, sans parler de la ressemblance physique.

– Oui. C'est rose, ça brille, elle peut qu'aimer. Et puis si c'est Clochette qui lui apporte, elle sera forcément contente.

Avery appuie ses propos d'une caresse sur la tête de la chienne avant de lui faire un bisou sur la truffe. Clochette est vite devenue sa meilleure amie, et j'ai l'impression que s'occuper d'un animal lui fait beaucoup de bien. Elle la sort tous les matins avant l'école, avec Lexy ou moi, et nous y allons à trois le soir pour passer un moment ensemble. Avery lui donne à manger, elle la brosse… Je ne suis pas sûr que ça durera éternellement, mais pour le moment, elle s'en occupe bien.

La petite recommence à marcher avec Clochette à côté d'elle, tout en me jetant des œillades régulières. Lexy aussi fait ça quand elle hésite à me demander quelque chose. Telle mère telle fille…

– Tu as peur? demande-t-elle finalement.

– Oui. Mais c'est une bonne peur, c'est parce que j'aime ta maman.

Avery sourit un peu plus, comme chaque fois que je dis « Je t'aime » à Lexy. Je me souviens encore quand elle m'a pris à part pendant le déménagement pour me demander si j'allais faire du mal à sa maman et les abandonner après, comme l'avait fait son père avant moi. J'ai évidemment répondu non. Et quand elle m'a demandé pourquoi, j'ai simplement répondu que je les aimais trop pour envisager de les laisser. Ma réponse a eu l'air de la satisfaire, car elle ne m'a plus jamais reposé la question.

– Hayden? demande-t-elle en s'arrêtant.

– Oui, ma puce?

– Tu n'es peut-être pas mon papa, mais je t'aime comme si tu l'étais.

Je m'arrête sur le chemin pour me tourner vers Avery qui tient fermement la laisse dans ses mains. C'est peut-être con, mais son aveu me fait me sentir bizarre. Mon stress s'évapore peu à peu, je ne peux pas empêcher mes lèvres de s'étirer en un sourire. Un peu plus et elle pourrait me tirer une larme de joie. Je n'ai jamais souhaité remplacer son père, et je ne le veux toujours pas, mais savoir ça me rend bien plus heureux que je ne l'aurais pensé. Je ne l'ai peut-être pas conçue ni vue naître, mais elle fait partie de ma famille à part entière. Je ne veux pas qu'elle en doute. Je suis heureux de la voir grandir chaque jour. Je m'accroupis face à Avery pour me mettre à sa hauteur, et je lui rends son sourire.

– Moi aussi. Tu n'es pas ma fille, mais sache que je te considère comme telle.

Elle sourit, tout simplement heureuse, et vient déposer un baiser sur ma joue avant de me serrer dans ses bras, Clochette essayant de me pousser pour récupérer sa maîtresse alors que celle-ci se recule. J'essuie une petite larme sur sa joue et Avery me sourit un peu plus, les yeux brillants. Merde. Ce n'est clairement pas le moment de pleurer. Mais ça compte pour elle. L'année n'a pas été facile, mais elle a été meilleure que la précédente. Avery n'a pas revu son père, même si celui-ci a bien tenté de reprendre contact de manière légale après sa sortie de prison. Heureusement, toutes ses demandes ont été refusées, et Lexy en a été plus que soulagée. Avery a fait beaucoup de progrès, elle a même réussi à se faire une amie à l'école ; ni Lexy ni moi ne voulions voir ses efforts gâchés par cet abruti. De toute façon, elle ne veut pas le voir.

Je me relève pour reprendre notre trajet avant que nous soyons en retard, et tends la main à Avery. Elle glisse sa petite paume dans la mienne, la laisse de Clochette dans l'autre main, et nous voilà repartis pour la location où se trouve Lexy sans se douter de ce qui l'attend.

Une fois que nous sommes arrivés à la maison, je confie le collier à Avery comme prévu, et celle-ci sourit de toutes ses dents avant d'emmener Clochette dans un coin pour préparer ce qu'elle est censée faire. De mon côté, je rejoins la cuisine où Lexy est accoudée sur le plan de travail. Elle ne m'entend pas arriver, alors je me glisse dans son dos, les mains posées sur sa taille, pour déposer une pluie de baisers dans son cou.

– Salut, toi, souffle-t-elle.

– Et comment tu sais de qui il s'agit? plaisanté-je en lui mordillant le lobe de l'oreille.

Elle rit doucement – ce même rire qui m'a fait craquer dès les premiers jours – avant de se retourner pour me faire face, une main posée sur mon cœur. J'ai l'impression qu'elle est un peu plus belle chaque jour. Je ne me lasse pas de l'admirer. Lexy me sourit d'un air malicieux, un sourcil relevé.

– Peut-être parce que tu es le seul à avoir les clés de la location? argue Lexy.

Je plisse les yeux et elle se mord la lèvre pour ne pas rire. Je ne suis pas jaloux, je ne l'ai jamais été. J'ai une confiance aveugle en Lexy. Ce n'est qu'elle et moi, les autres, on s'en fout. Mais il n'empêche que j'adore l'embêter sur ce sujet. Je lui vole un baiser en collant son corps au mien, une main dans le creux de son dos, et ce contact, aussi furtif soit-il, me donne un peu de courage pour la suite. Lorsque son corps se détache du mien, Lexy regarde autour d'elle, cherchant sûrement Avery.

Je dois être confiant. Elle m'aime, je l'aime, tout ira bien.

– Vous êtes déjà rentrés? Avery en avait marre de se promener?

– On peut dire ça comme ça. Elle est dans le salon avec Clochette, tu viens?

Je lui tends la main pour l'entraîner, et Lexy hoche la tête tout en entrelaçant nos doigts, pas le moins du monde consciente de ce qui va suivre. Tant mieux, la surprise n'en sera que plus grosse. Nous rejoignons le salon éclairé par la lumière tamisée du coucher de soleil. Tout est parfait, mis à part l'air coupable d'Avery.

Bordel de merde, qu'est-ce qu'il se passe ?

J'abandonne Lexy pour m'approcher de sa fille qui semble paniquée, debout à côté de son chiot.

– Hayden, je suis désolée, Clochette l'a mangée !

J'avise le collier de la chienne censé porter la bague que nous avions créée avec Avery, et je me pince l'arête du nez en découvrant que l'animal l'a grignotée. On a passé une bonne heure à créer une bague de fiançailles en bonbon avec Avery. Je voulais quelque chose que l'on ferait ensemble, pour le symbole, et la petite avait imaginé que Clochette pourrait apporter la bague. C'était une excellente idée, mais nous n'avions pas pris en compte le fait que c'est un ventre sur pattes.

– Je te jure que je n'ai pas fait exprès ! continue Avery alors que sa mère nous observe curieusement.

– C'est pas grave, Avery. On va faire autrement.

J'enlève l'anneau en plastique du collier de Clochette, puis je me tourne vers Lexy qui semble perdue. La vraie bague que nous avons dessinée avec Avery est sagement rangée dans notre chambre. Elle ne devrait pas servir avant que Lexy dise le « oui » que j'attends désespérément. Alors en attendant, un anneau en plastique sans le bonbon au bout fera l'affaire. Je lui attrape les mains, prêt pour la suite malgré cet imprévu, pendant que Lexy observe la chienne d'un air paniqué.

– Qu'est-ce qu'il se passe? Clochette a mangé un truc qu'il ne fallait pas? On doit l'emmener chez le vétérinaire?

Je ris doucement face à son inquiétude et je la rassure en secouant la tête. Les sourcils froncés, Lexy détourne l'attention de Clochette pour me fixer, cherchant sûrement à savoir ce que je prépare. C'est le moment. Ma respiration se fait un peu plus rapide et mon cœur s'accélère si fort qu'il pourrait sortir de ma cage thoracique. Avery se tient à côté de nous, les yeux brillants en attendant la suite presque autant que moi.

– OK, je me lance, soufflé-je pour moi-même.

Lexy me détaille, de plus en plus perdue, et je serre un peu plus fort ses mains pour me donner du courage. Je ne compte pas me mettre à genoux, pas encore, je garde cette partie-là pour un contexte différent et bien plus intime. Au lieu de ça, je m'approche un peu plus d'elle en observant chacune de ses expressions.

– Je t'aime, Lexy. Enfin, ça, tu commences à le savoir à force de l'entendre. Mais c'est plus que ça. On n'aime de cette façon qu'une fois dans une vie, et tu es cet amour-là. Je veux me disputer avec toi pour le reste de ma vie. Et t'aimer, mais c'est secondaire évidemment, plaisanté-je doucement.

Lexy abandonne une de mes mains pour placer la sienne devant sa bouche, étouffant un rire, comprenant peu à peu ce que je veux faire. Ses yeux brillent et me donnent le courage de continuer.

– Et j'ai envie de m'engager pour la vie à tes côtés. Alors, est-ce que tu ferais la bêtise de m'épouser?

Lexy met un moment à répondre. Un long moment qui me semble interminable et qui commence à me faire douter. Et si elle disait non? Et si elle n'avait pas envie de se marier? On n'en a jamais parlé. J'en ai envie, mais peut-être que Lexy ne le désire pas. Ma demande en mariage n'est pas parfaite, mais j'espère qu'elle nous ressemble assez… Je m'apprête à dire quelque chose face à ce silence qui commence à être pesant, mais Lexy me devance et se jette dans mes bras pour m'embrasser sous les applaudissements d'Avery et les jappements de Clochette. Sa main est posée sur ma joue alors que j'attrape sa taille pour ne pas la laisser s'éloigner de moi.

Pourquoi mon cœur est-il toujours obligé de jouer aux montagnes russes en présence de Lexy?

– Oui, mille fois oui. Je veux faire cette bêtise avec toi, murmure-t-elle contre mes lèvres.

Elle m'embrasse encore une fois, un énorme sourire barrant son visage, et je lui passe cette bague en plastique qui n'est plus que l'ombre de ce qu'elle a été. Avery m'observe faire avec des étoiles plein les yeux, tandis que l'attention de Lexy ne se détourne pas de mon visage.

– Voilà tout ce qu'il reste de ta bague. On en avait fait une en bonbon avec Avery, mais ta chienne l'a mangée… commencé-je.

– C'est ta chienne, c'est toi qui l'as adoptée, me réplique-t-elle alors qu'elle rayonne de bonheur.

Clochette aboie comme pour nous contredire à son tour, et je ne peux pas m'empêcher de rire bêtement. Bon sang, je peux sentir la pression retomber dans mon corps. Même pour mon premier jour en tant que P.-D.G., je n'étais pas aussi stressé. Et maintenant qu'elle a dit oui… je ne saurais même pas dire ce que je ressens. Merde ! Je vais me marier, quand même ! Les bras de Lexy entourant ma nuque me ramènent doucement à la réalité, mais son sourire rayonnant finit de m'emmener au paradis. Il n'y a rien de plus beau que de rendre la personne qu'on aime heureuse.

– La vraie bague est dans notre chambre.

– Même que c'est moi qui ai aidé à la dessiner, se vante Avery.

– Vous avez fait tout ça cet après-midi ?

J'ouvre la bouche pour répondre, mais la crapule à côté de nous me devance, fière de sa contribution.

– Le bonbon, oui. Mais la bague, ça fait deux semaines que Hayden l'a.

Cette enfant est une tombe. Elle sait depuis presque trois semaines – soit un peu avant que nous ayons la bague – que je compte demander sa maman en mariage, et elle n'a jamais vendu la mèche. Lexy dépose un rapide baiser sur mes lèvres avant de s'écarter de moi pour embrasser sa fille qui sourit fièrement.

– Merci, crapule, lui dit Lexy.

– Si tu veux me remercier, tu devrais plutôt me proposer d'être demoiselle d'honneur.

Elle ne perd jamais le nord.

– Laisse-nous déjà fixer une date, rétorqué-je en souriant.

Lexy rit doucement, aussi amusée que moi par la remarque d'Avery, avant de se relever en admirant cette bague en plastique. Elle n'a peut-être aucune valeur financière, contrairement à la vraie que Lexy n'a pas encore découverte, mais sa valeur sentimentale dépasse sûrement de loin tous les diamants du monde. Je le savais déjà, mais j'en ai eu la preuve vivante : l'argent ne fait pas le bonheur. Il peut y contribuer, mais seul, il rendrait ma vie bien fade.

Lexy s'approche doucement de moi, le regard mutin, et se met sur la pointe des pieds pour atteindre mon oreille.

– Qu'est-ce que mon fiancé a prévu pour notre soirée ?

Fiancé. Pourquoi ce simple mot me fait encore plus d'effet que lorsqu'elle s'amuse à m'appeler « patron » ? Peut-être parce qu'il est vrai. Peut-être parce que d'ici quelques mois, elle me dira oui pour la vie.

– Restaurant sur la plage. Et un bain de minuit rien que toi et moi, quand Avery sera couchée, murmuré-je près de son oreille.

– Cette idée me plaît beaucoup.

Un rappel de ce même voyage, il y a un peu moins d'un an. Et je compte bien finir cette soirée de la même façon, sauf que cette fois-ci, ce sera en compagnie de ma fiancée. Lexy dépose son menton sur mon épaule et m'observe en souriant, se rappelant sûrement elle-même ce moment où les choses ont vraiment évolué entre nous.

– Tu sais que je t'aime ? souffle-t-elle doucement.

– Il faudrait que tu me le dises encore un peu pour que j'en sois sûr.

Un rire lui échappe alors que sa joue repose à présent sur mon épaule. Sa main – où trône fièrement une bague en plastique – dans la mienne, nous observons Avery jouer avec Clochette dans un silence agréable, seulement heureux et amoureux. En un an, je n'ai pas vu notre vie évoluer. Quand je regarde le chemin que nous avons parcouru, je me dis que la fin aurait pu être radicalement différente. Il aurait suffi que je baisse les bras, ou que Lexy ne me laisse jamais de chance, et nous ne serions pas ensemble. Mais le destin a décidé de nous indiquer le plus beau des chemins, celui qui mène à ce happy end que j'ai espéré. Ma crapule. Ma fiancée et future femme. Et moi. Notre famille.

Fin

REMERCIEMENTS

Je ne sais jamais de quelle façon commencer les remerciements, alors j'ai décidé de vous raconter d'abord une anecdote sur ce roman…

L'idée du premier chapitre m'est venue à l'aéroport, lorsque je rentrais de Dublin. Je prenais l'escalator avec un membre de ma famille, et on parlait du pilote. J'ai dit quelque chose comme : « Je crois qu'il est anglais, je l'ai entendu parler » (heureusement, je n'ai pas précisé que je le trouvais plutôt pas mal…). Et puis j'ai entendu quelqu'un me répondre un « Non, il est tout ce qu'il y a de plus français ». Je me suis retournée, rouge comme une tomate, pour me retrouver face au pilote. Et voilà comment une autre de mes nombreuses maladresses m'a inspiré la rencontre de Lexy et Hayden.

Évidemment, je pourrais vous en raconter beaucoup d'autres. Comme cette histoire avec Avery, lorsqu'elle parle de trafic de dents, qui est en réalité on ne peut plus vraie… (On n'était pas si intelligents à leur âge, bon sang !) Mais ces remerciements finiraient par devenir plus longs que le roman lui-même !

Alors simplement, merci pour tout.

Merci à tous ceux qui m'ont accompagnée dans ce troisième livre publié (mais pas le troisième écrit !).

Merci à mes bêta-lectrices, Caro et Léanne, de supporter mes nombreux chapitres brouillons et mes idées farfelues. Merci à Émilie C., ma correctrice, qui m'a aidée à rendre ce manuscrit meilleur.

Merci à Quitterie, évidemment. Un soutien inconditionnel, de jour comme de nuit.

Merci à ma famille d'être toujours à mes côtés.

Merci à ma meilleure amie, ma première lectrice. Merci à ces nouvelles rencontres qui m'inspirent un peu plus chaque jour. À mes éditrices, Marianne et Émilie, pour le travail fait sur ce roman. Et bien sûr, à Addictives pour leur confiance renouvelée.

Et merci à vous, lecteurs, d'avoir lu mon roman. J'espère du fond du cœur que l'histoire de Hayden, Lexy et Avery vous aura touchés autant qu'elle m'a touchée lorsque je l'ai écrite.

Extrait

COLOC AVEC MON BOSS

Erin Graham

1

Étienne

– Et donc, une campagne est prévue pour débuter dans quelques semaines, Antoine a déjà prévenu nos partenaires imprimeurs de l'urgence de votre requête. Le client semble satisfait, nous avons signé l'accord de principe la semaine dernière.

J'adresse un sourire victorieux à Antoine et Ophélie, qui eux aussi affichent un regard confiant. Une affaire rondement menée. Et franchement, je ne peux nier que je suis ravi d'arriver au bout de ces présentations. Cela fait une semaine que nous passons en revue tous nos dossiers en cours pour la satisfaction de ces investisseurs un peu trop pointilleux à mon goût. Tout ça parce que nous avons repris l'affaire familiale pour laisser nos parents s'amuser en France avec la branche française de la compagnie. Leur demande est légitime, paraît-il, mais ces gens s'avèrent plus exigeants que nos clients eux-mêmes.

J'accroche le regard de Mme Hanley mère, la patronne de la grande société d'investissement Hanley qui nous suit et nous finance depuis des décennies.

– Tout ce que nous avons entendu cette semaine est très impressionnant, me félicite-t-elle. Vraiment, je suis sous le charme. Sans manquer de respect à M. Maréchal père, ni à feu votre grand-père, je trouve vos approches innovantes et dynamiques.

Antoine ne peut se retenir de bomber le torse de fierté. Quant à Ophélie, son sourire redouble. Du beau travail d'équipe.

– Cependant… ajoute le fils Hanley d'un air soucieux, minuscule et insignifiant à côté de sa mère, nous ne pouvons décider du renouvellement de notre partenariat pour l'instant.

Un silence épais s'abat dans la salle de réunion. Je détaille l'homme, petit, mince et à l'allure peu avenante, en attendant la suite. Sûr de lui, il se redresse sur son fauteuil en jetant un regard entendu à sa mère qui hoche la tête sobrement.

C'est quoi ce changement de plan ?

– Veuillez m'excuser, monsieur Hanley, mais je pensais que nous avions répondu à toutes vos attentes, de la manière que vous souhaitiez et…

– Oui, oui, tout à fait, monsieur Maréchal, je ne remets aucunement en doute la qualité de votre travail. Le problème n'est pas là.

Antoine gesticule nerveusement sur son siège avant de prendre la parole.

– Je ne comprends pas, notre carnet de commandes est

plein, comme vous avez pu le constater, nos clients se fidélisent, nous en avons même approché de nouveaux cette année, et…

– Ce n'est pas ça non plus, ajoute le jeune arriviste en face de nous.

– Ce que mon fils veut dire, tente d'expliquer d'un air calme la présidente du groupe, c'est que ce qui fait l'objet de notre réticence n'est pas votre travail en soi. Ni votre succès présent qui, effectivement, convient à notre cahier des charges.

– Alors ? s'emporte Ophélie dont le regard trahit trop bien l'agacement.

– Alors, mademoiselle Maréchal, reprend le morveux à cravate, nous nous devons de prendre en compte un autre aspect de la situation de votre société. Nous n'investissons pas avec vous quelques centaines de dollars, vous en conviendrez. L'important pour nous est de déterminer si la croissance effective en ce moment perdurera dans le temps. En d'autres termes, si cette passation de direction reste solide et fiable. Et pour cela, nous basons notre jugement sur un aspect plus personnel concernant les dirigeants. Étant nous-mêmes une société reposant sur des principes précieux, tels que les valeurs fondamentales familiales, nous nous interrogeons sur les vôtres. Pour rester crédibles, nous nous devons de choisir nos partenaires en fonction de ce paramètre également.

Je me laisse tomber sur mon siège, épuisé par ce nouveau revirement de situation. Mon for intérieur me supplie de l'envoyer paître, lui, ses principes et ses doléances interminablement changeantes. Mais le nombre d'heures passées sur ce projet m'en dissuade aussitôt.

– Bestcom est une société familiale, monsieur Hanley, me

contenté-je de lui répondre. Vous le savez très bien. Notre grand-père a…

– Oui, oui, je sais tout ça, c'est d'ailleurs la raison pour laquelle nous sommes ici aujourd'hui. Mais il apparaît que pour vos cas personnels, nous nous trouvons loin de l'unité familiale.

– C'est-à-dire ? grince Antoine à ma gauche, prêt à lui arracher les yeux. Je vis avec mon frère, et ma sœur est presque mariée ! Niveau famille, on fait difficilement plus stable !

– Effectivement, reprend le fils à maman beaucoup trop arrogant, mais aucun d'entre vous ne présente l'image d'un foyer aimant traditionnel.

– Quel rapport ? siffle ma sœur, au bord de l'éruption elle aussi.

– Je suis tout à fait conscient que ce genre de critère n'est pas très orthodoxe, mais il nous tient à cœur, s'entête-t-il sans détourner les yeux de ceux de ma sœur à présent rose de fureur.

Homosexuelle, ma sœur n'apprécie vraiment pas que qui que ce soit la juge sur ses préférences. Et en temps normal, je la soutiens. Simplement, pour ce cas précis, nous parlons de notre support financier principal. Nous pourrions presque nous en passer, mais Bestcom sort d'une crise un peu particulière, nous avons perdu beaucoup de clients, et jouer sans aucun appui financier se révélerait dangereux et compliqué. L'heure n'est pas aux insultes ni aux discussions venimeuses, mais au calme.

– Je ne vois pas en quoi nos vies privées sont à…

– J'aimerais comprendre ce revirement de situation, interromps-je ma sœur en posant une main sur son avant-bras.

Nous n'avons rien à nous reprocher sur nos manières de vivre, il me semble.

– Certes, mais aucun d'entre vous n'est un exemple de nos valeurs. Pardonnez-moi si je me montre intrusif dans mon analyse, mais il nous a été remonté ce point important. Votre frère, tout d'abord, est souvent repéré lors de soirées très… libertines, et votre sœur, même si nous sommes pour la liberté sexuelle, ne peut représenter l'unité familiale traditionnelle avec sa… femme. Quant à vous…

Quant à moi, je suis à deux doigts de te refaire le portrait, pauvre type ! Vas-y, continue comme ça…

– Quant à vous, reprend-il d'un air serein, depuis votre dernière rupture, il nous semble que vous viviez seul et apparaissez aux rares réceptions auxquelles vous vous rendez en compagnie d'une femme souvent différente… Quelle image rejaillirait sur notre société si nous choisissions de nous allier à vous ? Vos parents représentaient l'unité qui convenait à nos propres clients. Mais compte tenu du fait qu'ils ne font plus partie de cette société…

Sérieusement ? À mes côtés, ma sœur prend une grande inspiration pour se contenir et ne pas leur sauter au visage.

– Bestcom est tout ce qu'il y a de plus sérieux, grogne mon frère, hors de lui. Et la manière dont j'occupe mes soirées et mes week-ends ne vous regarde en rien ! Quelle espèce de…

– Nous savons que nos procédés peuvent vous paraître étonnants, et sans doute révoltants, l'interrompt la mère d'un ton conciliant. Simplement, le nouveau comité décisionnaire considère qu'un partenariat nous engage aussi bien financièrement que moralement. Ce n'est pas un caprice, mais bien une nécessité à leurs yeux. Professionnels comme vous l'êtes, je suis certaine que vous entendez notre besoin à ce sujet. Considérez que cette conversation a pour but de vous donner l'opportunité de contrer les propos qui nous sont remontés, bien malgré nous, par l'un de vos concurrents.

– Concurrent ? Il n'a jamais été question de concurrence dans nos rapports, me semble-t-il ? rétorqué-je froidement.

– Effectivement, cependant ce n'est plus le cas ! lâche brutalement le fiston détestable. L'agence Dynacom a sollicité notre financement. Il me semble que vous connaissez cette société.

– Shelby ! siffle Ophélie.

Shelby, mon ex. Une sacrée sal… Elle a réellement décidé de nous attaquer sur tous les niveaux.

– Tout à fait ! confirme-t-il. Mlle Rivery est venue solliciter nos services et je dois bien avouer que son argumentaire de présentation tient la route. Elle m'a présenté des idées et des contrats en cours intéressants.

Les nôtres, bien entendu. Nos anciens clients qu'elle a réussi à détourner de Bestcom. Pour tenir la route, je confirme, ils remplissent les critères, mais pour le reste… Une fois qu'elle devra trouver des idées par elle-même, on en reparlera.

– Je ne suis pas d'accord, rétorque sa mère. Cependant, notre organisation au sein du groupe nous impose la discussion et l'ouverture d'esprit quant aux différents avis du comité de direction, dont mon fils fait partie.

– Et donc ? reprend posément mon frère. Mlle Rivery vous a expliqué que nous n'étions pas des personnes fréquentables, c'est bien ça ? Vous a-t-elle décrit sa propre situation ? Sa manière de récupérer nos clients en se servant de notre propre base de données et nos propres projets ?

Je pose ma main libre sur celle de mon frère. Nous nous sommes toujours refusés à nous abaisser à cette guéguerre contre-productive en accusant Shelby de quoi que ce soit. Cela finirait par nous retomber dessus.

– Vos accusations sont graves, monsieur Maréchal, mais il ne me semble pas avoir eu vent d'un quelconque procès à ce sujet. De plus, le groupe Hanley n'a pas vocation à jouer les arbitres dans une bataille concurrentielle. Ce qui ressort de l'étude des dossiers est beaucoup plus simple et basique. Dynacom s'avère être une entreprise florissante, et Mlle Shelby Rivery, la dirigeante principale, est fiancée à son associé…

Ce qu'il ne sait pas, le petit, c'est que Shelby ne se mariera jamais avec la pauvre cloche qu'elle a entraînée avec elle dans Dynacom. Cette femme est une pourriture – et je pèse mes mots – capable de voler des projets et d'écarter les cuisses pour arriver à ses fins. Il est beau l'esprit familial !

Mais elle ne doit pas très bien savoir contre qui elle vient de rouvrir les hostilités.

– Eh bien, vous pourrez faire savoir à Shelby que ses informations ne sont pas exactes ! affirmé-je haut et fort. Je suis également fiancé, Cathy prépare en ce moment même notre mariage. L'été prochain, je pense…

Je ne sais absolument pas d'où me vient cette « Cathy » imaginaire, mais les mots sont sortis un peu trop rapidement. Ma sœur se retourne vivement vers moi, cachant difficilement son étonnement. Quant à mon frère, inutile d'en parler. Je sais qu'il est à deux doigts d'exploser de rire. L'effort pour se retenir doit lui paraître à la limite du surmontable. Et pour mon cas, une haine profonde se déchaîne dans mes veines. Je croyais en avoir terminé avec cette vipère toxique de Shelby. Je pensais que plus jamais je ne ressentirais la moindre émotion à son évocation.

J'avais tort. La haine proche de l'amour, tout ça c'est du bla-bla… La haine n'a rien à voir avec l'amour, mais plutôt, simplement, avec des envies de meurtre profondes et brutales. Aucun sentiment affectueux là-dedans, je confirme, ça fait bien longtemps que je n'aime plus personne à l'exception de ma famille.

Non, elle, je lui voue un profond dégoût aussi moral que physique.

– Oh ! s'enthousiasme Mme Hanley. Mais vous nous aviez caché ça !

– Je ne pensais pas que la vie privée devait entrer en compte dans nos rapports commerciaux ! lui réponds-je, presque persuadé moi-même de l'existence de cette Cathy totalement imaginaire.

– Dans ce cas-là, ça change pas mal de choses, conclut le fils Hanley. Comme je tiens à suivre ce dossier aux côtés de ma mère, nous allons reprendre tout à zéro. Alors, bien entendu, votre travail reste, il me convient. Simplement, j'aimerais consulter d'autres demandeurs de financements, et soumettre les projets aux membres du comité. L'investissement est trop important pour minimiser les éventuelles offres intéressantes. Voyez-vous, je suis pour l'égalité des chances. Vous détenez sans doute les critiques les plus élogieuses, l'ancienneté comme l'un de nos plus anciens partenaires commerciaux, mais cela n'exclut pas la possibilité que certains de vos concurrents puissent vous surpasser.

– Bien entendu…

Je déteste ce type. Six mois que je passe mes nuits sur les présentations en tous genres… pour repartir à zéro. Cette fois, ils mériteraient que nous les expulsions bien proprement de nos locaux et tentions de nous autosuffire. Cependant, après cette crise que nous venons d'essuyer, ce serait suicidaire de notre part. Les parents ne nous pardonneraient pas non plus les risques encourus. Et j'apprécie la présidente. Avant, nous traitions avec elle seule et c'était parfait. Elle est même une amie de nos parents. De plus, je connais une certaine personne que notre retrait de cette course au financement rendrait trop heureuse. Hors de question de lui offrir cette satisfaction.

– Donc, nous regrouperons des équipes de travail lors de soirées et séminaires, afin de connaître mieux nos éventuels futurs collaborateurs. Vous y serez bien entendu conviés avec votre fiancée, monsieur Maréchal. Je suis réellement pressé de la rencontrer.

– Bien entendu…

Il me sourit d'un air ironique. Il n'a pas cru une seconde à l'existence de Cathy. C'est pourtant l'exacte vérité. Enfin, presque. Il doit bien y avoir une Cathy, quelque part, folle amoureuse de moi, non ?

Euh… non. Pour l'instant… Mais je connais quelques personnes susceptibles d'avoir envie de jouer le jeu contre un contrat et quelques billets.

Il veut une Cathy ? Il va en avoir une.

Nous nous levons alors que nos clients insupportables prennent congé. Le petit gnome s'empresse d'ouvrir la porte tandis que sa mère se dirige vers moi, embarrassée.

– Je suis désolée. J'ai toujours mené la société seule depuis que mon mari s'est retiré des affaires. Mais il m'a été demandé de laisser la jeunesse prendre ses marques. Je pars en retraite dans une bonne année, je me dois de former la relève et surtout de lui laisser de la place.

– Je comprends, ne vous en faites pas, madame Hanley, la rassuré-je en pressant ses mains entre les miennes. Nous nous prêterons aux nouvelles exigences de votre comité.

– Je vous en remercie. J'ai confiance en vous. Vous êtes mes préférés, et mes protégés, je ne peux oublier toutes ces années de bon partenariat avec vos parents et votre grand-père. Vous pouvez compter sur moi pour vous soutenir.

– Merci à vous. Bonne journée.

– À vous également. Mes amitiés à votre fiancée.

– Je n'y manquerai pas…

Nous les laissons partir, ma secrétaire prenant le relais pour les raccompagner…

Bon…

***

Antoine se tourne vivement vers moi, goguenard, pour ne pas dire à la limite du rire ironique et insupportable :

– Cathy ? Un mariage ? Non mais, sérieusement ? Annoncer que tu préservais ta virginité jusqu'au mariage aurait semblé plus crédible, si tu veux mon avis !

– Je ne sais pas ce que je dois comprendre par là, rétorqué-je, légèrement irrité par son ricanement un peu trop appuyé à mon goût.

– Non, je suis d'accord avec lui ! ajoute ma sœur en croisant les bras sur sa poitrine. Franchement, où es-tu allé chercher une idée pareille ? On n'est pas dans la mouise avec tes déclarations farfelues ! Autant mettre la clé sous la porte tout de suite !

– Ouais... Toi, en couple ! répète mon frère, riant toujours, comme si je venais de lui raconter une blague incroyable !

– Pire que ça ! Marié ! Étienne, parfois je me demande ce qui se passe dans ta tête...

À les entendre, je mène une vie monacale...

– Ah ben, c'est certain que comparé au queutard de service, ma vie semble insupportablement... simple.

– Dis plutôt ennuyeuse, rétorque mon frangin en s'adossant à la table de réunion. Bon, plus sérieusement, Étienne... J'aimerais que tu répondes à une question qu'il me paraît primordial de poser.

Il retrouve son sérieux, ce qui me convient parfaitement. Il commençait à se montrer fortement vexant.

– Je t'écoute ?

– Bois-tu en cachette ?

Ma sœur retient un rire derrière moi mais pas ses répliques agaçantes, comme à son habitude.

– Je parierais plutôt sur la drogue ! Montre tes pupilles ! Dilatées ? Étrécies ?

Je crois que je les déteste. Enfin, non, à ce stade, je suis loin de la supposition. Je le sais.

JE LES HAIS !

– Quoi ? J'essaie de sauver Bestcom ! Il me semble que je suis bien le seul ici, d'ailleurs ! Marrez-vous tant que vous voulez, mais en attendant, il faut bien un superhéros dans cette histoire… Et vous n'en avez clairement pas l'étoffe !

– Oui, mais, Étienne, réplique ma sœur qui décidément trouve toujours quelque chose à redire, Superman, quand il sauve la planète, il ne lance pas des rochers en plastique sur les méchants, tu vois ? Il balance du lourd.

– Eh bien, Cathy est une arme tout aussi redoutable qu'un regard rayon laser !

– Oui, sans doute… quand elle existera, ajoute mon frère en soupirant.

– S'il n'y a que ça ! Je connais quelques femmes qui feront très bien l'affaire… Aucune inquiétude à ce sujet…

– Et franchement, reprend Oph, ses yeux lançant cette fois des éclairs, je ne sais pas si ces gens méritent que l'on coure après leur financement… Leurs propos m'ont blessée.

Cette fois, elle semble touchée, réellement, ce que je comprends. J'oublie immédiatement ses blagues plus que vaseuses pour passer un bras autour de ses épaules.

– La mère Hanley n'est absolument pas comme son fils, Oph. Ne jugeons pas l'ensemble à cause d'un simple élément perturbateur. Les parents ont toujours fait confiance à cette société, et tout s'est toujours bien déroulé… De plus, ce n'est pas comme si nous avions réellement le choix. J'ai confiance en cette femme. Beaucoup moins en son fils, cela dit.

– Tout ça, c'est à cause de cette garce ! grogne-t-elle en serrant les poings. Shelby… Je t'avoue que j'aimerais qu'elle se ratatine un jour sous tous ses sales coups minables.

À qui le dit-elle !

– Ce serait effectivement la cerise sur le gâteau, gagner ce financement et lui faire comprendre qu'elle ne pourra pas éternellement s'attaquer à nous sans retour. Nous l'avons assez laissée faire.

– Dire que c'est ton ex ! Quelle salope !

Ce petit rappel des faits n'était franchement pas indispensable à ce moment de la discussion. Il ne fait que me rappeler que je suis celui qui a fait entrer, à une époque, la louve dans la bergerie. Et que, même si nous l'en avons chassée, les dégâts de son passage restent encore bien palpables chez Bestcom. Et pas uniquement dans cette agence, d'ailleurs.

Mais c'est un autre sujet.

– Nous allons gagner ce financement, Oph ! J'en fais une affaire personnelle. En plus d'une affaire très professionnelle.

– Je suis d'accord avec ça, Étienne, intervient mon frère, mais tout ça ne sera possible qu'en la présence d'une certaine Cathy dans ta vie, dans ton lit et en instance d'entrer officiellement dans notre belle et grande famille, ce qui, pour le moment, me semble une grosse plaisanterie.

– Je viens de vous dire que j'avais la solution à ce problème, Antoine !

– Ah oui ? s'esclaffe mon frère. Et qui comptes-tu nous dégoter comme perle ?

– J'ai mes connaissances, me contenté-je de répondre.

– Si tu évoques tes plans escort, tu peux oublier ! déclare ma sœur en se servant un verre d'eau. Aucun des énergumènes que tu nous as ramenés jusqu'à présent n'a une tête de Cathy et encore moins de future épouse modèle !

– Je te trouve un tantinet vindicative, Ophélie ! Jennyfer était très bien.

– Ben voyons ! Parfaite pour un peep-show, c'est certain. Enfin, Étienne !

Ma sœur, cette ennemie infiltrée au cœur de ma vie.

– Je ne vois pas de quoi tu parles.

– Nous parlons des call-girls qui ne savent pas se tenir et que tu ramènes à nos dîners avec des clients, s'emporte mon frère. Tu as tellement peur de ressentir quoi que ce soit envers la race humaine, sous-catégorie féminine, que tu choisis systématiquement les pires. Je ne voyais pas comment t'en empêcher jusque-là, mais si ton but est de remporter ce contrat malgré les attaques de Shelby, il va falloir que tu ailles chercher ailleurs ! La garce comprendra aussitôt ton subterfuge idiot et nous perdrons la face. Donc, si tu veux coiffer la concurrence au poteau, je n'y vois pas d'inconvénient, je dirais même que ce n'est pas trop tôt. Mais Étienne, nous choisissons Cathy. Pas toi.

Non mais je rêve ou mon frère, mon cadet, me donne des ordres ?

– C'est moi le boss, on fera ce que j'ai décidé. Jennyfer.

– Dans tes rêves, frérot ! ricane ma sœur. Je me range à l'avis d'Antoine.

– Mais je ne vous demande pas votre avis, figurez-vous !

Incroyable !

– Sans moi, cette société aurait coulé depuis des années, argumenté-je en haussant le ton. Je n'ai aucun ordre à recevoir de vous !

– Sans toi et la confiance aveugle que tu as octroyée à cette pétasse, nous n'aurions pas besoin de redresser cette entreprise, Étienne ! m'attaque Ophélie. Donc, OK pour la revanche, même si je reste outrée par ce que j'ai entendu tout à l'heure. Mais à nos conditions. Sinon, on te vire ! Et je balance tout à papa et maman…

– Tu plaisantes, j'espère ? l'interrogé-je, estomaqué, après avoir compris qu'elle ne plaisantait pas. Tu vas me faire du chantage avec les parents ? Mais tu as quel âge, sérieusement ? Si tu veux te battre et te faire tirer sur les couettes, vois ça avec Antoine ! J'ai légèrement autre chose à faire, même si toi comme ton « frérot » n'avez pas la moindre idée de ce que le mot « responsabilité » signifie.

– Quoi ? J'ai rien dit ! émerge mon frère, l'air absent. Et va te faire foutre, au passage. Mon boulot je le fais, et Ophélie aussi. Simplement, nous n'oublions pas nos vies, nous !

– Tout à fait d'accord ! Et s'il le faut, s'entête ma sœur, j'irai réellement en parler avec les parents, Étienne. J'en ai marre de te voir agir comme un mormon depuis cinq ans.

Mais de quoi parlons-nous exactement ? J'adore ma sœur, mais elle fait parfois preuve d'un comportement maladivement puéril. Et je ne préfère pas m'attarder sur le cas de mon frère.

– Quel rapport ? Et je ne vis pas en mormon ! Je retape la société pour…

– Pour rien du tout ! s'impose mon frère. Ophélie a raison. Il faut tourner la page et avancer. Donc, on va faire simple ! OK pour te suivre mais nous choisissons Cathy. Et tu fais le reste.

– Yes ! s'engoue ma sœur. Je propose Suzanne ! La petite pin-up de l'accueil. Elle a un de ces postérieurs… La perfection !

– Attends, t'étais pas censée être fiancée, toi ? s'étonne mon frère.

– Et alors, même au régime, je ne m'interdis pas de lécher la vitrine… Et encore moins de plonger un doigt dans la pâtisserie si cela s'avère nécessaire !

– Ophélie ! m'étouffé-je.

– Ben quoi ? Détends-toi, le mormon ! Je suis encore pure et fraîche, t'inquiète.

Ben voyons. Cette enfant est vraiment mal élevée, c'est incroyable. C'est moi qui vais finir par alerter les parents.

– Non, mais Suzanne, ça ne va pas, décide Antoine. Elle sent clairement le cul à des kilomètres. Je propose Léthy.

– Qui ça ?

Je ne connais pas cette personne. Ni la précédente, d'ailleurs.

– Léthy, s'agace ma frangine. Ta secrétaire à mi-temps ! Mais non, elle doit avoir maximum 15 ans cette gamine, c'est une stagiaire. Plutôt Doris !

– Doris porte bien son nom et oublie tout, Oph ! réfute mon frère. Elle gaffera ! Kareen ?

– Euh, Kareen est bizarre et trop tatouée. Le profil n'ira pas. De plus elle est mariée à un homme légèrement possessif. Mauvaise idée.

– Salma, alors ?

– Cette nana est grand-mère ! s'énerve Ophélie. Mais enfin, Antoine, arrête, tu proposes vraiment des plans glauques ! Tu veux que notre Étienne soit dégoûté du sexe, genre, à vie ? Après Shelby, il lui faut un peu de fraîcheur.

– Non, mais attendez ! les stoppé-je en me massant le front, épuisé. Déjà, de qui parlez-vous ? Je ne connais aucune de ces personnes. Et je ne vais pas coucher avec Cathy mais la payer pour qu'elle joue un rôle. Remettons les choses en place deux minutes, s'il vous plaît. Et Oph, assieds-toi, tu me colles un mal de crâne incroyable à tourner autour de la table comme ça.

– Tu ne les connais pas, me répond mon frère, mais pourtant tu les salues tous les matins, Étienne ! C'est bien ça le problème. Tu ne regardes même plus les humains qui gravitent autour de toi. Quant au fait de coucher avec Cathy, n'essaie pas de me faire avaler le fait que tu ne termines pas à l'horizontale avec tes escorts lorsque tu les raccompagnes chez elles.

Sentant un ras-le-bol incroyable poindre en moi, je ne juge pas utile de répondre et me contente de le fixer d'un air neutre.

Mon intimité n'intéresse que moi, nous sommes bien d'accord ?

– J'y crois pas ! s'écrie Oph en s'asseyant en face de moi. Tu ne couches même pas avec les greluches que tu trimbales à ces soirées ? Non, mais Étienne, si tu payes, c'est pour consommer !

Fatigué...

Et non, je ne « consomme » pas ces femmes, parce que dans le fond, je suis d'accord avec eux sur un point... Toutes celles qui m'ont accompagné se sont toujours révélées être des somnifères ambulants. Aucune conversation intéressante, aucun charme, aucun « truc » qui réveille les instincts, si ce n'est un corps parfait. Mais malheureusement, les plastiques parfaites vides de sens, j'ai appris à m'en méfier.

Pour toute réclamation à ce propos, merci de vous rapprocher de Shelby Rivery.

– Ne mélangeons pas tout ! tenté-je afin de détourner le sujet. Je vais demander à Jennyfer.

– Non ! contre Antoine. C'est non, et puis c'est tout ! J'en connais une, discrète, embauchée il y a quelques mois. Cette femme est lumineuse, elle sourit tout le temps, ça te fera du bien. De plus, elle semble sympa et marrante. C'est l'intérimaire que nous avons embauchée pour seconder Josh pendant son absence. Et sérieuse, ce qui ne gâte rien. Elle le remplace depuis trois semaines et franchement, elle fait du bon boulot.

– Oh, mais oui, Elisabeth, je crois ! Je n'ai pas l'impression qu'elle vive en couple, de plus… En tout cas, pour ce que j'en sais, elle ne porte aucune alliance et n'évoque jamais un éventuel homme dans sa vie lors des pauses-café… ajoute ma sœur pensivement.

– Qui est Josh ?

Les deux me toisent sans sympathie.

– Étienne, Josh, c'est le comptable ! Il bosse pour nous depuis des années ! Faut vraiment que tu te mettes à la page, là, parce que tu me fais flipper !

Comme si je n'avais que ça à faire ! Consulter la gazette du personnel en buvant mon café le matin, devant la photocopieuse.

Dommage pour eux, je ne bois pas de café en arrivant. Ici, je bosse. Contrairement à eux, visiblement.

– Et sinon, à part écouter les potins de couloirs, vous travaillez parfois ? Non, c'est juste pour situer jusqu'à quel point Bestcom vous arrose à ne rien faire.

Ma sœur lève les yeux au ciel en se tournant vers notre frère.

– Je suis d'accord pour la comptable.

– Non, mais sérieusement ? Une comptable ? soupiré-je en me laissant aller contre le dossier de mon siège. Et quoi ? On va devoir lui payer l'esthéticienne pour gommer son monosourcil et lui apprendre à se maquiller, aussi ? Encore du fric perdu ! Et merci de m'épargner les longues soirées de discussions passionnantes à propos de plans comptables et d'amortissements…

– Va pour la comptable ! confirme mon frère, visiblement devenu sourd à mes lamentations. De toute manière, vu que tu ne consommes pas, inutile de faire dans la nana bandante et chaudasse. Même si, très honnêtement, elle l'est. Très séduisante. D'ailleurs, j'ai modifié mon tour du matin. Depuis son arrivée, je passe par le service administratif. Tu sais, pour glander devant la photocopieuse… Je change un peu de paysage. Les néons de ce service me vont bien au teint.

Ma sœur pouffe comme une gamine alors qu'il lui adresse un clin d'œil. Je vais virer ces deux zouaves dès la fin de l'opération « Superhéros ». Si nous perdons notre financement, ce sera toujours ça de gagné. Un sacré paquet d'économies en perspective.

– Une comptable ! me lamenté-je en m'affalant sur la table de réunion devant moi… De pire en pire.

– Allez, Étienne, s'amuse ma sœur. Dis-toi qu'elle va t'apprendre plein de secrets pour faire des économies. Ça va être passionnant.

– C'est ça ! Marre-toi !

Mon frère s'étire en se dirigeant vers la porte.

– Très bien. Allons rencontrer notre nouvelle perle. Étienne, tu es prié de sourire, pour une fois. Et rappelle-toi : race humaine, femme sans doute sensible et surtout, surtout, sa mère l'a dotée d'un prénom à sa naissance. Elisabeth. Pas Mme la comptable ! Répète après moi : E…

Je manque de lui coller mon poing en pleine tête alors qu'il tire sur mon bras pour m'enjoindre à me lever.

Qu'est-ce qu'il ne faut pas faire…

Extrait

UN ENFOIRÉ MAIS UN COUP D'ENFER !

Ana Scott

aux éditions addictives

1

Jodie

– Alors ? Tu l'as vu ?

– Qui ça, Britt ?

– Le type dont je t'ai parlé, enfin ! Le beau gosse d'Austin, le frère du marié ! s'énerve mon amie et bras droit.

Lorsqu'il y a deux ans, j'ai créé ma boîte d'événementiel, Jodie's Wedding, et prospecté pour dénicher des gens de confiance capables de m'épauler dans cette entreprise, Brittany a vu mon annonce sur le Net et m'a contactée. Elle a franchi d'un pas décidé la porte de mon local – bureau et boutique – situé dans l'une des rues les plus prisées d'Austin, m'a serré la main et vanté ses mérites avec beaucoup de réserve et de pudeur, et j'ai su. J'ai su que j'avais trouvé la bonne personne. Elle venait de quitter un grand restaurant, était habituée aux coups de feu en cuisine, à une clientèle exigeante pas toujours très agréable, et à travailler dur. Efficace, avenante, souriante, très serviable, Brittany est une collaboratrice hors pair et nous sommes devenues au fil des mois de vraies amies. Et comme à l'époque de notre rencontre elle ne souhaitait pas s'étendre sur les raisons de sa démission, je n'ai pas cherché à en savoir plus, mais j'ai soupçonné à son air triste une histoire de cœur qui avait mal tourné.

Quoi d'autre ?

J'ai pu constater que les histoires d'amour finissent souvent mal !

Et pourtant je vends des mariages !

Peut-être qu'une partie de moi continue de croire en une belle rencontre, « au prince charmant », sans que je l'aie jamais rencontré.

J'émerge de mes pensées et fais face à Brittany, tout en continuant d'essuyer le verre que j'ai dans la main.

– Rafraîchis-moi la mémoire. Quel frère ?

Elle soupire devant mon air perdu.

– Le marié n'en a qu'un, Jodie ! Harry ! Ça y est, tu captes ?

Elle fait un mouvement circulaire avec son index près de sa tempe.

Euh… non, toujours pas !

Effectivement, j'ai vu un Harry Evans sur la liste des nombreux invités. Mais sans trombinoscope, comment le reconnaître ?

– Tu me parles de tellement de mecs que je m'y perds !

soupiré-je. Dis-moi tout, qu'a-t-il de si spécial, celui-ci ?

Britt ayant enfin trouvé l'homme de ses rêves en la personne de Kevin, un Irlandais, il est inconcevable pour elle que je ne connaisse pas une telle félicité. Aussi cherche-t-elle à me caser avec tous les célibataires à peu près baisables présents aux mariages que j'organise, pensant bien à tort me tenter en me vantant leurs mérites. Comme elle semble prendre goût à la chose, je la laisse faire, lui répétant souvent qu'elle s'est trompée de voie : elle aurait dû ouvrir une agence matrimoniale plutôt que de travailler avec moi !

Je souris en la voyant compter sur ses doigts.

– D'abord, il est beau comme un dieu. Ensuite, il est célibataire, P.-D.G. d'Evans Oil, et accessoirement l'un des boss de CEHE Group. Tu connais ?

Avant que j'aie le temps de répondre « Non, pas plus que ça » – ce dont elle se doute, vu mon désintérêt pour tout ce qui touche à la jet-set d'Austin –, elle enchaîne :

– Bon, OK, il a baisé avec la femme de son père !

Quoi ?

Charmant !

– Mais où vas-tu chercher tout ça ? m'exclamé-je, étonnée qu'elle en sache autant sur un homme qu'elle n'a certainement jamais rencontré.

– Je lis les magazines people, et tu devrais en faire autant pour trouver un bon parti lors des réceptions que tu organises ! En tout cas, au moins essayer. Ce serait comme allier l'utile à l'agréable, faire d'une pierre deux coups. Profiter de l'occase, quoi ! Tu vois ce que je veux dire ?

Je vois très bien effectivement !

Mais trouver un mec est le cadet de mes soucis ! Je n'ai pas la tête à ça !

– Que ferais-je d'un mec ? argumenté-je en rangeant les verres propres dans les caisses prévues à cet effet. Je n'arrive même pas à caler un rendez-vous pour me faire épiler ! J'ai les jambes d'un yeti, et je ne te parle pas du reste…

– Non, c'est bon, épargne-moi les détails ! Prends du temps pour toi, bon sang ! Tu travailles trop, je me tue à te le répéter.

Elle a raison.

Je bosse comme une acharnée, et pourtant, ma trésorerie est loin d'être suffisante pour me permettre de relâcher la tension et de vivre sur mes acquis. Je dois sans cesse être sur le qui-vive, me renouveler, dénicher de nouvelles idées de décoration, créer si je ne trouve pas mon bonheur sur les sites, regarder ce que fait la concurrence pour ne pas me laisser distancer par le marché, publier dans les journaux spécialisés des encarts publicitaires, qui eux aussi ont un coût…

C'est extrêmement chronophage et épuisant !

Mais j'aime ce que je fais, et malgré les pressions financières, le surmenage, l'impression parfois de passer à côté de ma vie, je ne changerais de métier pour rien au monde !

– S'il vous plaît ? dit soudain une voix de l'autre côté du bar. Serait-il possible d'avoir une bouteille d'eau minérale ? C'est pour ma femme. Elle est enceinte, ajoute le futur père, comme pour s'excuser.

– Bien sûr, répond aussitôt Britt avec son plus beau sourire. Vous, c'est Elliott, c'est ça ?

Tout en les écoutant distraitement, j'ouvre les portes des espaces réfrigérés pour découvrir qu'il ne reste plus qu'une seule bouteille d'eau minérale, que je lui tends.

Il me remercie chaleureusement et me sourit. D'un sourire franc et sincère qui ajoute à son charme déjà certain. Grand, les cheveux coupés court, le visage hâlé rehaussé par la blancheur de la chemise, les traits fins et harmonieux, de belles dents blanches parfaitement alignées, il est plutôt pas mal.

Je réponds à son sourire et le regarde s'éloigner, pour ensuite reporter mon attention sur ce qui m'entoure. Je repense à la réaction de Katie lorsqu'elle a découvert le dais de voilages blancs sur la plage en contrebas – où a été célébré le mariage –, les décorations florales, les tables rondes recouvertes de belles nappes, blanches elles aussi, pouvant accueillir plus d'une centaine d'invités, l'argenterie, la vaisselle raffinée, la fontaine à champagne, le chapiteau extérieur abritant le bar – où nous sommes –, ainsi qu'une piste de danse. Elle était conquise, ses yeux se sont illuminés, une petite larme a glissé sur sa joue, et après la cérémonie, les mariés sont venus me féliciter chaleureusement avant de s'éclipser pour leur lune de miel.

Je peux me détendre : jusqu'à présent, tout se passe bien, j'ai réussi ma mission, et l'argent du mariage va me remettre à flot pour quelques semaines.

Pourtant, je dois reconnaître que, même si je prends un immense plaisir à ce que je fais, veillant à ce que tout soit parfait dans les moindres détails, je reste dubitative. Je ne crois pas aux histoires d'amour ! Ni à ce… cet émerveillement physique, à cet embrasement des sens dont tout le monde parle. Pour ma part, le plaisir n'a jamais été au rendez-vous, l'expérience s'est avérée plutôt décevante, et je ne vois pas là de quoi se pâmer ! Alors que, à entendre Britt, c'est tout juste si elle ne tombe pas dans le coma à chaque fois qu'elle baise avec son mec ! Autre truc incroyable : elle *mouille* dès qu'il pose les yeux sur elle ou l'effleure.

C'est fou !

Jamais un type ne m'a fait cet effet-là !

Jamais je ne me sens… humide… quand un homme me regarde. Ni n'éprouve le besoin irrépressible de lui confier mon corps. Peut-être que lorsque je fais l'amour, je n'arrive pas à me donner intimement, à me laisser suffisamment aller pour connaître l'extase dont Brittany parle. Peut-être que je ne lâche pas prise. Peut-être également n'ai-je jamais été assez en confiance, assez attirée. Je ne sais pas. En tout cas, je peux très bien me passer d'un homme. Et je peux très bien me passer de sexe !

– Ah… Harry ! reprend Britt, qui n'est visiblement pas prête à lâcher le morceau. C'est le célibataire le plus convoité d'Austin. Et qu'est-ce qu'il est beau ! Je le trouve même plus beau que son frère, plus… je ne sais pas… encore plus mystérieux. Ses yeux, surtout, sont magnifiques, si brumeux, si… profonds.

Effectivement, j'ai trouvé Kurt plutôt bien fait de sa personne, sympathique et très séduisant.

J'éclate de rire et lui mets un coup d'épaule.

– Hé ! Tu es casée, non ?

Elle me répond d'une grimace.

– C'est pour toi ! J'essaie de te mettre l'eau à la bouche !

– Ouais, eh bien, c'est raté ! Savoir qu'il a couché avec la femme de son père est pour moi rédhibitoire. Ce type n'a aucune morale ! Je suis sûre qu'il saute n'importe quelle nana passant à sa portée et qu'il profite de son statut de beau gosse pété de tunes. Je me trompe ?

– Euh… oui et non ! C'est vrai que les paparazzi le montrent avec une fille différente à chaque fois qu'il se rend quelque part. Mais il a une sorte de… de sensibilité, j'irais même jusqu'à dire de vulnérabilité, dans le regard, qui le rend irrésistible et extrêmement attachant. Et qui donne envie de le serrer contre soi, de le cajoler.

– Eh bien, ce type te fait de l'effet ! m'amusé-je. Bon, ce n'est pas tout ça, les bouteilles d'eau ne vont pas venir toutes seules. J'y vais ! Je peux te confier le bar ?

– Pas de souci, boss. Je gère !

Quelques minutes plus tard, une grosse caisse de bouteilles en verre d'eau minérale entre les mains, j'ouvre la porte de la réserve avec mon coude, me tourne pour entrer et…

– Oh… pardon !

Je reste sidérée par la vision : un dos dénudé, des fesses rebondies, une chute de reins oscillant au rythme d'un puissant va-et-vient. Mon regard bloque sur la montre, l'avant-bras noueux, la main agrippée à la cuisse d'une fille qui, couchée en travers d'une table, gémit sous les assauts enfiévrés. L'homme tourne la tête. Nos regards se croisent. Ses sourcils se froncent, ses mouvements de bassin perdent de leur intensité.

Je n'ai jamais été aussi mal à l'aise de toute ma vie.

Ni aussi… déstabilisée.

Je recule, lentement, me colle contre le mur à peine la porte franchie. Le souffle court, les yeux fermés, les joues certainement cramoisies.

Nom de Dieu…

J'ai le sentiment d'avoir oublié une partie de mon cerveau dans la pièce. Et que la partie restante est saturée d'images du postérieur de cet homme, de son dos divinement cambré, de sa peau luisante.

Il a le plus beau cul qu'il m'ait été donné d'observer !

Je serre la caisse contre mon ventre, les mains crispées sur les poignées, en me forçant à ralentir les battements désordonnés de mon cœur.

Respire, Jodie, respire !

Ce n'est qu'un cul, bordel ! Un joli petit cul, mais pas de quoi s'évanouir ! Je le revois se contracter, se relâcher sous l'agitation des muscles, et... punaise... j'ai l'impression que c'est dans mon ventre que ça se passe.

Reprends-toi, Jodie, merde !

– Mademoiselle ?

Je pousse un cri de surprise et lâche mon chargement qui, dans un grand bruit de verre, s'écrase sur l'un des pieds de Beau-Cul, que je ne pensais pas si proche.

– Putain de bordel de merde ! Vous m'avez cassé le pied ! vocifère-t-il en se tenant d'une main au mur.

Je cligne des paupières, subjuguée par l'apparition. Non seulement il est hyper bien foutu, comme j'ai pu le constater, mais en plus il est super beau ! Très brun, des traits virils rehaussés d'une légère barbe, de belles lèvres, des yeux gris profond, d'autant plus brillants qu'ils étincellent de colère. Il a remis sa chemise blanche, qui pend hors de son pantalon, n'en a attaché que quelques boutons. Il est débraillé, il sent le sexe, son parfum se mélange à des effluves plus... intimes, mais loin de me rebuter, il met tous mes sens en ébullition.

Pour la première fois de ma vie, je suis tétanisée et incapable de prononcer un foutu mot !

Il m'observe attentivement lui aussi, puis ses yeux devenus noirs et implacables se plantent dans les miens.

– Ce serait trop vous demander de retirer cette saloperie de caisse de mon pied ?

Oups…

Je redescends sur terre, sortant d'un rêve magnifique dans lequel cet homme beau comme ce n'est pas permis me prendrait dans ses bras et poserait ses lèvres sur les miennes. Ce désir sorti de nulle part, inattendu et complètement surréaliste, me bouscule et me fait frémir, mais je me force à l'ignorer.

– Je trouve que vous faites beaucoup de bruit pour peu de chose ! finis-je par dire à mon tour sèchement, en repoussant la caisse avec le bout de mon pied.

Il retient une grimace, gronde :

– Comment ça, peu de chose ? J'ai le pied broyé !

Je le vois chanceler.

– Appuyez-vous sur moi ! Je vais vous soutenir, dis-je aussitôt en lui passant un bras autour de la taille.

Sentir son corps contre moi, son propre bras autour de mes épaules, son odeur, sa chaleur, me bouleverse au plus haut point. Malgré moi, je me laisse envahir par cette attirance et ces sensations si nouvelles pour moi, plus bouleversée qu'il ne le faudrait. Plus que je ne le devrais en tout cas.

Il se penche en avant, suffoque sous la douleur.

Peut-être qu'il a bel et bien le pied cassé… Il ne manquerait plus que ça ! J'imagine déjà la somme que je vais devoir débourser en dommages corporels s'il porte plainte contre moi. Je n'ai vraiment pas besoin de ça en ce moment !

– Chéri ? Tu reviens ou je peux me rhabiller ? crie une voix de l'intérieur de la pièce.

Beau-Cul se redresse.

– Putain, je l'avais oubliée celle-là ! Rhabille-toi ! répond-il en haussant le ton. Et tu peux te barrer, euh…

Le ton qu'il emploie en s'adressant à cette fille me hérisse le poil, et il ne connaît même pas son prénom !

Quel mufle !

Toujours une main contre le mur, son bras autour de ma nuque, il lutte visiblement contre la souffrance. Je cède à mon bon cœur, place l'une des miennes sur son thorax pour le soutenir du mieux que je peux, et je tourne la tête en suivant du regard une jeune femme sortant de la pièce : fine, blonde, très jolie. Elle s'arrête à notre niveau, me fait un petit sourire, tape sur l'épaule de Beau-Cul qui se redresse, et tend la main.

Une *escort*, visiblement !

Je ne sais pas si je suis soulagée que cette fille ne soit rien pour lui, ou bien outrée, ou au contraire amusée.

Beau-Cul la toise, semblant lui par contre excédé par la situation, puis finit par fouiller dans sa poche pour en extraire quelques billets, qu'il lui donne.

La fille s'en saisit, les met dans son sac, puis remue à nouveau les doigts.

Le message est clair : elle veut plus !

Je réprime un sourire.

Beau-Cul soupire, fouille à nouveau dans sa poche et lui claque un paquet de billets chiffonnés dans la main, qu'elle empoche de la même manière. Puis elle extirpe une petite carte de son sac.

– La prochaine fois, *chéri*, essaie au moins d'aller jusqu'au bout et de me faire jouir ! se moque-t-elle en la glissant dans la poche poitrine de sa chemise.

Beau-Cul devient livide et gronde « Barre-toi ! » entre ses dents.

Pour le coup, ça ne m'amuse plus du tout !

La fille recule, exécute une petite révérence en se foutant de lui ouvertement, puis s'éloigne avec un déhanché suggestif, nullement vexée par le ton employé, alors que moi, je lui aurais fait bouffer ses putains de billets !

– C'est une *escort* ! lâche-t-il en m'observant. Je ne voulais pas venir seul, vous comprenez.

Il a une petite moue contrite qui arrive à m'émouvoir quelques secondes. Je m'en défends aussitôt. Croit-il que le fait qu'elle soit *escort* excuse son comportement ou sa muflerie ? Qu'il peut la traiter comme une moins-que-rien ? Il était bien content qu'elle écarte les cuisses tout à l'heure ! Même si elle l'a fait pour de l'argent !

Il pousse un gémissement, m'obligeant à le soutenir.

Et soudain, je culpabilise : s'il souffre, c'est à cause de moi !

addictives

Romans déjà parus

Rose Becker
Le Bébé, mon milliardaire et moi (aussi en poche)
Torride, sexy & dangereux
Forever You – saisons 1 et 2
Dangerous

Phoebe Campbell
Lui résister… ou pas – l'intégrale
You Again
Single Daddy. Try Me if You Can

Mia Carre
Bad for You
Teach Me Everything
Charmant connard !

Mélodie Chavin
Campus Rules
Fucking Wedding

Emma Green
Toi + Moi : L'un contre l'autre (aussi en poche)
Toi + Moi : Envers et contre tout (aussi en poche)
Toi + Moi : Seuls contre tous (aussi en poche)
Call Me Baby – volumes 1 et 2
Call Me Bitch
Love Me if You Can
Kiss Me if You Can
Bliss. Le faux journal d'une vraie romantique – volumes 1 et 2
Jeux interdits
Jeux insolents
Jeux imprudents
Une toute dernière fois
Fallait pas me chercher ! – volumes 1 et 2
Corps impatients (aussi en poche)
Cœurs insoumis (aussi en poche)
Âmes indociles (aussi en poche)
Cent facettes de Mr Diamonds – l'intégrale

Bliss. Le faux journal d'une vraie romantique – l'intégrale
(Im)parfait
Love Me if You Can – l'intégrale
Kiss Me if You Can – l'intégrale
It's Raining Love!
The Boy Next Room
Call Me Baby – l'intégrale
Call Me Bitch – l'intégrale
PS: Oublie-moi!
Fallait pas me chercher! – l'intégrale
Recherche coloc: emmerdeurs, râleurs, lovers... s'abstenir!
10 bonnes raisons de te détester!
Just 17
Love & Lies on Campus
Bien plus forte que toi!
If You Wanna Be My Lover...

Kim Grey
Insolent Bastard

Megan Harold
Breaking the Rules
Initiation with My Boss

Ludivine Hart
Arrogant & Tattooed

Amy Hopper
Gone Boy
Le Coloc

Julie Huleux
Alpha Player

Charlie Lazlo
Mon insupportable boss

Sienna Lloyd
Mords-moi!

Caroline Mongas
Mariage forcé. Un contrat indécent

June Moore
Étreinte – volumes 1 à 3

Zoé Murat
Stepbrother Love
Boss Me Around

Clara Oz
Arrogant

Lise Robin
Infiltrée. Sex, Drugs & Danger
Love Scandal

Gaëlle Sage
Kiss, Kill & Ride

Ana Scott
Dark Ride
Last Ride
Vicious Ride
The Dominant
Evil Ride
Sensual Stepbrother
Un enfoiré mais un coup d'enfer!

Camilla Simon
Le voisin parfait est un enfoiré
Initiation with My Enemy
Le mec parfait est un inconnu… ou presque !

Ève Souliac
Sexy Mistake

Liv Stone
Love Lessons

Lisa Swann
Adore-moi ! – l'intégrale

Louise Valmont
Toi & moi, c'est compliqué!
Campus Initiation

Chloe Wilkox
Extreme Lover – l'intégrale
Immoral
Dominant Boss. Apprends-moi
The Virgin's Price

Luv

Romans déjà parus

Ana K. Anderson
Indompté
Scottish Bastard

Sophie Auger
Be with Me

Sonia Birdy
L'Initiation
Touchdown. Campus Star

Laura Black
Dark Initiation
Games of Desire
H.A.R.D. Hot, Arrogant, Rebelle, Déterminé
Sulfurous Bad Boy

Margot D. Bortoli
Too Young

Juliette Brunel
Delicious

Anne Cantore
Promets-moi. Louise et Marco

Sarina Cassint
Avec toi… peut-être
Insolent Boss

Mary Ann Davis
Coach Me Love

Nora Davy
Don't Resist

Gwen Delmas
Noël, toi & moi
Perfect Boss
Sex Friends. Pas de contraintes, que du plaisir !

Eugénie Dielens
Imprévisible Boss

Cléa Dorian & Ninon Vars
Dark Love

Laurie Eschard
Love Naked

Lil Evans
Savage Rider
Crash & Burn
Boss Affair

Lou Garance
Can You Keep a Secret?
Foutu coloc !

Alexandra Gonzalez
Shades of You

Erin Graham
Teach Me Love
The Boss
Secret Stepbrother
Strong Addiction
Coloc avec mon boss

Joh Harper
Crazy Love

Marie Hayle
Under Control
Lover Next Door

Emma S. James
Under the Rain

Iris Julliard
Catch & Shoot

Lucie F. June
Fight with Darkness

Sara June
Rider in the Dark
Sexy Wild Rider

Lena Jung
Mon coloc, mes désirs & moi

Emily Jurius
Love to Hate You

Allie Krown
High School Challenge

Marion Laurent
Mr Alpha

Pauline Libersart
Tiger. Entre ses griffes

Nina Loren
Breaking the Ice

Ella Lores
Mariée par accident à un connard arrogant rencontré la veille…

Jessica Lumbroso
Emma X. Secrète et insoumise

Lili Malone
Coloc avec un inconnu

Mila Marelli
Dark Man in Love
Crazy Wedding

Mag Maury
Fast Games
No Love, No Limits
My Hipster Christmas

Alix Parks
Never Kiss the Boss

Jeanne Pears
Insupportable coloc
Colocs & Sex Friends
H.O.T. Hypnotique, Obstiné, Ténébreux
The Most Insolent Man

Alexia Perkins
Arrogant Fake Lover

Sophie S. Pierucci
L'Inconnu de l'ascenseur & Moi (aussi en poche)
My Stepbrother. L'initiation

Silvia Reed
Darkest. La dernière heure
Too Close

Anita Rigins
No Rules
My Rules

Avril Rose
Coffee, Sex & Law

Jana Rouze
Effet de vague – saisons 1, 2 et 3

Wendy Roy
Une seule fois (ou presque)

Ana Scott
À corps brisés

Léana Soal
Fight & Hope

Cara Solak
Perfect Obsession

Izia Soley
Fauve

Liv Stone
Initie-moi. Mes jours contre tes nuits

Lena K. Summers
Perfect Bad Boy
Donovan, roi des connards

Kaly Swann
Austin. Breathe with Me

Lily Tortay
Dance for Me

Flore Valier
Ta peau contre la mienne

Anna Wendell
Arrogant Bad Boy
Apprends-moi le désir
Colosse. Le maître du jeu

Mina Zadig
Just Sex & Tattoos

New adult addictives

Roman déjà paru

Isla A. Rowley
Toxic Games

addictives POCHE

Romans déjà parus

Rose Becker
Le Bébé, mon milliardaire et moi (aussi en grand format)

Phoebe Campbell
Tes ordres sont mes désirs

Olivia Dean
À lui, corps et âme – volumes 1 et 2

Lou Everly
Bad Boy Crush

Erin Graham
Nos amours contraires

Emma Green
Seuls contre tous (aussi en grand format sous le titre *Toi + Moi : Seuls contre tous*)
L'un contre l'autre (aussi en grand format sous le titre *Toi + Moi : L'un contre l'autre*)
Envers et contre tout (aussi en grand format sous le titre *Toi + Moi : Envers et contre tout*)
Corps impatients (aussi en grand format)
Coeurs insoumis (aussi en grand format)
Âmes indociles (aussi en grand format)

Megan Harold
Sublime-moi !

Charlie Lazlo
Kiss Me I'm Famous

Sophie S. Pierucci
L'Inconnu de l'ascenseur & Moi (aussi en grand format)
Deep & Dark

Lise Robin
Forbidden Stepbrother

Alexane Tolley
The Boss Rules

Chloe Wilkox
Your Game, My Rules

Auteure : Eugénie Dielens

Edisource – Éditions Addictives
100, rue Petit, 75019 Paris
Imprimé par FINIDR – Lipova cp. 1965 – 73701 Cesky Tesin,
République tchèque
Dépôt légal : janvier 2022 – Achevé d'imprimer : décembre 2021
ISBN : 978-2-37126-463-2
Réf. contrat : ZHAY_001